Mauvaise commande d'humeur

Bad Mood Drive
Édition en français

BAD MOOD DRIVE   Alan Douglas   French Edition

Mauvaise commande d'humeur
Bad Mood Drive
Édition en français

Alan Douglas

ISBN : 978-1-61400-005-1
Éditeur-Visibilité directe e Book ; Los Angeles, CA
Imprimé aux Etats-Unis d'Amérique

BAD MOOD DRIVE   Alan Douglas   French Edition

BAD MOOD DRIVE   Alan Douglas   French Edition

REVIEW by CREATE SPACE

Millionaire Robert Stanley is in Monte Carlo—his yacht Blue Skies in port, a beautiful woman on his lap, and his bodyguard Donald Herman standing nearby, ever vigilant. Stanley's enjoying all the benefits of wealth, little knowing he's about to die.

Stanley's death behind the wheel of his blue Mercedes seems like an accident, but there's no denying many people wanted the man dead. As a businessman, Stanley had been ruthless, gleefully driving competitors into bankruptcy and—it's rumored—suicide. He gained control of his company by turning the board of directors against his own father, an act that cemented his reputation as a merciless egomaniac.

Stanley's behavior at home mirrored his business dealings. Cruel and lascivious, his infidelity drove his wife to suicide. Blamed for her death by his children, Stanley worked to isolate them from each other, leaving them only a small trust from their mother for expenses.

No, Robert Stanley will not be mourned, but was his death murder? And, if so, was he the target of a family plot or organized crime?

A tense thriller from the mind of Alan Douglas, Bad Mood Drive will keep you guessing until its shocking conclusion.

Create Space - Amazon.com Company

EXAMEN par créer de l'espace

Millionaire Robert Stanley est à Monte-Carlo-son yacht Blue Skies dans le port, une belle femme sur ses genoux, et son garde du corps Donald Herman debout à proximité, toujours vigilant. Stanley profiter de tous les avantages de la richesse, peu sachant qu'il est sur le point de mourir.

La mort de Stanley derrière le volant de sa bleu Mercedes semble être un accident, mais on ne peut nier beaucoup de gens voulaient la mort. Comme un homme d'affaires, Stanley avait été sans pitié, enfonçant joyeusement concurrents à la faillite et-ce est la rumeur-suicide. Il pris le contrôle de son entreprise en tournant le conseil d'administration contre son propre père, un acte qui a cimenté sa réputation comme un égocentrique impitoyable

Le comportement de Stanley à la maison reflète ses relations d'affaires. Cruelle et lascive, son infidélité a conduit sa femme au suicide. Blâmé pour la mort de ses enfants, Stanley a travaillé pour les isoler les uns des autres, eux qu'une petite confiance au départ de leur mère pour les dépenses.

Non, Robert Stanley ne sera pas pleuré, mais était son assassiner de mort? Et, si oui, était-il la cible d'un complot de la famille ou le crime organisé?

Un thriller tendue de l'esprit de Alan Douglas, Bad Mood promenade vous tiendra en haleine jusqu'à sa conclusion choquante.

Créer un espace - Société Amazon.com

KIRKUS REVIEWS

BAD MOOD DRIVE

English Edition

by Alan Douglas

Pub Date: Feb. 25th, 2015 ISBN: 978-1614000037

Getting the largest piece of a wealthy man's inheritance may drive his children to undertake a few bad deeds, including murder, in the English-language version of Douglas' debut thriller.

When billionaire Robert Stanley is run down in an automobile accident in Corsica, his three grown children feel they deserve a sizable chunk of his estate. After all, their relationships with their father have been strained for years after his affair with their governess, Rosa, led to their mother's suicide. And they need the money: Judge Thomas Stanley, the oldest brother, is enamored with Connie, who has expensive tastes; fashion designer Carmen is paying off a blackmailer; and polo player Billy has a heroin addiction. But everything changes with the appearance of Jennifer Stanley, Robert's illegitimate daughter with Rosa. Someone wants controlling interest in Stanley Enterprises—not to mention even more money—and is willing to do whatever it takes to get it, even murder. Douglas does an outstanding job establishing the story's characters. Robert, for example, is undoubtedly the villain, callously sending his kids to separate schools when it was clear that they blamed him for their mother's death. But the children are well-developed, particularly Thomas and Carmen, whose self-made careers are the result of showing Robert that they could make something of themselves. The novel is shrouded in mystery and brimming with plot twists: there's the strange family man who watches his son's baseball game before breaking into the office of Robert's attorney and the children exhuming Robert's body (for a DNA test to prove that Jennifer is related) and finding an empty coffin. Likewise, the story is bolstered by a bit of dark humor, like the French police captain who stalls releasing Robert's body to lawyer George so he can soak up the press' attention for as long as possible. The translation to English from Spanish unfortunately hits some stumbles, with an abundance of typos and odd phrasings, including an explanation of the title: "[Robert] looks at one of the crew member almost angry and this change his mood. He obviously has a very bad mood."

Sturdy characters and an endless batch of surprises make the glaring translation problems relatively easy to overlook.

KIRKUS REVIEWS

Kirkus Reviews

Bad Mood DRIVE
Édition anglaise
par Alan Douglas
Date de publication: 25 février 2015 ISBN: 978-1614000037

Obtenir le plus grand morceau de l'héritage d'un homme riche peut conduire ses enfants à entreprendre quelques mauvaises actions, y compris assassiner, dans la version anglaise du premier thriller de Douglas.

Lorsque milliardaire Robert Stanley est exécuté dans un accident de voiture en Corse, ses trois enfants adultes sentent qu'ils méritent une bonne partie importante de sa succession. Après tout, leurs relations avec leur père ont été tendues pendant des années après sa liaison avec leur gouvernante, Rosa, conduit au suicide de leur mère et ils ont besoin de l'argent: Le juge Thomas Stanley, le frère aîné, est amoureux avec Connie, qui a des goûts de luxe, créateur de mode Carmen est payante un maître chanteur et joueur de polo Billy a une dépendance à l'héroïne Mais tout changements avec l'apparition de Jennifer Stanley, fille illégitime de Robert avec Rosa. Quelqu'un veut une participation majoritaire dans Stanley entreprises, sans parler encore plus d'argent et est prêt à faire tout ce qu'il faut pour l'obtenir, même assassiner. Douglas fait un travail remarquable établissant Les personnages de l'histoire. Robert, par exemple, est sans aucun doute le méchant, l'envoi cyniquement ses enfants dans des écoles séparées quand il était clair qu'ils lui reprochent de la mort de leur mère. Mais les enfants sont bien développés, en particulier Thomas et Carmen, dont l'auto carrières faites sont le résultat de montrer Robert qu'ils pouvaient faire quelque chose d'eux-mêmes Le roman est enveloppée de mystère et débordant de rebondissements :. il ya l'homme étrange famille qui regarde le match de baseball de son fils avant de tomber dans le bureau de l'avocat de Robert et les enfants exhumer le corps de Robert (pour un test ADN pour prouver que Jennifer est liée) et de trouver un cercueil vide. De même, l'histoire est renforcée par un peu d'humour noir, comme le capitaine de la police française qui étals libérant le corps de Robert à l'avocat George afin qu'il puisse imprégner de l'attention de la presse pour aussi longtemps que possible la traduction en anglais de l'espagnol frappe malheureusement, certains trébuche, avec une abondance de fautes de frappe et phrasés impairs, y compris une explication du titre :. "[Robert] ressemble à l'un des membres de l'équipage presque en colère et cela change son humeur. Il a évidemment une très mauvaise humeur ".

Caractères robustes et un lot de surprises sans fin font les problèmes de traduction flagrantes relativement facile d'oublier.

Kirkus Reviews

1

C'est la réalité, si vous voulez que la vie soit comme elle était.

Donald a demandé, « Vous vous êtes rendu compte que nous sommes suivis, M. Stanley ? »

« Oui. » Il avait déjà noté d'eux pour les dernières vingt-quatre heures.

Les deux hommes et la femme ont été habillés en passant, essayant de se mélanger dedans avec les touristes d'été flânant le long des rues pavées en cailloutis pendant le début de la matinée, mais il était difficile de rester inaperçu dans un endroit comme Monte Carlo. C'est une ville bien connue mondiale avec ses casinos, musées et jardins.

Robert Stanley s'était rendu compte la première fois d'eux parce qu'ils étaient trop occasionnels, essayant trop dur de ne pas le regarder. Partout où il a tourné, l'un d'entre eux était à son arrière-plan. Robert Stanley était une cible facile à suivre. Il était de six pieds de grand, avec les cheveux blancs enroulant au-dessus de son collier et d'un visage aristocratique et presque impérieux. Il a été accompagné d'une jeune fille blonde de façon saisissante belle, d'un berger allemand pur-noir, et de Donald Herman, de garde du corps de quatre-pouce six pieds avec un cou et un front de renflement de se renverser. Nous perdre dur, pensée de Stanley. Il a su qui les avait envoyées et pourquoi, et il a été rempli de sens de danger imminent. Il avait appris il y a bien longtemps à faire confiance à ses instincts. L'instinct et l'intuition avaient aidé à lui faire un des hommes les plus riches au monde.

Forbes Magazine a estimé la valeur des entreprises de Stanley à sept milliards de dollars, alors que Fortune 500 l'évaluait à neuf milliards. Le Wall Street Journal ; Barron, et le Financial Times ont eu tous les profils faits sur Robert Stanley, essayant d'expliquer son mystique, son sens étonnant de la synchronisation, la grande capacité qui a dû créer les entreprises géantes de Stanley. Aucun d'eux n'avait entièrement réussi pour donner à explication appropriée. Ce qu'ils tous conviennent dessus était qu'il a eu une vraie et essentiellement grande énergie maniaque. Il était inépuisable. Sa philosophie était simple : Un jour sans faire une affaire était un jour gaspillée sans gagner l'argent. Il pouvait éliminer ses concurrents, son personnel, et tous les autres qui l'ont contacté. Il était un phénomène psychique. Il était son propre homme, après tout. Il était un homme religieux. Il a cru en Dieu, et Dieu qu'il a cru au voulu lui pour être riche et réussi, et ses ennemis morts. Robert Stanley était une personne publique, et la presse a connu tout au sujet de lui. Robert Stanley était un chiffre privé, et la presse n'a connu rien au sujet de lui. Ils avaient écrit au sujet de son charisme, son mode de vie somptueux, son avion privé et son yacht, et ses maisons légendaires en Hawaï, au Maroc, au Long Island, à Londres, les sud de la France, et naturellement son domaine magnifique, air de Bell, à Los Angeles occidentale. Mais le vrai Robert Stanley est resté un mystère.

« Où sommes-nous allant ? » la femme demandée.

Il a été trop préoccupé pour répondre. Le couple de l'autre côté de la rue employait la technique croisée de commutateur, et ils avaient juste changé des associés encore. Avec son sens du danger, Stanley a senti une colère profonde qu'ils envahissaient son intimité. Ils avaient osé venir à son endroit, son asile secret du reste du monde.

Le Monaco est le deuxième plus petit État indépendant au monde (après Vatican) et est presque entièrement urbain. Monte Carlo n'est pas la capitale du Monaco mais d'un secteur de gouvernement. Le pays est divisé en quatre secteurs : Le Monaco-Ville (la vieille ville), le Condamine (quart de port), Monte Carlo (affaires et récréation), et Fontvieille (récréation et industrie légère). Sans les ressources naturelles à exploiter autre que son emplacement et climat, la principauté est devenue une station de vacances pour des touristes et un paradis fiscal pour des entreprises. Le Monaco est six fois la taille de Vatican et reste toujours le pays indépendant le plus en masse peuplé du monde.

L'aéroport le plus proche est Nice l'International de Côte-d'Azur, qui est environ 40 kilomètres (24,85 milles) à partir du ville-centre en France voisine. Il actionne des vols quotidiens presque à toutes les villes principales de l'Europe, telles que Londres, Paris, Amsterdam, Rome, Bruxelles, Francfort et Zurich. Il y a les autobus réguliers de Rapides Cote d'Azur reliant Monte Carlo les aux deux les terminaux Nice à l'aéroport de Cote d'Azur, et les taxis sont toujours disponibles en dehors des terminaux.

Monte Carlo est facilement accédé par ses frontières de terre de France ou d'Italie par un réseau des routes, le plus généralement employé dont est l'A8 qui fonctionne à l'ouest de Monte Carlo à Nice et à Marseille, et est vers la frontière italienne.

Le Monaco-Ville est connu en tant que « le rocher » ou « la roche. » C'est toujours un village médiéval au cœur et à un site étonnant pittoresque. Il se compose presque entièrement des rues piétonnières et les passages et la plupart des maisons précédentes de siècle restent toujours. Là un certain nombre d'hôtels, de restaurant et de touristes de boutiques de souvenirs peuvent rester, manger et faire des emplettes à. Tout le monde peut également visiter Palace du prince, cathédrale, musée océanographique, ville hôtel, et jardins de St Martin.

Le Palais Princier (Palace de prince) est au vieux Monaco Ville. Il y a des visites guidées du palais chaque jour et habituellement course vingt-quatre heures sur vingt-quatre. Le palais offre également une vue panoramique stupéfiante donnant sur le port et Monte Carlo. Chaque jour devant les visiteurs de l'entrée principale du palais peut observer le changement de la cérémonie de garde exécutée par le « Carabiniers. » « Carabiniers » sont non seulement sécurité responsable de princes' mais ils lui offrent une garde d'honneur et aux occasions spéciales, sont ses escortes. Le « DES Carabiniers du Prince de Compagnie » a une bande militaire (fanfare) ; ce qui exécute aux concerts publics, aux occasions officielles, aux manifestations sportives et aux festivals de musique militaire internationaux.

La cathédrale du Monaco a été construite en 1875 et se tient sur le site d'une église plus tôt de 13ème siècle. C'est une église byzantine Romane consacrée au Saint Nicolas et loge les restes d'anciens princes du Monaco et de princesse Grace.

La place d'église contient également certains des restaurants les plus fins du Monaco-Villes.

Le musée et l'aquarium océanographiques est une attraction de renommée mondiale. Situé au-dessus du niveau de la mer, le musée contient les collections renversantes de faune marine, nombreux spécimens des créatures de mer (bourrées ou en forme squelettique), des modèles de laboratoire de prince Albert se transporte, et des articles de métier faits à partir des produits naturels de la mer. Sur le rez-de-chaussée, des expositions et les projections de film sont présentées quotidiennement dans la salle de conférence. Dans le sous-sol, les visiteurs peuvent prendre le plaisir en observant des expositions spectaculaires de flore marine et de faune. Avec 4.000 espèces des poissons et plus de 200 familles des invertébrés, l'aquarium est maintenant une autorité sur la présentation de l'écosystème marin méditerranéen et tropical. En conclusion, les visiteurs peuvent prendre le déjeuner en « La Terrasse » et visiter la boutique de cadeaux de musée.

Le Jardin Exotique (jardins exotiques) est l'un des nombreux jardins que le Monaco doit offrir. Il est également l'une des attractions touristiques les plus fines du Monaco. Plusieurs milliers d'usines rares de partout dans le monde sont présentées dans une visite guidée à pied qui est tout à fait mémorable pour les vues aussi bien que la flore et les usines. En raison de la hausse de l'altitude, y a non seulement il beaucoup d'affichages des usines de désert mais il y a une poignée d'affichages subtropicaux de flore aussi bien. Il y a également une grotte (caverne) qui a programmé des visites guidées.

Le théâtre de l'opéra ou le Salle Garnier du Monaco a été construit par l'architecte célèbre Charles Garnier. L'amphithéâtre du théâtre de l'opéra est décoré en rouge et or et a des fresques et sculptures tout autour de l'amphithéâtre. Recherchant au plafond de l'amphithéâtre, le visiteur sera soufflé parti par les peintures superbes. Le théâtre de l'opéra est flamboyant mais en même temps très beau. Il y a eu certaines des représentations internationales les plus supérieures du ballet, de l'opéra et des concerts tenus dans le théâtre de l'opéra pour plus qu'un siècle.

La galerie de beaux-arts de Marlborough a été fondée à Londres par Frank Lloyd et Harry Fischer. Une deuxième galerie a été ouverte à Rome, des autres à New York, et un davantage au Monaco. La galerie tient une collection grande d'artistes et même de peintures de la deuxième guerre mondiale de courrier par Pablo Picasso, Joan Miró, Jules Brassai, Louise Bourgeois, Dale Chihuly, David Hockney et Henri Matisse.

Le forum de Grimaldi est le centre de congrès du Monaco.

La collection de voiture de princes a tout, des carries et de vieilles voitures, aux voitures de course de formule 1.

Le vieux casino dans l'essai de Monte Carlo votre chance dans le casino grand et jeu à côté du monde le plus riche et souvent le plus célèbre. Vous aurez besoin de votre passeport pour entrer (pendant que des citoyens de Monégasque sont interdits du jeu au casino), et les honoraires pour l'entrée s'étendent énormément selon quelle pièce vous allez - souvent de 30€ juste dans les centaines. Vous pouvez également visiter le casino sans jouer, mais également pour un prix symbolique. L'intérieur de code vestimentaire est extrêmement strict - des hommes sont requis de porter des manteaux et des cravatés. Les salles de jeu elles-mêmes sont spectaculaires, avec le verre souillé, des peintures, et des sculptures partout. Il y a de deux d'autres casinos plus américanisés à Monte Carlo. Ni l'un ni l'autre de ces derniers n'a des frais d'admission, et code vestimentaire est plus occasionnel.

Les rues du Monaco accueillent la formule la plus connue 1 Grand prix. Il est également l'un des points culminants sociaux premiers de l'Europe de l'année. Le club d'automobile du Monaco organise cette course de formule 1 spectaculaire tous les ans. Le Grand prix est 77 recouvrements autour de 263-kilometers des rues les plus étroites et tordues de Monte Carlo. L'attraction principale du Monaco Grand prix est la proximité des voitures expédiâtes de Formule 1 aux spectateurs de course. Le frisson des moteurs criards, des pneus de tabagisme et des conducteurs déterminés fait également le Monaco Grand prix un des courses les plus passionnantes au monde.

Aqua vision : Découvrez le Monaco de la mer pendant cette visite fascinante de bateau ! « Aqua vision » est un bateau de type catamaran équipé de deux fenêtres dans la coque pour la vision sous-marine, de ce fait permettant aux passagers d'explorer le fond de la mer naturel de la côte d'une manière peu commune.

Dans l'heure d'été, Monte Carlo est illuminé avec des concerts d'éblouissement au club sportif exclusif de Monte Carlo. Le club a comporté un tel artiste comme Natalie Cole, Andrea Bocelli, Beach Boys, Lionel Richie et Julio Iglesias notamment. Le club accueille également un petit casino qui inclut les jeux de base de casino.

L'achat à Monte Carlo est habituellement tout à fait exclusif. Il y a d'abondance des endroits pour fondre la carte de crédit à côté des flambeurs de l'Europe. Les magasins de vêtements chics sont dans Cercle d'or, encadré par l'avenue Monte Carlo, Beaux-Arts d'avenue et l'Allées Lumières, où Hermès, Christian Dior, Gucci et Prada tous ont une présence. Le secteur sur et autour de Place du Casino est à la maison aux bijoutiers à extrémité élevé tels que Bulgari, au Cartier et au Chopard.

Pour plus d'achats à Monte Carlo est le marché de Condamine. Le marché, qui peut être trouvé dans les d'Armes d'endroit, a été en existence depuis 1880 et est animé et attrayant - beaucoup d'heures peut être erré simplement dépensé autour, négociant pour des souvenirs des nombreux magasins minuscules, boutiques et gens du pays amicaux. Si cependant vous aimez des achats plus modernes, faites juste un tour court le long de l'esplanade au mail de piétonne de princesse Caroline de rue.

Monte Carlo est un joli et intéressant d'une manière démodée, village médiéval, le tissage de sa magie antique sur un sommet dans l'Alpes Maritimes. It est entouré par un paysage spectaculaire et enchanteur des collines et des vallées couvertes de fleurs, de vergers, et de forêts de pin. Monte Carlo lui-même, a une abondance des studios des artistes, galeries, et les magasins d'antiquités merveilleux, est un aimant pour des touristes de partout dans le monde.

Robert Stanley était l'un d'entre eux. Lui et son groupe ont tourné sur la rue du Portier. Stanley a parlé à la femme, « Sophia, vous font aiment des musées ? »

« Oui, mon cher. » Elle était très enthousiaste pour le satisfaire. Elle n'avait jamais rencontré n'importe qui comme Robert Stanley. Attendez jusqu'à ce que je dise mon avis au sujet de lui. Je n'ai pas pensé qu'il y avait quelque chose à gauche pour que je se renseigne sur le sexe, mais mon Dieu, il est si créatif ! Il est si fantastique, intelligent et stimulant. Il a la capacité d'employer son imagination pour produire de nouvelles idées de sexe et pour faire l'orgasme se produire. Il m'incite à me sentir fatigué et épuisé !

Ils ont monté la colline à la chapelle du musée de visite, qui a été construit dans le style baroque pendant le XVIIème siècle. La collection de musée inclut des chefs d'œuvre par

Rubens, Zurbaran, Ribera et les maîtres baroques italiens. Robert Stanley a passé en revue par la collection renommée de peintures. Quand il en passant a jeté un coup d'œil autour, il a vu la femme à l'autre bout de la galerie, étudiant soigneusement une peinture.

Stanley s'est tourné vers Sophia. « Affamé ? »

« Oui. Si vous êtes. » Nécessité ne pas être arriviste, elle a pensé. « Bon. Nous prendrons le déjeuner au café De Paris, plaçons du Casino. »

Le café De Paris était l'un des endroits préférés de Stanley. Le centre de nerf de Monte Carlo, où les gens vont voir et être vus, bourdonnant avec la sensation de Monte Carlo ancien, vers 1900s.It tôt est un point de rencontre pour tout le Monte Carlo. Avec son nouveau décor futuriste, ce casino vous invite sur un voyage par la galaxie. Un endroit innovateur où les machines et les systèmes à sous exclusifs en Europe se reposent côte à côte et les jeux de table américains sont hors de ce monde… Stanley et Sophia prennent un endroit à une table.

Karl, le berger allemand noir, configuration à ses pieds, toujours attentifs. Le chien était marque déposée de Robert Stanley. Là où Stanley a disparu, Karl est allé avec lui comme en tant que son meilleur ami. Il a été répandu qui à la commande de Robert Stanley, l'animal arracherait la gorge d'une personne. Personne n'a voulu examiner cette rumeur. Donald s'est assis seul à une table près de l'entrée, observant soigneusement les autres patrons pendant qu'ils venaient et allaient. Stanley s'est tourné vers Sophia.

« Commande je pour vous, mon cher ? »

« Oui, svp. »

Robert Stanley s'est glorifié sur être un gourmet. Il commande une salade verte et une fricassée de lotte pour chacun d'eux.

Car elles étaient servies leur plat principal, Daniela Ramon, qui a couru le café avec son mari, Frank, a approché la table et a souri. « Bonjour. Est tout toute la droite, Monsieur Stanley ? »

« Merveilleux, Madame Ramon. »

Et il allait être. Sophia a dit, « je n'ai ici avant jamais été. C'est un si bel endroit. »

Stanley a tourné son attention à elle. Donald l'avait prise pour lui à Monte Carlo par jour plus tôt.

« M. Stanley, j'ai amené quelqu'un pour vous. »

« Tout problème ? » Stanley avait demandé.

Donald avait souri largement. « Aucun. » Il l'avait vue dans le lobby du Louis XV, Hôtel De Paris, Place du Casino. Dans un des hôtels les plus fins au monde, ce restaurant évalué trois-étoiles de Michelin sert dinant la perfection parmi glitterati luxueux. Sophia était à Monte Carlo pendant quelques jours justes pour prendre des vacances courtes et pour apprécier l'endroit.

« Excusez-moi, vous parlent anglais ? »

« Oui. » Elle a eu un accent italien chantant gaiement.

« L'homme que je travaille pour voudrait que vous dîniez avec lui. »

Elle avait été fâchée et étonnée parce qu'elle se sent offensante et injustement traitée. « Je ne suis pas un talonneur ! Je suis une actrice, » elle était insupportable arrogant. En fait, elle avait eu un rôle de figurant en dernier film de Paul Agati, et un rôle avec deux lignes de dialogue dans un film de Giuseppe Tornadore.

« Pourquoi devrais-je dîner avec un étranger ? »

Donald avait sorti une pile épaisse des factures de cent-dollar. Il a poussé cinq d'entre eux dans sa main. « Mon ami est très généreux. Il a un yacht, et il est seul. » Il avait observé son expression passer par une série de changements de colère, à la curiosité, à l'intérêt.

« Pendant qu'il se produit, je suis entre les images. » Elle a souri.

« Il ne me causent pas probablement n'importe quel mal si je dîne avec votre ami. »

« Oui, de la cause. Il sera heureux. »

« Où est-il ? »

« À Monte Carlo. »

Donald avait bien choisi. Italien. Dans sa fin des années 20. Elle était une sensuelle et attirante dans une jeune fille sexuelle de manière. Elle a de pleines lèvres sensuelles. Elle est une belle et sensuelle. Elle excitait sexuellement et très attrayant. « Vous ne la pensez pas est sexy ? » Donald a demandé. Oui, elle est. Elle est une fille sexy et celle très attrayante. Ce type d'attraction se produit souvent parmi des personnes. Donald a ses propres préférences en tant que personne. Ces préférences surviennent en raison d'une variété complexe de ses facteurs génétiques, psychologiques, et culturels. L'attraction sexuelle est différente d'une personne à l'autre et dépend de chacun des deux - Donald et Sophia. Elle a le visage félin. Plein- sein chiffre. Maintenant, la regardant à travers la table, Robert Stanley a pris une décision.

« Faites-vous aiment voyager, Sophia ? »

« Je suis frisson. »

« Bon. Nous partirons en petit voyage. Excusez-moi pendant un instant. »

Sophia a observé pendant qu'il entrait dans le restaurant à l'intérieur de la salle d'hommes. Stanley prend son téléphone mobile et a composé. « Opérateur marin, svp. »

Des secondes plus tard, une voix a indiqué, « L'opératrice de c'est maritime. »

« Je veux placer un appel aux cieux bleus de yacht. Bravo Lima neuf de whiskey huit zéros… »

La conversation a duré cinq minutes, et quand Stanley était de finition, il a composé l'aéroport à Nice. La conversation était plus courte cette fois.

Quand Stanley était en parlant, il a parlé à Donald, qui a rapidement quitté le restaurant. Alors il est revenu à Sophia. « Êtes-vous préparez ? »

« Oui. »

« Faisons un tour. » Il a eu besoin d'heure d'établir un plan.

C'était un jour parfait. Le soleil avait éclaboussé les nuages roses à travers l'horizon et les rivières de la lumière argentée ont fonctionné par les rues. Ils ont marché le long de la rue du Portier, après l'Eglise, la belle église du 12ème siècle, et se sont arrêtés au fleuriste. Quand ils ont sorti, un des trois observateurs se tenait dehors, activement étudiant l'église. Donald les attendait également.

Robert Stanley a remis la fleur à Sophia.

 « Pourquoi ne prenez-vous pas ceci jusqu'à l'hôtel? Je serai le long dans quelques minutes. »

« Bien. » Elle a souri et a dit doucement, « hâte, mon cher. »

Stanley a observé son congé, et alors il s'est tourné vers Donald.

« Ce qui vous a fait pour découvrir ? »

« La femme et celle des hommes restent chez Rue du Portier, sur la route à Nice. »

Robert Stanley a connu l'endroit. Il était l'une des rues à Monte Carlo. « Et l'autre ? »

« Au coin de la rue. »

« Ce qui vous veulent que je fasse avec elles, monsieur ? »

« Rien. Je prendrai soin d'eux. »

Hôtel De Paris de Robert Stanley était sur l'avenue D'Ostende, près de l'endroit du Casino et du port Hercule. Quand Stanley est revenu à l'hôtel, Sophia était dans sa chambre à coucher, l'attendant. Elle était nue.

« Ce qui vous a pris tellement longtemps ? » elle a chuchoté.

Afin de survivre, Sophia Loren a souvent pris l'argent en tant que call-girl entre les tâches de film, et elle a été employée à truquer des orgasmes pour satisfaire ses clients, mais avec cet homme, il n'y avait aucun besoin de feindre. Il a le désir insatiable, et elle s'est trouvée culminer à plusieurs reprises. Quand ils ont été finalement épuisés, Sophia a mis ses bras autour de lui, et a murmuré heureusement, « Je pourrais rester ici pour toujours, mon cher. »

Je souhaite que je puisse, pensée de Stanley, cruel.

Ils ont dîné au restaurant d'Hôtel De Paris. Le dîner était délicieux, et pour Stanley le serveur a ajouté l'épice au repas. Quand ils étaient de finition, ils ont fait leur manière de nouveau à l'hôtel. Stanley a marché lentement, pour assurer ses poursuivants suivis.

À une heure du matin, un homme se tenant à travers la rue a observé les lumières dans l'hôtel étant éteint, un. À quatre trente pendant le matin, Robert Stanley est entré dans chambre à coucher où Sophia a dormi. Il l'a secouée doucement.

« Sophia… ? »

Elle a ouvert ses yeux et a regardé lui, un sourire d'anticipation sur son visage, puis a froncé les sourcils. Il a été entièrement habillé. Elle s'est assise. « Est quelque chose mal ? »

« Non, mon cher. Tout est très bien. Vous avez dit que vous avez aimé voyager. Bien, nous allons prendre un petit voyage. »

Elle était entièrement éveillée et excitée maintenant.   « À cette heure ? »

« Oui. Nous devons être très tranquilles. »

« Mais… »

« Hâte. »

Quinze minutes plus tard, Robert Stanley, Sophia, Donald, et Karl abaissaient avec l'ascenseur au garage de sous-sol où un bleu Mercedes a été garée.

Donald a tranquillement ouvert la porte de garage et a regardé sur la rue. Excepté Corniche blanc de Stanley, garé dans l'avant, elle a semblé abandonnée. « Tout clair. » Stanley s'est tourné vers Sophia.

« Nous allons jouer un petit jeu. Vous et moi allez obtenir derrière Mercedes et se coucher sur le plancher. »

Elle yeux élargis. « Pourquoi ? »

« Quelques concurrents d'affaires m'avaient suivi, » il a dit très sérieux et sincère. « Je suis sur le point de clôturer très la grande affaire, et eux essayent de découvrir à son sujet. S'ils font, il pourrait me coûter beaucoup d'argent. »

« Je comprends, » Sophia a dit. Elle n'a eu aucune idée de ce qu'il parlait.

Cinq minutes plus tard, ils conduisaient après les portes du garage sur la route à Nice. Un homme assis sur un banc a observé Mercedes bleu pendant qu'il expédiait par les portes. À la roue était Donald Herman et près de lui était Karl. L'homme a sorti à la hâte un téléphone cellulaire et a commencé à composer…

« Nous pouvons avoir un problème, » il a dit la femme. « Ce qui un peu problème ? »

« Un bleu Mercedes a juste conduit hors des portes. Donald Herman conduisait, et le chien était dans la voiture, aussi. »

« Et Stanley n'étaient pas dans la voiture ? »

« Non »

« Je ne la crois pas. Son garde du corps ne le laisse jamais la nuit, et ce chien ne part jamais de lui, jamais. »

« Est son Corniche toujours garé devant l'hôtel ? » a demandé à l'autre homme envoyé pour suivre Robert Stanley.

« Oui, mais peut-être il a commuté des voitures. »

« Ou c'a pu être un tour ! Appelez l'aéroport. »

En quelques minutes, ils parlaient à la tour.

« Avion de Monsieur Stanley ? Qui. Il est arrivé il y a une heure et a déjà réapprovisionné en combustible. »

Cinq minutes plus tard, deux membres de l'équipe de surveillance étaient sur leur chemin à l'aéroport, alors que le tiers exerçait la surveillance sur l'hôtel. Comme Mercedes bleu passé par le boulevard Princesse Charlotte, Stanley a passé au siège. « Il est tout juste de se reposer, maintenant, » il a dit Sophia. Il s'est tourné vers Donald,   « Nice aéroport. Hâte. »

Quarante-cinq minutes plus tard, Nice à l'aéroport, Boeing converti 727 abaisses lentement la piste le long de la terre au point de décollage. Vers le haut de dans tour, le contrôleur de vol a dit,

« Ils doivent certainement pressé prendre cet avion outre de la terre. Le pilote a demandé un dégagement quatre fois. »

« Dont l'avion est lui ? »

« Robert Stanley. »

« Il est probablement sur son chemin de faire encore milliard environ. »

Le contrôleur a tourné pour surveiller un Lear jet décollant, et a puis pris le microphone. « Boeing huit neuf cinq, ceci est Nice contrôle de départ. Vous êtes dégagé pour le décollage. Cinq laissés. Après le départ, tournez-vous à droite vers un titre d'un quatre zéros. »

Le pilote et le co-pilote de Robert Stanley ont échangé un regard soulagé. Le pilote a appuyé sur le bouton de microphone.

« Roger. Boeing huit neuf cinq est dégagé pour le décollage. Se tournera à droite vers un quatre zéros. »

Un moment plus tard, l'avion énorme a tonné en bas de la piste et kniffe dans le ciel bleu. Le co-pilote a parlé dans le microphone encore.

Le « départ, Boeing huit neuf cinq s'élève sur trois mille pour le niveau de vol sept zéro. »

Le co-pilote tourné au pilote.

« Ouf ! Le vieil homme Stanley était sure impatient pour que nous décollent, n'était pas il ? »

Le pilote gesticulé.

« Nôtres pour ne pas raisonner pourquoi, nôtres mais à faire et mourir. Comment est-il faisant de retour là ? »

Le co-pilote s'est levé et a fait un pas à la porte de l'habitacle, et a regardé dans la carlingue. « Il se repose. »

Ils ont téléphoné à la tour d'aéroport encore de la voiture. Le « avion de M. Stanley… est toujours lui au sol ? »

« Non, Monsieur. Il est parti. »

« A fait le dossier pilote un plan de vol ? »
« Naturellement, Monsieur. »

« À où ? »

« L'avion est dirigé pour JFK. »

« Merci. » Il s'est tourné vers son compagnon.

« Kennedy. Nous-avons des personnes là pour le rencontrer. »

Quand Mercedes a passé périphérie de Monte Carlo, expédiant vers italien frontière, Robert Stanley a dit,

« Donald, il n'y a aucune occasion que nous avons été suivis ? »

« Non, monsieur. Nous les avons perdus. »

« Bon. » Robert Stanley s'est penché de retour dans son siège et décontracté. Il n'y avait rien à s'inquiéter pour. Ils dépisteraient l'avion. Il a passé en revue la situation dans son esprit. C'était vraiment une question de ce qu'elles ont connu et quand elles l'ont connu. Elles étaient comme des chacals suivant la manière d'un lion, espérant le réduire. Robert Stanley a souri à se. Ils avaient sous-estimé l'homme qu'ils traitaient. D'autres qui avaient fait cette erreur avaient payé chèrement elle. Quelqu'un payerait également cette fois. Il était Robert Stanley, le confident des présidents et des rois, puissant et assez riche pour casser les économies de quelques petits pays. Toujours…

Les 727 étaient terminés dans les cieux. Marseille. Le pilote a parlé dans le microphone. « Marseille, Boeing huit neuf cinq est avec vous, montant hors du niveau de vol un neuf zéros pour le niveau de vol deux trois zéros. »

« Roger. »

Monte Carlo atteint par Mercedes peu de temps après l'aube. Robert Stanley a eu des souvenirs affectueux de la ville, mais elle avait changé rigoureusement. Il s'est rappelé un moment où c'avait été une ville élégante avec les hôtels et les restaurants de première classe, et un casino où le lien noir a été exigé et où des fortunes pourraient être perdues ou gagnées dans une soirée. Maintenant elle avait succombé au tourisme, avec bruyant-a dit des patrons du bout des lèvres jouant dans leurs chemises.

Mercedes approchait le port Hercule de port. Cinq minutes plus tard, Mercedes a tiré vers le haut à côté des cieux bleus, un yacht de moteur de cent-et-quatre-vingts-pied. Le capitaine Bargas et l'équipage de douze ont été alignés sur la plate-forme. Le capitaine s'est dépêché en bas de la passerelle pour saluer les nouveaux venus.

« Bonjour, Signora Stanley, » capitaine Bargas a dit. « Nous prendrons votre bagage, et… »

« Aucun bagage. Déplaçons-nous. »

« Oui, monsieur. »

« Attendez une minute. » Stanley étudiait l'équipage. Il regarde un du membre d'équipage presque fâché et de ce changement son humeur. Il a évidemment une humeur très mauvaise. La plupart des situations semblables l'incitent pour être arrogant. En raison de cette mauvaise commande d'humeur Stanley a indiqué :

« L'homme sur l'extrémité. Il est nouveau, n'est pas il ? »

« Oui, monsieur. Notre garçon de carlingue est tombé malade dans Capri, et nous avons pris ceci. Il est fortement... »

« Débarrassez-vous de lui, » Stanley a passé commande.

Le capitaine regardé lui, perplexe.

« Obtenez... ? »

« Épongez-le. Sortons d'ici. Maintenant. » Capitaine Bargas a incliné la tête. « Droit, monsieur. »

Regardant autour, Robert Stanley a été rempli de sens remplacé du pressentiment. Il pourrait presque atteindre et toucher le danger dans le ciel. Il n'a voulu aucun étranger près de lui. Capitaine Bargas et son équipage avait été avec lui pendant des années. Il pourrait leur faire confiance. Il a tourné pour regarder la fille. Puisque Donald l'avait prise au hasard, il n'y avait aucun danger là. Et quant à Donald, son garde du corps fidèle avait sauvé sa vie plus d'une fois. Stanley s'est tourné vers Donald.

« Séjour près de moi. »

« Oui, monsieur. »

Stanley a pris le bras de Sophia.

« Partons à bord, mon chéri. »

Donald Herman s'est tenu sur la plate-forme, observant l'équipage préparent pour mouler. Il a balayé le port, mais il n'a vu rien à être alarmé environ. À ce moment du matin, il y avait activité très petite. Les générateurs énormes du yacht ont éclaté dans la vie, et le navire est devenu en cours. Robert

Stanley approché par le capitaine « Vous n'avez pas dit où nous nous dirigions, Signora Stanley. »

« Non, je n'ai pas fait, ai fait je, capitaine ? » Il a pensé pendant un instant. « Ajaccio. »

« Oui, monsieur. »

« Par la manière, je veux que vous mainteniez le silence par radio strict. »

Capitaine Bargas a froncé les sourcils chez Robert Stanley. « Silence par radio ? Oui, monsieur, mais ce qui si… ? » Robert Stanley a dit, « ne vous inquiétez pas à son sujet. Faites-juste le. Et je ne veux pas n'importe qui utilisant les téléphones satellites. »

« Droit, monsieur. Nous nous étendrons plus d'Ajaccio? »

« Je vous ai fait savoir, Capitaine. »

Robert Stanley a pris Sophia en tournée du yacht. Il était l'une de ses possessions prisées, et il a eu plaisir à la montrer. C'était un navire stupéfiant. Il a eu une suite principale luxueusement désignée avec un salon et un bureau. Le bureau était spacieux et confortablement meublé avec un divan, plusieurs fauteuils, et un bureau, derrière lequel était assez d'équipement pour courir une petite ville. Sur le mur était une grande carte électronique avec un petit bateau mobile montrant la situation actuelle du yacht. Les portes en verre de glissement se sont ouvertes de la suite principale sur une plate-forme extérieure de véranda meublée avec une chaise longue et une table avec quatre chaises. Une balustrade de teck a fonctionné le long de l'extérieur. Des jours embaumés, c'était la coutume de Stanley pour prendre le petit déjeuner sur la véranda. Il y avait six cabines de grand luxe d'invité, chacune avec les panneaux en soie peints à la main, fenêtres panoramiques, et un bain avec un jacuzzi. La grande bibliothèque a été faite en bois de koa. La salle à manger a nombre de places assises pour seize invités. Un salon entièrement équipé de forme physique était sur la plate-forme inférieure. Le yacht a également contenu une cave et un théâtre qui était idéal pour les films courants. Robert Stanley a eu une des plus grandes bibliothèques du monde des films de DVD, y compris pornographique. L'ameublement dans tout le navire était exquis, et les peintures auraient rendu n'importe quel musée fier.

« Bien, maintenant vous avez vu la plupart, » Stanley a indiqué Sophia à la fin de la visite.

« Je te montrerai le repos demain. »

Elle a été admirée. « Je n'ai jamais vu n'importe quoi comme lui ! C'est… lui est comme une ville ! »

Robert Stanley a souri à son enthousiasme.
« L'administrateur vous montrera à votre carlingue.
Rendez-vous confortable. J'ai un certain travail à faire. »

Robert Stanley est revenu à son bureau et a examiné la carte électronique sur le mur pour assurer l'emplacement du yacht. Les cieux bleus étaient en mer ligurienne, se dirigeant au nord-est. Ils ne sauront pas où je suis allé, pensée de Stanley. Ils m'attendront chez JFK. Quand nous arrivons à Ajaccio, je redresserai tout.

Trente-cinq mille pieds dans le ciel, le pilote des 727 obtenaient de nouvelles instructions. « Boeing huit neuf cinq, vous êtes dégagé directement à l'itinéraire supérieur quarante de l'Inde novembre de delta comme classé. »

« Roger. Boeing huit neuf cinq est l'itinéraire supérieur direct dégagé quarante comme classé. » Il s'est tourné vers le co-pilote.

« Tout clair. »

Le pilote s'est étiré, s'est levé, et a marché à la porte d'habitacle. Il a regardé dans la carlingue. Le ciel est du bleu du jour d'été, avec grand, mais ne pas menacer, des nuages d'une blancheur argentée. L'endroit haut contre le ciel ouvert et les nuages mobiles et lui est autre chose encore. Célébration d'union de la terre et de ciel. Bleu, la couleur du ciel un jour ensoleillé. Le ciel est clair comme verre. C'était un gris sombre et rosâtre ; les nuages ont tourbillonné à travers lui exposant de plus hautes, plus grises banques de nuage.

« Va comment notre passager faisant ? » le co-pilote demandé.

« Il semble affamé à moi. »

2

La côte ligurienne est la Riviera italienne, balayant dans un demi-cercle de la frontière français-italien autour à Gênes, et continuant alors vers le bas au Golfe de La Spezia. Le beau long ruban de la côte et ses eaux de scintillement contiennent les ports racontés d'Ajaccio, Vemazza, et au-delà d'eux, de l'Île d'Elbe, de la Sardaigne, et de la Corse. Les cieux bleus approchaient Ajaccio, qui même d'une distance était une vue impressionnante, ses flancs de coteau couverts d'oliviers, pins, cyprès, et paumes.

Robert Stanley, Sophia, et Donald étaient sur la plate-forme, étudiant le littoral d'approche.

« Ayez-vous été à Ajaccio souvent ? » Sophia a demandé.
« Plusieurs fois. »

« Où est votre maison principale ? »

Trop personnel. « Vous apprécierez Ajaccio, Sophia. Il est vraiment tout à fait beau. »

Capitaine Bargas les a approchés. « Vous aiment prendre le déjeuner à bord, Signora Stanley ? »

« Non, nous prendrons le déjeuner chez le Palazzu U Domu. »

« Fantastique. Et I sera préparé pour peser l'ancre juste après le déjeuner ? »

« Je pense pas. Apprécions la beauté de l'endroit. »

Capitaine Bargas l'a étudié, perplexe. La commande d'humeur de Robert Stanley l'incite pour être pressé terrible, ou il semble que il a tout le temps dans le monde. Et la radio à arrêter ? Inconnu il ! Connerie. La merde se produit. Il n'y a rien qui peut être fait à son sujet.

Quand les cieux bleus ont laissé tomber l'ancre dans Quai de la Citadelle, Stanley, Sophia, et Donald ont pris le lancement du yacht à terre. Le petit port maritime était avec du charme, avec un grand choix de magasins intéressants et de trattorie extérieur rayant la route simple qui a amené aux collines. Douzaine bateau de pêches environ petites a été tirée vers le haut sur la plage recouvert de galets.

Stanley s'est tourné vers Sophia.

« Nous prendrons le déjeuner à l'hôtel sur la colline. Il y a une belle vue de là. » Il a incliné la tête vers un taxi arrêté au delà des docks. « Prenez un taxi là, et je vous rencontrerai en quelques minutes. » Il lui a remis une certaine somme d'argent.

« Très bien, cher. »

Ses yeux l'ont suivie pendant qu'elle marchait loin ; alors il s'est tourné vers Donald. « Je dois faire un appel. »

Mais pas du bateau, pensé de Donald. Les hommes sont allés aux deux cabines de téléphone sur le côté du dock. Donald a observé pendant que Stanley faisait un pas l'intérieur un de eux, prenait le récepteur, et a inséré une marque.

« Opérateur, je voudrais placer un appel à Union Bank de la Suisse à Genève. »

Une femme approchait la deuxième cabine de téléphone. Donald a fait un pas devant elle, bloquant sa manière. « Excusez-moi, » elle a dit. « Je… »

« J'attends un appel. »

Elle l'a regardé dans la surprise. « Oh. » Elle a jeté un coup d'œil si tout va bien sur la cabine de téléphone Stanley était dedans.

« Je n'attendrais pas. » Donald a dit avec un bruit de grognement. « Il va être au téléphone pendant longtemps. » La femme gesticulée et marchée loin. « Bonjour ? »

Donald observait Stanley parler dans l'embouchure.

« Peter ? Nous avons un petit problème. » Stanley a fermé la porte à la cabine. Il parlait très rapide, et Donald ne pourrait pas entendre ce qu'il disait. À la fin de la conversation, Stanley a remplacé le récepteur et a ouvert la porte.

« Est tout toute la droite, M. Stanley ? » Donald a demandé. « Obtenons un certain déjeuner. »

Le Palazzu U Domu est le joyau de la couronne d'Ajaccio, un hôtel avec une vue panoramique magnifique de la baie verte ci-dessous. L'hôtel approvisionne très au riche, et jalousement garde sa réputation. Robert Stanley et Sophia ont pris le déjeuner sur la terrasse.

« Commandé-je pour vous ? » Stanley a demandé. « Ils ont quelques spécialités ici que je pense que vous pourriez apprécier. »

« Svp, » Sophia a dit.

Stanley a commandé le pesto de frênette, les pâtes locales, le veau, et la fouace, le pain salé de la région.

« Et apportez-nous une bouteille de Schram quatre-vingt-huit. » Il s'est tourné vers Sophia.

« Il a reçu une médaille d'or dans le défi international de VIN à Londres. I posséder le vignoble. »
Elle a souri. « Vous êtes chanceux. »

La chance n'a eu rien à faire avec elle. « Je crois que l'homme a été censé pour apprécier les plaisirs gustatifs qui ont été mis sur la terre. » Il a pris sa main dans le sien.   « Et d'autres plaisirs, aussi. »

« Vous êtes un homme étonnant. »

« Merci. »

Il Stanley enthousiaste pour avoir de belles femmes l'admirer. Celui-ci était assez jeune pour être sa fille et cela l'a excité encore plus.

Quand ils avaient fini le déjeuner, Stanley a regardé Sophia et a souri.

« Revenons au yacht. »

« Oh, oui ! »

Robert Stanley était un amant variable, passionné et qualifié. Son énorme amour-propre l'a fait davantage préoccupé par satisfaire une femme qu'au sujet de se satisfaire. Il a su exciter les zones érotiques d'une femme, et il a orchestré ses rapports sexuels fournissant le plaisir par la satisfaction des sens et de la symphonie qui ont amené ses amants aux tailles qu'ils n'avaient avant jamais réalisées. Ils ont passé l'après-midi dans la suite de Stanley, et quand ils étaient de finition faisant l'amour, Sophia a été épuisée. Robert Stanley a habillé et est allé au pont pour voir capitaine Bargas.

« Vous aiment continuer en Sardaigne, Signora Stanley ? » le capitaine demandé.

« Arrêtons d'abord chez l'Île d'Elbe. »

« Oui, monsieur. Est tout satisfaisant ? »

« J'espère ainsi, » Stanley a dit. « Tout est satisfaisant. »

Il se sentait réveillé encore. Il a retourné à la cabine de grand luxe de Sophia. Ils ont atteint l'Île d'Elbe l'après-midi suivant, et ancré chez Portoferraio. L'Île d'Elbe est une île méditerranéenne en Toscane, Italie. La plus grande île de l'archipel toscan, l'Île d'Elbe est également une partie du parc national du Toscan et du tiers - la plus grande île en Italie après la Sicile et la Sardaigne. Elle est située entre la mer tyrrhénienne et la mer ligurienne, environ 50 kilomètres (30 MI) à l'est de l'île française de la Corse.

Comme Boeing 727 est entré le cubage nord-américain, le pilote signé avec la maîtrise des terrains.

«Le centre de New York, Boeing huit neuf cinq est avec vous, passant à niveau de vol deux six zéros pour le niveau de vol deux quatre zéros. »

La voix du centre de New York a avancé. « Roger, vous êtes dégagé à un deux mille, JFK direct. Appelez l'approche sur un deux sept points quatre. »

De derrière de l'avion est venu un bas grondement. « Facile, prince. C'est un bon garçon. Obtenons cette ceinture de sécurité autour de vous. »

Il y avait quatre hommes attendant quand les 727 ont débarqué. Ils se sont tenus à différentes positions avantageuses ainsi ils pourraient observer les passagers descendre de l'avion. Ils ont attendu une demi-heure. Le seul passager à sortir était un berger allemand noir.

Portoferraio est le centre commercial principal de l'Île d'Elbe. Les rues sont garnies des magasins élégants et sophistiqués, et derrière le port, les bâtiments du 18ème siècle sont rempliés sous la citadelle du 16ème siècle rocailleuse construite par le duc de Florence.

Robert Stanley avait visité l'île beaucoup de fois, et d'une manière étrange, il était à l'aise ici.

C'était l'endroit où Napoléon Bonaparte a été exilé par les gouvernements alliés vers l'Île d'Elbe suivant son abdication à Fontainebleau et débarqué sur l'île le 4 mai 1814.

« Nous allons regarder la villa du Napoléon, » il a dit Sophia. « Je vous rencontrerai là. » Il s'est tourné vers Donald.

« Portez-la au dei Mulini de villa. »

« Oui, monsieur. »

Stanley a observé Donald et Sophia partir. Il a regardé sa montre. Le temps s'épuisait. Son avion aurait déjà débarqué chez JFKennedy. Quand ils ont appris qu'il n'était pas à bord, la chasse à l'homme commencerait encore. Cela leur prendra un moment pour prendre la traînée, pensée de Stanley. D'ici là, tout aura été arrangé.

Il a fait un pas dans une cabine de téléphone à l'extrémité du dock.

« Je veux placer un appel à Londres, » Stanley a indiqué l'opérateur. La « banque de Barclay. Un sept des… »

Une demi-heure plus tard, il a pris Sophia et l'a amenée de nouveau au port.

« Vous allez à bord, » Stanley lui a indiqué. « J'ai un autre appel à faire. »

Elle l'a observé progresser plus d'à la cabine téléphonique près du dock. Pourquoi n'utilise-t-il pas les téléphones sur le yacht ? Sophia s'est demandée.

À l'intérieur de la cabine téléphonique, Robert Stanley disait, « Sumitomo Bank à Tokyo... »

Quinze minutes plus tard, quand il est revenu au yacht, il était dans une fureur.

« Sommes nous allant ancrer ici pour la nuit ? » Capitaine Bargas a demandé.

« Oui, » Stanley s'est cassé. « Non ! Laissez-nous principaux pour la Sardaigne. Maintenant ! »

La Sardaigne est la deuxième plus grande île en mer Méditerranée. Les côtes de la Sardaigne sont généralement hautes et rocheuses, avec des bouts droits longtemps, relativement droits de littoral, beaucoup de promontoires exceptionnels, quelques baies larges et profondes, des rias, et beaucoup d'admissions et avec de diverses plus petites îles outre de la côte.

L'île a un climat méditerranéen typique. Pendant l'année il y a approximativement 300 jours de soleil, avec une concentration importante des précipitations pendant l'hiver et l'automne, de quelques douches lourdes au printemps et des chutes de neige dans les montagnes.

Porto Cervo est une petite ville en Sardaigne. Elle est l'un des endroits les plus beaux le long de la côte méditerranéenne. La petite ville de Porto Cervo est un asile pour le riche, avec une grande partie du secteur pointillé avec des villas construites par Alan Kimbal.

La première chose Robert Stanley a fait quand elles se sont accouplées devaient se diriger pour une cabine téléphonique. Donald l'a suivi, tenant la garde en dehors de la cabine.

« Je veux placer un appel au d'ltalia de Banca à Rome. »
La porte de cabine de téléphone fermée.

La conversation a duré presque une demi-heure. Quand
Stanley est sorti de la cabine de téléphone, il était dans
sérieux problème. Donald s'est demandé ce qui continuait.
Stanley et Sophia ont pris le déjeuner à la plage de Porto
Cervo. Stanley commande pour eux. « Nous commencerons
par le malloreddus. » Flocons de pâte faits en blé de dur-
grain. « Puis le porceddu. » Peu de porc de nourrisson, cuit
avec le myrte et les feuilles de baie. « Pour un vin, nous
prendrons le Vernaccia, et pour le dessert, nous prendrons
des se badas. » Les beignets frits ont rempli du fromage frais
et ont râpé l'écorce de citron, époussetée avec du miel et le
sucre amers.

« Bene, signora. » Le serveur a marché loin, appliqué.
Comme Stanley a tourné pour parler à Sophia, son cœur a
soudainement sauté un battement. Près de l'entrée aux
hommes du restaurant deux ont été assis à une table,
l'étudiant. Habillé dans les costumes foncés dans le soleil
d'été, ils ne prenaient pas la peine même de les feindre étaient
des touristes. Sont-ils après moi ou sont-ils les étrangers
innocents ? Je ne dois pas laisser mon imagination
fonctionner loin avec moi, pensée de Stanley. Sophia parlait.

« Je ne t'ai avant jamais demandé. Quelles affaires sont
vous dedans ? »

Stanley l'a étudiée. Elles régénéraient pour être avec
quelqu'un qui n'a connu rien au sujet de lui. « Je suis retiré, »
il lui a dit. « Je voyage juste autour, appréciant le monde. »

« Et vous sont tout seul ? » Sa voix a été remplie de
sympathie. « Vous devez être très seul. »

Elle était toute qu'il pourrait ne rient pas à haute voix. « Oui, je suis. Je suis heureux vous suis ici avec moi. » Elle l'a mise remettent le sien. « Je, aussi, cher. »

Hors du coin de son œil, Stanley a vu les deux hommes partir.

Quand le déjeuner était terminé, Stanley et Sophia et Donald sont revenus à la ville. Stanley s'est dirigé pour une cabine téléphonique.

« Je veux Crédit Lyonnais à Paris... »

L'observant, Sophia a parlé à Donald.   « Il est un homme merveilleux, n'est pas il ? »

« Il n'y a personne comme lui. »

« Combien de temps ayez-vous été avec lui ? »

« Deux ans, » Donald a dit.

« Vous êtes chanceux. »

« Je sais. » Donald a marché plus d'et s'est tenu comme juste de garde en dehors de la cabine téléphonique. Il a entendu dire de Stanley,

« Ben ? Vous savez pourquoi je vous appelle... oui... oui... vais le faire ? ... C'est merveilleux » sa voix a été remplie de soulagement. « Aucun pas là. Réunissons-nous en Corse... C'est parfait après notre réunion, je peux retourner directement à la maison. Merci, Ben. » Stanley a déposé le récepteur. Il a tenu là un moment, souriant, et a alors composé un numéro à Los Angeles. Un secrétaire répondu. « Bureau de M. Frank Harold. »

« C'est Robert Stanley. Laissez-moi lui parler. »

« Oh, M. Stanley ! Je suis désolé, M. Frank Harold est des vacances. Peut quelqu'un d'autre...? »

« Non. Je suis sur mon chemin de nouveau aux états. Vous lui dites que je le veux à Los Angeles à l'air de Bell à neuf heures lundi matin. Dites-lui d'apporter une copie de ma volonté et d'un notaire. »

« J'essayerai… »

« N'essayez pas. Faites-la, mon cher. » Il a déposé le récepteur et s'est tenu là, son esprit emballant, quand il a fait un pas hors de la cabine téléphonique, sa voix était calme. « J'ai de petites affaires pour prendre soin de, Sophia. Allez à l'hôtel grand et attendez-moi. »

« Bien, » elle a dit badinage amoureux. « Ne soyez pas trop long. »

« Je pas. »

Les deux hommes ont observé sa promenade loin.

« Revenons au yacht, » Stanley a indiqué Donald. « Nous partons. »

Donald l'a regardé dans la surprise. «Au sujet de ce qui…? »

« Elle peut visser sa maison futée de dos de manière d'âne. »

Quand ils sont revenus aux cieux bleus, Robert Stanley est allé voir capitaine Bargas. « Nous nous dirigeons pour la Corse, » il a dit que « déplaçons-nous. »

« J'ai juste reçu un rapport de temps mis à jour, Signora Stanley ' ai peur qu'il y ait une mauvaise tempête. Il serait meilleur si nous l'attendions et… »

« Je veux partir maintenant, capitaine. »

Capitaine Bargas a hésité. « Ce sera un voyage approximatif, monsieur. C'est un libeccio… le vent de sud-ouest. Nous aurons les mers fortes et les rafales. »

« Je ne m'inquiète pas à ce sujet. » La réunion en Corse allait résoudre tous ses problèmes. Il s'est tourné vers

Donald. « Je veux que vous vous chargiez pour qu'un hélicoptère nous prenne en Corse et de prend à Roma. Utilisez le téléphone public sur le dock. »

« Oui, monsieur. »

Donald Herman a marché de nouveau au dock et est entré dans la cabine téléphonique. Vingt minutes plus tard, les cieux bleus étaient pèsent dessous.

3

La personne qu'il a aimée et a adorée était David Smith, et lui employé souvent le nom en tant que sa pierre de touche…

« Je ne m'inquiète pas ce que vous dites au sujet de Smith, il est le seul politicien avec des valeurs réelles. Qu'au sujet de ce qu'il est tout. Sans valeurs familiales, ce pays serait vers le haut de The Creek encore plus mauvais qu'il est. Tous ces jeunes garçons vivent ensemble sans être marié, et ayant des bébés. Il est choquant. Aucune merveille là n'est tellement crime. L'examen médical et les agressions sexuelles contre des femmes se produisent à l'intérieur et à l'extérieur de la famille. La violence dans la maison est autant un crime que la violence d'un étranger, ainsi ne l'accepte pas. Si David Smith court jamais pour le président, il est sure obtenu mon vote. » C'était une honte, il a pensé, qu'il ne pourrait pas voter en raison d'une loi stupide, mais, sans se soucier, il était derrière Smith complètement.

Il a eu trois enfants : Bob, sept; et deux filles: Quels et Mary, neuf et douze. Ils étaient les enfants merveilleux, et sa plus grande joie dépensait ce qu'il a aimé pour appeler le temps de qualité avec elles. Ses week-ends ont été totalement consacrés aux enfants. C'est évidemment que les enfants ont la fonction importante dans sa vie. Les enfants semblent probablement pour qu'il soit une source dont pour développer nouveau relations et la perception immédiate. Il a grillé tout entier pour elle, a joué avec elle, les a prises aux films et aux jeux de boule, et les a aidés avec leur travail. Tous les jeunes dans le voisinage l'ont adoré. Il a réparé leurs vélos et jouets, et les a invités sur des pique-niques avec sa famille. Ils lui ont donné le nom d'entaille du PAPA. Sur un ensoleillé samedi matin, il a été assis dans les blanchisseurs, observant le jeu de baseball. C'était un jour parfait d'image, avec le soleil chaud et les cumulus pelucheux tachetant le ciel. Son fils de sept ans, Bob, était à la batte, regardant très professionnelle et grandie dans son uniforme d'équipe de minimes. Les filles et son épouse du papa deux étaient sur son côté. Il n'obtient pas d'améliorer que ceci, il a pensé heureusement. Pourquoi toutes les familles ne peuvent-elles pas être comme le nôtre ?

C'était le fond du huitième tour de batte ; le score a été serré, avec deux sorties et les bases chargées. Bob était au plat, à trois boules et à deux grèves contre lui. Le papa exigé, d'une manière encourageante, « les obtiennent, Bob ! Au-dessus de la barrière ! »

Bob a attendu le lancement. Il était rapide et le bas et Bob ont balancé d'une manière extravagante et ont manqué. L'arbitre a hurlé, «la grève trois ! »

Le tour de batte était terminé. Il y avait des gémissements et des acclamations de la foule des parents et des amis de famille. Bob s'est tenu là découragé, observant les côtés de changement d'équipes.

Papa exigé, « C'est tout le juste, fils. Vous le ferez la fois prochaine ! » Bob a essayé de forcer un sourire.

John Blackburn, le directeur d'équipe, attendait Bob.

« Vous êtes fait ! Sortez d'ici ! Vous ne pouvez pas le jouer encore » avez dit.

« Mais, M. Blackburn… »

« Sortez. Obtenez outre du champ. Maintenant ! »

Le père de Bob observé dans la stupéfaction de mal en tant que son fils a laissé le champ. Il ne peut pas faire cela, il a pensé. Il doit donner l'autre chance de Bob. Je devrai parler à M. Blackburn et expliquer. Juste après le ce, le téléphone mobile qu'il a porté a sonné. Il l'a laissé sonner quatre fois avant qu'il lui a répondu. Seulement une personne a eu le nombre. Il sait que je déteste pour être dérangé le week-end, il a pensé en colère.

À contrecœur, il a soulevé l'antenne, pressée un bouton, et rai dans l'embouchure.

« Bonjour ? »

La voix à l'autre extrémité a parlé tranquillement pendant plusieurs minutes. Le papa a écouté, inclinant la tête de temps en temps. Enfin il a dit, « Oui. Je comprends. Je prendrai soin de lui. » Il a mis le téléphone loin.

« Est tout le droit, chouchou ? » son épouse demandée.

« Non. J'ai peur qu'il ne soit pas. Ils veulent que je travaille au cours du week-end. Je prévoyais un barbecue gentil pour nous demain. »

Son épouse a pris sa main et a dit affectueusement, « Ne vous inquiétez pas à son sujet. Votre travail est plus important. »

Pas aussi important que ma famille, il a pensé obstinément.

David Smith comprendrait. Sa main a commencé à démanger violemment et il l'a rayée. Pourquoi doit-il faire cela ? Il demandé. Je devrai voir un dermatologue un de ces jours.

John Blackburn était le sous-directeur au supermarché local. Un homme robuste en ses années '50, il avait accepté de contrôler l'équipe d'équipe de minimes parce que son fils était un joueur de base-ball. Son équipe avait perdu cet après-midi en raison de jeune Bob. Le supermarché s'était fermé, et John Blackburn était dans le parking, marchant vers sa voiture, quand un étranger l'a approché, porte un paquet.

« Excusez-moi, M. Blackburn. »

« Oui ? »

« Je me demande si je pourrais te parler pendant un instant. »

« Le magasin est fermé. »

« Oh, il n'est pas celui. J'ai voulu te parler au sujet de mon fils. Bob est très bouleversé que vous lui avez pris hors du jeu et lui avez dit qu'il ne pourrait pas jouer encore. »

« Bob est votre fils ? Je suis désolé qu'il ait été même dans le jeu. Il ne sera jamais un joueur de base-ball. »

Le père de Bob a dit sincèrement, « Vous ne sont pas juste, M. Blackburn. Je connais Bob. Il est vraiment un bon joueur de base-ball. Vous verrez. Quand il joue samedi prochain… »

« Il ne va pas jouer samedi prochain. Il est. »

« Mais… »

« Aucun mais. Qu'il. Maintenant, s'il y a rien d'autre… »

« Oh, il y a. » Le père de Bob avait déroulé le paquet dans sa main, indiquant une batte de baseball. Il a dit d'un ton de prière, « c'est la batte que Bob a employée. Vous pouvez voir qu'elle a ébréché, ainsi elle n'est pas juste pour le punir parce que... »

« Regard, Monsieur, je ne me soucie guère au sujet de la batte. Votre fils est ! »

Le père de Bob a soupiré malheureusement. « Vous êtes sûr que vous ne changerez pas d'avis ? »

« Aucune manière. »

Comme Blackburn a atteint pour la poignée de porte de sa voiture, le père de Bob a balancé la batte contre la fenêtre arrière et la heurter. Blackburn a regardé fixement lui dans le choc. « Ce que... êtes diable vous faisant ? »

« Réchauffant, » papa expliqué. Il a soulevé la batte et l'a balancée encore, la heurtant contre la rotule de Blackburn. John Blackburn a crié et est tombé à la terre, se tordant en douleur.

« Vous êtes fou ! » il a hurlé. « Aide ! »

Le père de Bob s'est mis à genoux près de lui et a dit doucement, « faites un plus de bruit, et je casserai votre autre rotule. »

Blackburn a regardé fixement lui dans l'agonie, terrifiée.

« Si mon fils n'est pas dans le jeu samedi prochain, je vous tuerai et je tuerai votre fils. Je me rends clair ? »

Blackburn a regardé dans les yeux de l'homme et a incliné la tête, combattant pour garder des cris avec douleur.

« Bon. Ah, et moi ne voudrait pas que ceci sorte. J'ai des amis. » Il a regardé sa montre. Il a eu le juste assez de temps pour attraper le prochain vol vers Los Angeles. Sa main a commencé à démanger encore.

À sept heures dimanche matin, habillé un costume investi et en portant une serviette en cuir chère, il a pris le souterrain à Los Angeles du centre. Il a approché l'entrée de bâtiment de confiance. Avec des douzaines de locataires dans ce bâtiment énorme, il n'y aurait aucune manière que la garde à la réception pourrait l'identifier.

« Bonjour, » l'homme a dit. « Bonjour, monsieur. Peux je vous aide ? »

Il a soupiré. « Même Dieu ne peut pas m'aider. Ils pensent que je n'ai rien à faire mais passer mon dimanche effectuant le travail que quelqu'un d'autre devrait avoir effectué. »

La garde m'a dit, sympathique, « Connaissent le sentiment. » Il a poussé un carnet en avant. « Vous signeriez dedans, svp ? »

Il a signé dans et a marché plus d'à la banque des ascenseurs. Le bureau qu'il recherchait était sur le cinquième plancher. Il a pris l'ascenseur au sixième plancher, a descendu un vol, et a abaissé le couloir. La légende sur la porte a lu, REYNOLDS et FRANK HAROLD, AVOCATS. Il a regardé autour pour s'assurer le couloir a été abandonné, puis a ouvert sa serviette et a sorti a petite sélection et un outil de tension. Cela lui a pris cinq secondes pour ouvrir la porte verrouillée. Il a fait un pas intérieur et fermé la porte derrière lui. La salle de réception a été fournie dans le goût conservateur démodé, en tant que convenu des cabinets d'avocats supérieurs de Los Angeles. L'homme a tenu là un moment, s'orientant, et s'est alors déplacé vers l'arrière, à une salle de classement où des disques ont été gardés. À l'intérieur de la salle était une banque des coffrets en acier avec les labels alphabétiques sur l'avant. Il a essayé le R-S divisé par coffret. Il était verrouillé. De sa serviette, il a enlevé une touche muette, un dossier, et une paire de pinces. Il a poussé la touche muette à l'intérieur de la petite serrure de coffret, la tournant doucement de l'un côté à l'autre. Après un moment, il l'a retirée et a examiné les taches noires là-dessus. Tenant la clé avec les paires de pinces, il a soigneusement classé outre des anthracnoses. Il a mis la clé dans la serrure encore, et a répété la procédure. Il ronflait tranquillement à se pendant qu'il sélectionnait la serrure, et il souriait pendant qu'il réalisait soudainement ce qu'il ronflait.

« Loin endroits. »

Je prendrai ma famille des vacances, il a pensé heureusement. De vraies vacances. Je parierai que les enfants aimeraient Hawaï. Le tiroir de coffret est venu ouvert, et il l'a tiré vers lui. Cela a pris seulement un moment pour trouver le dossier qu'il a voulu. Il a enlevé un petit appareil-photo de Pentax de sa serviette et est allé travailler. Dix minutes plus tard il était de finition. Il a pris plusieurs morceaux de kleenex de la serviette, marchés plus d'au refroidisseur d'eau, et les a mouillés. Il est revenu à la salle de classement et a essuyé vers le haut des copeaux en acier sur le plancher. Il a fermé à clef le dossier coffret, fait sa sortie au couloir, verrouillé l'entrée principale aux bureaux, et laissé le bâtiment.

4

C'était temps glorieux au cours de la journée. Plus tard dans la soirée, capitaine Bargas est venu à la cabine de grand luxe de Robert Stanley.

« Signora Stanley… »

« Oui ? »

Le capitaine a indiqué la carte électronique sur le mur. « J'ai peur que les vents deviennent plus mauvais. Le libeccio est centré dans le détroit de Bonifacio. Je proposerais que nous prenions l'abri dans un port jusqu'à… » Stanley l'a coupé sous peu. « C'est un bon bateau, et vous êtes un bon capitaine. Je suis sûr que vous pouvez le manipuler. »

Capitaine Bargas a hésité. « En tant que vous dites, signora. Je ferai mon meilleur. »

« Je suis sûr que vous, capitaine. »

Robert Stanley s'est assis dans le bureau de sa suite, prévoyant sa stratégie. Il rencontrerait Ben en Corse et obtiendrait tout redressé. Après ce, l'hélicoptère le piloterait à Roma, et là de lui affréterait un avion pour le prendre à Los Angeles. Tout va être bon, il a décidé. Tout que j'ai besoin est de quarante-huit heures. Juste quarante-huit heures.

Il a été réveillé à deux heures du matin par le tangage sauvage du yacht et d'un vent d'hurlement dehors. Stanley avait été dans les tempêtes avant, mais c'était un des plus mauvaises. Capitaine Bargas avait eu raison. Robert Stanley est sorti du lit, se tenant dessus sur le support de nuit pour s'affermir, et a fait sa manière à la carte murale. Le bateau était dans le détroit de Bonifacio. Nous devrions être à Ajaccio pendant les heures à venir, il a pensé. Une fois que nous sommes là, nous serons sûrs.

Les événements qui se sont produits plus tard étaient une question de la spéculation. Le jour suivant Robert Stanley était à Ajaccio. Il a passé la nuit dans l'hôtel. Après petit déjeuner il a dit Donald Herman :

« J'irai faire un appel téléphonique. Restez à travers la rue et la montre pour moi, » Donald a dit.

« Correct, monsieur. » Dix minutes plus tard Robert Stanley a marché vers Donald. Soudainement un grand camion est venu au coin de la rue avec la grande vitesse. Le conducteur ne pouvait pas arrêter le camion et Donald Stanley a été frappé, tombe vers le bas sur la rue. Donald court à Robert Stanley, mais étaient trop en retard.

Il a réclamé l'ambulance et le corps a été pris à l'hôpital le plus proche. Ce qui plus tard a été trouvé Robert Stanley a eu la fracture principale terrible et le saignement massif, qui causent sa mort.

5

Capitaine Frank Duval, chef de police en Corse, était dans une mauvaise humeur. L'île a été surchargée avec l'abondance des touristes d'été qui étaient incapables de se tenir sur leurs passeports, leurs portefeuilles, ou leurs enfants. Les plaintes ont eu coulé venu dedans toute la journée au quartier général de la police minuscule au napoléon de 2 Cours outre de la rue Sergent Casalonga.

« Un homme a saisi ma bourse… »

« Mon bateau navigué sans moi. Mon épouse est sur le conseil. …»

« J'ai acheté cette montre de quelqu'un sur la rue. Elle n'a rien intérieur… »

« Les pharmacies ici ne portent pas les pilules que j'ai besoin… »

Les problèmes étaient sans fin. Et maintenant il a semblé que le capitaine a eu un corps sur ses mains. « Je n'ai aucun temps pour cette charge de merde maintenant, » il crie il. « Mais ils attendent dehors, » son assistant l'ont informé. « Ce qui je leur dirai ? »
Capitaine Duval était impatient pour arriver à son amie.

Son impulsion était prête à dire, « prennent le corps à une autre île, » mais il était, après tout, le fonctionnaire en chef de police sur l'île.

« Très bien. » Il a soupiré. « Je les verrai brièvement. »

Un moment plus tard, capitaine Bargas et Donald Herman ont été escortés dans le bureau.

« Asseyez-vous, » Capitaine Duval a dit, désagréable. Les deux hommes ont assumé des présidences.

« Dites-moi, svp, exactement ce qui s'est produit. »

Capitaine Bargas a dit, « je ne suis pas sûr exactement. Je ne l'ai pas vu se produire… » Il s'est tourné vers Donald Herman. « Il était un témoin oculaire. Peut-être il pourrait l'expliquer. »

Donald a pris une respiration profonde. « Elle était terrible. Je travaille… travaillé pour l'homme. »

« Faisant ce qui, Monsieur ? »

« Garde du corps, masseur, chauffeur. Je cours pour le sauver, mais il n'y avait rien que je pourrais faire. J'ai réclamé l'aide. L'ambulance est entrée. Mais il était trop tard. Il a été tué par accident automobile. »

« Je suis très désolé. » Il ne pourrait pas s'être inquiété moins. Capitaine Bargas a parlé. « C'était accident mais maintenant nous voudrions l'autorisation de prendre la maison de corps. »

« Qui devrait n'être aucun problème. » Il avait toujours le temps pour avoir une boisson avec son amie avant qu'il soit rentré à la maison à son épouse. « J'aurai un certificat de décès et un visa de sortie pour le corps préparé immédiatement. » Il a pris une protection jaune. « Le nom de la victime ? »

« Robert Stanley. »

Capitaine Duval était très toujours soudainement. Il a recherché. « Robert Stanley ? »

« Oui. »

« Le Robert Stanley ? »

« Oui. »

Et l'avenir de Capitaine Duval est soudainement devenu beaucoup plus lumineux. Les dieux avaient laissé tomber la bénédiction dans son recouvrement. Robert Stanley était une légende internationale ! Les nouvelles de sa mort seraient répétées comme écho autour du monde, et il, Capitaine Duval, était aux commandes de la situation. La question immédiate était comment manœuvrer cet événement pour l'avantage maximum à se. Duval s'est assis là, regardant fixement dans l'espace, pensant.

« Quand pouvez-vous libérer le corps ? » Capitaine Bargas a demandé.

Il a recherché. « Oh. C'est une bonne question. » Combien d'heure prendra-t-elle pour que la presse arrive-t-elle ? Au cas où je demander au capitaine du yacht de participer à l'entrevue ? Non. Pourquoi partagez la gloire avec lui ? Je manipulerai ce seul.

« Il y a beaucoup à faire, » il a dit avec regrets.

« Des papiers pour le préparer… » A soupiré. « Elle pourrait bien être une semaine ou plus. »

Capitaine Bargas était consterné. « Une semaine ou plus? Mais vous avez dit… »

« Il y a certaines formalités à observer, » Duval a dit sévèrement. « Ces sujets ne peuvent pas être précipités. » Il a pris la protection jaune encore. « Qui est le prochain de ses parents ? »

Capitaine Donald regardé par Bargas pour l'aide.

« Je devine que vous devriez vérifier avec ses mandataires à Los Angeles. »

« Les noms ? »

« AVOCATS DE REYNOLDS ET DE FRANK HAROLD. »

6

Un signe peut être vu au-dessus de la porte avec la légende lesquels peut lire comme REYNOLDS et FRANK HAROLD, Reynolds avait été longtemps décédé. Frank Harold était toujours beaucoup vivant, et à soixante-dix-huit, il était la dynamo qui a actionné le bureau, avec soixante-cinq mandataires travaillant sous lui. Il était dangereusement mince, avec une pleine crinière des cheveux blancs, et il a marché avec le chariot sévèrement droit d'un militaire. Actuellement, il arpentait dans les deux sens. Il a toujours quelque chose sur son esprit. L'essai de se sentir meilleur à l'aide de ne semble plus jamais fonctionner pendant longtemps. Son esprit était dans un problème.

Il s'est arrêté devant son secrétaire. « Quand M. Stanley téléphonique, il n'a donné aucune indication de ce qu'il a voulu pour me voir au sujet tellement d'instamment ? »

« Non, monsieur. Il a juste dit il a voulu que vous fussiez à sa maison à neuf heures lundi matin, et apporter le sien et un notaire. »

« Merci. Demandez à M. Brown d'entrer. »

George Brown était l'une des mandataires intelligentes et innovatrices dans le bureau. Un diplômé de Harvard école de droit dedans ses années '40, il était grand et maigre, avec les cheveux blonds, les yeux bleus curieux ont miroité avec l'amusement, et une présence facile et gracieuse. Brown était le dépanneur pour que l'entreprise, et le choix de Frank Harold assure un jour. Si j'avais eu un fils, pensée Harold, j'aurais voulu qu'il fût comme George. Il a observé pendant que George Brown marchait dedans.

« Vous êtes censé être la pêche saumonée dans Terre-Neuve, » George a dit.

« Quelque chose a été soulevée. Asseyez-vous, George. Nous avons un problème. »

George a soupiré. « Quoi d'autre est nouveau ? »

« Il est au sujet de Robert Stanley. »

Robert Stanley était l'un de leurs clients plus prestigieux. Une demi-douzaine d'autres cabinets d'avocats a manipulé de diverses filiales d'entreprises de Stanley, mais Reynolds et Frank Harold ont manipulé ses affaires personnelles. Excepté Harold, aucun des membres de l'entreprise ne l'avait jamais rencontré, mais il était une légende autour du bureau.

« Ce qui est Stanley fait maintenant ? » George a demandé. « Il s'est mort. »

George l'a regardé, choqué. « Il est ce qui ? »

« J'ai juste reçu un fax de la police en Corse. Apparemment Stanley a traversé la rue et a été heurté en un camion. »

« Mon Dieu ! »

« Je sais que vous ne l'avez jamais rencontré, mais je l'ai représenté pendant plus de trente années. Il était un homme difficile. »

Harold s'est penché de retour dans sa chaise, pensant au passé. « Il y avait vraiment deux le public un de Robert Stanley-le qui pourrait cajoler les oiseaux outre de l'arbre d'argent, et le salaud qui a pris le plaisir dans les personnes de destruction. Il était un charmeur, mais il pourrait vous allumer aiment un animal. Il a eu une fente que personnalité-il était le charmeur animal et l'animal. »

« Bruits fascinant. »

« Il était il y a-trente-un environ trente ans, pour être précis quand j'ai joint ce cabinet d'avocats. Le vieil homme Reynold a manipulé Stanley alors. Vous savez les gens emploient l'expression « plus grande que la vie » ? Bien, Robert Stanley était vraiment plus grand que la vie. S'il n'existait pas, vous ne pourriez pas l'avoir inventé. Il était un colosse. Il a eu une énergie et une ambition étonnantes. Il était un grand athlète. Il a enfermé dans une boîte - dans l'université et était un joueur de polo de dix-but. Mais même lorsqu'il était jeune, Robert Stanley était impossible. Il était le seul homme que je n'ai jamais su qui était totalement sans compassion. Il était sadique et déraisonnablement cruel et injuste vers quelqu'un qui lui a nui, et il a eu les instincts du loup qui emploie les problèmes d'autres personnes et la souffrance pour son propre avantage. Il a aimé forcer ses concurrents dans la faillite. On l'a répandu qu'il y avait plus que quelque suicide en raison de lui. »

« Il ressemble à d'un monstre. »

« D'une part, oui. D'autre part, il a fondé un orphelinat en Nouvelle-Guinée et un hôpital à Bombay, et il a donné des millions à la charité-anonyme. Personne n'a jamais su quoi prévoir après. »

« Comment a fait il devient si riche ? »

« Va comment votre mythologie grecque ? »

« Je suis rouillé. »

« Vous connaissez l'histoire d'Œdipe ? »

George a incliné la tête. « Il a tué son père pour obtenir sa mère. »

« Droit. Bien, c'était Robert Stanley. La seule différence est qu'il a tué son père pour obtenir le vote de sa mère. »

George regardait fixement lui. « Ce qui ? »

Harold s'est penché en avant. « Dans le début des années trente, le père de Robert a eu une épicerie ici à Los Angeles. Elle a tellement bien fait qu'il a ouvert un second, et assez bientôt il a eu une petite chaîne des épiceries. Quand Robert a fini l'université, son père l'a introduit dans les affaires en tant qu'associé et l'a mis sur le conseil d'administration. Comme j'ai dit, Robert était ambitieux. Il a eu de grands rêves. Au lieu de la viande d'achat des installations d'emballage, il a voulu que la chaîne élevât son propre bétail. Il a voulu qu'il achetât la terre et cultiver ses propres légumes, pouvez ses propres marchandises. Son père est en désaccord, et ils ont combattu beaucoup.

« Alors Robert a eu son plus grand échange d'idées de tous. Il a dit son père qu'il a voulue que la société construisît une chaîne des supermarchés qui ont vendu tous des automobiles aux meubles à l'assurance-vie, à une remise, et des clients de charge une cotisation. Le père de Robert a pensé qu'il était fou, et il ait décliné l'idée. Mais Robert n'a eu l'intention de ne laisser rien obtenir de sa manière. Il a décidé qu'il a dû se débarrasser du vieil homme. Il a persuadé son père de prendre de longues vacances, et tandis qu'il était parti, Robert est allé travailler charmant le conseil d'administration.

« Il était un vendeur brillant et il les a vendus sur son concept. Il a persuadé sa tante et oncle, qui étaient sur le conseil, de voter pour lui. Il romancé les autres membres du conseil. Il les a portés au déjeuner, est allé chasse de renard avec une, jouant au golf avec des autres. Il a dormi avec une épouse du membre du conseil qui a eu l'influence au-dessus de son mari. Mais c'était sa mère qui a tenu le plus grand bloc d'actions et a eu le vote final. Robert l'a persuadée de le donner lui et au vote contre son mari. »

« Qui est incroyable ! »

« Quand le père de Robert est retourné, il a appris que sa famille l'avait voté hors de la société. »

« Mon Dieu ! »

« Il y a plus. Robert n'a pas été satisfait de celui. Quand son père a essayé d'entrer dans son propre bureau, il a constaté qu'il a été empêché du bâtiment. Et, rappelez-vous, Robert avait lieu seulement en ses années '30 alors. Son surnom autour de la société était l'homme de glace. Mais crédit où le crédit est dû, George. Il a d'une seule main établi des entreprises de Stanley dans un des plus grands conglomérats en privé tenus dans le monde. Il a augmenté la société pour inclure le bois de construction, les produits chimiques, les communications, l'électronique, et une quantité effarante d'immobiliers. Et il blesse avec toutes les actions. »

« Il doit avoir été un homme incroyable, » George a dit.

« Il était. Homme-et aux femmes. »

« Était-il s'est marié ? »

Frank Harold reposé là pendant longtemps, se rappelant. Quand il finalement a parlé, dit-il, « Robert Stanley a été marié à une des femmes les plus belles que j'ai jamais vues. Atout d'Emy. Elles ont eu trois enfants, deux garçons et une fille. Emy est venu d'une famille très sociale en air de Bell.

Elle a adoré Robert, et elle a essayé de clôturer ses yeux à sa fraude, mais un jour où elle a obtenu d'être trop pour elle. Elle a eu une institutrice pour les enfants, une femme appelée Rosa Newman. Jeune et attrayant. Ce qui l'a rendue bien plus attirante à Robert Stanley était le fait qu'elle a refusé d'aller au lit avec lui. Il l'a conduit fou. Il n'a pas été employé au rejet. Bien, quand Robert Stanley a fait du charme, il était irrésistible. Il est finalement entré Rosa dans le lit. Il a obtenu son enceinte, et elle est allée voir un docteur. Malheureusement, le beau-fils du docteur était un chroniqueur, et il a mis la main sur l'histoire et l'a imprimé. Il y avait un enfer d'un scandale. Vous connaissez Los Angeles. Elle était partout dans les journaux. J'ai toujours des coupures à son sujet quelque part. »

« Elle a obtenu un avortement ? »

Harold a secoué sa tête. « Non Robert a voulu qu'elle eût un, mais elle a refusé. Ils ont eu une scène terrible. Il lui a dit qu'il l'a aimée et a voulu l'épouser. Naturellement, il avait dit cela aux douzaines de femmes. Mais Emy a surpris leur conversation, et au milieu de cette nuit elle a commis le suicide. »

« Qui est terrible. Ce qui est arrivé à l'institutrice ? »

« Rosa Newman a disparu. Nous savons qu'elle a eu une fille qu'elle a appelé Jennifer, à l'hôpital de St Joseph à Miami. Elle a envoyé une note à Stanley, mais je ne crois pas qu'il a même pris la peine de répondre. D'ici là, il a été impliqué de quelqu'un nouveau. Il n'était plus intéressé par Rosa. Généralement il n'a pas donné une merde au sujet de n'importe qui d'autre. »

« Charmant... »

« La vraie tragédie est ce qui s'est produit plus tard. Les enfants ont légitime blâmé leur père du suicide de leur mère. Ils avaient dix, douze, et quatorze ans alors. Assez vieux pour sentir la douleur, mais trop jeune pour combattre leur père. Ils l'ont détesté. Et la plus grande crainte de Robert était cet un jour où ils feraient à lui ce qu'il avait fait à son propre père. Ainsi il a fait tout qu'il pourrait s'assurer que non jamais produit. Il les a envoyés loin à différents internats et colonies de vacances, et a assuré ses enfants pour voir aussi peu d'un un autre comme possible. Ils n'ont reçu aucun argent de lui. Ils ont vécu de la petite confiance que leur mère les avait laissés. Toutes leurs vies il a employé carotte-et approche de bâton avec elles. Il a donné sa fortune comme carotte, et l'a alors retirée si elles le contrariaient. »

« Ce qui est arrivé aux enfants ? »

« Thomas est un juge au tribunal de district à San Francisco. William ne fait rien. Il est un play-boy. Il vit dans l'air et des jeux de Bell sur le golf et le polo. Il y a quelques années, il a pris une serveuse pour un wagon-restaurant, obtenue son enceinte, et à chacun surprise, mariée lui. Carmen est un couturier réussi, marié à un Français. Ils habitent à New York. » Il s'est levé.

« George, vous ont jamais été en Corse ? »

« Non »

« Je voudrais que vous voliez là. Ils tiennent le corps de Robert Stanley, et la police refuse de le libérer. Je veux que vous redressiez la matière. »

« Bien. »

« S'il y a une possibilité de votre partir aujourd'hui… »

« Bien. Je le travaillerai. »

« Mercis. Je l'apprécie. »

Sur le vol de banlieusard d'Air France de Paris vers la Corse, George Brown a lu un livre de voyage concernant la Corse. Il a appris que l'île était en grande partie montagneuse, que sa ville portuaire principale était Ajaccio, et que c'était le lieu de naissance de Napoléon Bonaparte. Le livre a été rempli de statistiques intéressantes, mais George était totalement non préparé pour la beauté de l'île. Comme Corse approchée par avion, loin au-dessous Il a vu un haut mur solide de la roche blanche qui a ressemblé aux falaises blanches de Douvres. Il était stupéfiant.

L'avion débarqué à l'aéroport d'Ajaccio. Ajaccio est la capitale de l'île méditerranéenne française de la Corse. George a pris un taxi en bas du napoléon de Cours, la rue principale qui s'est étendue de l'endroit Général-De-Gaulle au nord à la station de train. Il avait pris des dispositions pour qu'un avion se tienne prêt pour piloter le corps de Robert Stanley de nouveau à Paris, où le cercueil serait transféré à un avion vers Los Angeles. Tout qu'il a eu besoin était d'obtenir une libération pour le corps. George a fait le laisser tomber le taxi au bâtiment de préfecture sur le Napoléon de Cours. Il a monté un vol des escaliers et est entré dans le bureau de réception. Un sergent en uniforme a été assis au bureau.

« Bonjour. Assistant vous de puis-je ? »

« Qui est responsable ici ? »

« Capitaine Duval. »

« Je voudrais le voir, svp. »

« Et à ce qu'est-il du souci dans les relations ? » Le sergent était fier de son anglais. George a sorti sa carte de visite professionnelle de visite. « Je suis la mandataire pour Robert

Stanley. Je suis venu pour prendre son corps de nouveau aux états. »

Le sergent a froncé les sourcils. « Restez, veuillez. » Il a disparu dans le bureau de Capitaine Duval, fermant soigneusement la porte derrière lui. Le bureau a été serré, rempli de journalistes de télévision et de services de nouvelles de partout dans le globe. Tous ont semblé parler en même temps.

« Y avait-il n'importe quel signe de jeu déloyal ? »

« Ayez-vous fait une autopsie ? »

« Svp, messieurs. » Capitaine Duval a retardé sa main. « Svp, messieurs. Svp. » Il a regardé autour de la salle tous les journalistes accrochant sur son chaque mot, et il était enthousiaste. Il avait rêvé des moments comme ceci. Si je manipule ceci correctement, il signifiera une grande promotion et... Le sergent a interrompu ses pensées. « Capitaine... » Il a chuchoté dans l'oreille de Duval et lui a remis George la carte de Brown.

Capitaine Duval l'a étudiée et a froncé les sourcils. « Je ne peux pas le voir maintenant, » il m'est cassé. « Dites-lui de revenir demain à dix heures. »

« Oui, monsieur. »

Capitaine Duval a observé pensivement en tant que sergent a quitté la salle. Il n'a eu aucune intention de laisser n'importe qui emporter son moment de gloire. Il a tourné de nouveau aux journalistes et a souri. « Maintenant, ce qui étaient vous demandant... ? »

Dans le bureau externe, le sergent disait à Brown,

« Je suis désolé, mais Capitaine Duval est très occupé immédiatement. Il voudrait que vous vous exposiez ici demain matin à dix heures. »

George Brown était déçu et bouleversé. Il regarde le sergent dans la consternation.

« Demain matin ? C'est ridicule. Je ne veux pas attendre cela longtemps. »

Le sergent soulève et puis abaisse ses épaules afin de prouver que George ne connaît pas quelque chose ou ne s'inquiète pas à son sujet. « Qui est de votre choisir, le Monsieur. »

George fait une expression fâchée, malheureuse, et confuse.

« Très bien. Je n'ai pas une réservation d'hôtel. Pouvez-vous recommander un hôtel ? »

« Oui de Mais. Je suis heureux d'avoir Hôtel Le Dauphin recommandé, huit l'avenue De Paris. »

George a hésité. « N'y a pas il une certaine manière… ? »

« Dix heures demain matin. »

George a tourné et a marché hors du bureau. Dans le bureau de Duval, le capitaine faisait face heureusement au barrage des questions des journalistes. Un reporter de télévision demandé, « comment pouvez-vous être sûr que c'était un accident ? »

Duval a regardé dans la lentille de l'appareil-photo. « Heureusement, il y avait un témoin oculaire à cet événement terrible. Son garde du corps l'a vu se produire et a immédiatement réclamé l'aide. L'ambulance prennent le corps à l'hôpital, mais étaient trop en retard. »

« Ce qui a fait l'exposition d'autopsie ? »

« La Corse est une petite île, messieurs. Nous ne sommes pas correctement équipés pour faire une pleine autopsie. Cependant, notre médecin examinateur rapporte que la cause du décès était la fracture principale et le saignement massif en raison d'accident automobile. Il n'y avait aucun signe de jeu déloyal. »

« Où est le corps maintenant ? »

« Nous le maintenons dans la salle d'entreposage au froid jusqu'à ce que l'autorisation soit donnée pour qu'elle soit emportée. »

Un des photographes a indiqué, « vous vous occupez de si nous prenons votre photo, Capitaine ? »

Capitaine Duval a hésité pendant un instant. « Non. Svp, les messieurs, font ce que vous devez. » Et les appareils-photo ont commencé à clignoter.

Hôtel Le Dauphin était un hôtel modeste mais ordonné et nettoie, et sa pièce était satisfaisante. George se déplacent d'abord devait téléphoner à Frank Harold.

« J'ai peur que ceci prendra plus longtemps que pensée je, » Brown a dit.

« Quel est le problème ? »

« De service. Je vais voir l'homme responsable demain matin, et je l'obtiendrai redressé. Je devrais être sur mon chemin de nouveau à Los Angeles par après-midi. »

« Très bon, George. Je te parlerai demain. »

Il a pris le déjeuner à la Fontana sur la rue Notre Dame, et avec le reste du jour pour tuer, commencé explorer la ville. Ajaccio était une ville méditerranéenne colorée qui se dorait toujours dans la gloire d'avoir été le lieu de naissance de Napoléon Bonaparte. Je pense que Robert Stanley aurait identifié avec cet endroit, pensée de George.

C'était la saison de touristes en Corse, et les rues ont été serrées des visiteurs causant loin en français, italien, allemand, et le Japonais.

Qu'égaliser George a dîné italien chez Boccaccio et retourné à son hôtel.

« Tous messages ? » il a demandé au commis de pièce, avec optimisme.

« Non, Monsieur. »

Il s'étend dans le lit et son retour de pensées à ce que Frank Harold lui avait dit au sujet de Robert Stanley.

« Elle a obtenu un avortement ? »

« Non. Robert a voulu qu'elle eût un, mais elle a refusé. Ils ont eu une scène terrible. Il lui a dit qu'il l'a aimée et a voulu l'épouser. Naturellement, il avait dit cela aux douzaines de femmes. Mais Emy a surpris leur conversation, et au milieu de cette nuit elle a commis le suicide. » George s'est demandé comment elle l'avait fait. Il est finalement tombé endormi.

À dix heures le matin suivant, George Brown est apparu encore à la préfecture. Le sergent a été assis derrière le bureau.

« Bonjour, » George a dit.

« Bonjour, Monsieur. Peux j'aide à vous aider ? » George a remis au sergent une autre carte de visite professionnelle de visite. « Je suis ici pour voir Capitaine Duval. »

« Un moment. » Le sergent s'est levé, entré dans le bureau intérieur, et fermé la porte derrière lui.

Capitaine Duval, habillé dans un nouvel uniforme impressionnant, était interviewé par un équipage de télévision de RAI d'Italie. Il regardait dans l'appareil-photo. « Quand j'ai pris la charge du cas, la première chose que j'ai faite était de s'assurer qu'il n'y avait aucun jeu déloyal impliqué dans la mort de Monsieur Stanley. »

L'interviewer demandé, « Et vous était satisfaisant qu'il n'y en ait eu aucun, Capitaine ? »

« A complètement satisfait. Il n'y a aucune question mais cela c'était un accident fâcheux. »

Le directeur a dit, « Bene. Coupons à un autre angle et à un tir plus étroit. »

Le sergent a saisi l'occasion de remettre la carte de visite professionnelle de visite de Capitaine Duval - Brown. « Il est dehors. »

« Quel est le problème avec vous ? » Duval a grogné.

« Ne pouvez-vous pas me voir suis-vous occupé ? Faites-revenir à le demain. » Il avait juste reçu le mot qu'il y avait douzaine journalistes supplémentaires sur leur chemin, certains aussi de loin que la Russie et l'Afrique du Sud, « Demain. »

« Oui. »

« Êtes-vous préparez, Capitaine ? » le directeur demandé. Capitaine Duval a souri. « Je suis prêt. »

Le sergent retourné au bureau externe. « Je suis désolé, Monsieur. Capitaine Duval est hors des affaires aujourd'hui. »

« Suis ainsi je, » George me suis cassé. « Dites-lui que tous qu'il doit faire est signer un papier autorisant la libération du corps de M. Stanley, et je serai sur mon chemin. Ce n'est pas trop à demander, est-il ? »

« J'ai peur, oui. Le capitaine a beaucoup de responsables, et… »

« Ne peut pas quelqu'un d'autre me donne l'autorisation ? »

« Oh, non, Monsieur. Seulement le capitaine peut faire l'autorité. »

George Brown tenu là, s'agitant.

« Quand peux-je le voir ? »

« Je propose si vous essayez encore demain matin. »

L'essai d'expression de nouveau râpé sur les oreilles de George. « Je ferai cela, » il a dit. « Par la manière, je comprends qu'il y avait témoin oculaire au garde du corps de M. Stanley d'accidents,… Donald Herman. »

« Oui. »

« Je voudrais lui parler. Pourriez-vous me dire où il reste ? »

«La Australie. »

« Est qu'un hôtel ? »

« Non, Monsieur. » Il y avait de pitié dans sa voix. « C'est un pays. »

La voix de George a soulevé une octave. « Êtes-vous me disant que le seul témoin oculaire à la mort de Stanley a été permis par la police de partir ici avant que n'importe qui pourrait l'interroger ? »

« Capitaine Duval l'a interrogé. »

George a pris une respiration profonde. « Merci. »

« Aucuns problèmes, Monsieur. »

Quand George est revenu à son hôtel, il a fait un rapport à Frank Harold.

« Il regarde comme je vais devoir rester une autre nuit ici. »

« Que se passe-t-il, George ? »

« L'homme responsable semble être très occupé. C'est la saison de touristes. Il recherche probablement quelques bourses perdues. Je devrais être hors d'ici par demain. »

« Séjour dans le contact. »

Malgré son irritation, George a trouvé l'île d'enchanter de la Corse. Elle a eu presque mille milles de littoral, avec la montée, les montagnes de granit qui sont restées neige-complétées jusqu'en juillet. L'île avait été ordonnée par les Italiens jusqu'à ce que la France l'ait reprise, et la combinaison des deux cultures était fascinante.

Pendant son dîner à l'hôtel, il s'est rappelé comment Frank Harold avait décrit Robert Stanley. « Il était le seul homme que j'ai jamais su qui était totalement sans compassion... sadique et rancunière... »

Bien, Robert Stanley cause beaucoup de problème même dans la mort, pensée de George. Sur son chemin à son hôtel, George s'est arrêté à un kiosque à journaux pour prendre une copie d'International Herald Tribune. Le titre lu : QU'ARRIVERA À L'EMPIRE ENTIER DE STANLEY ? Il a payé le journal, et pendant qu'il tournait pour partir, son œil a été attrapé par les titres dans certains des autres papiers étrangers sur le support. Il les a prises et, regardés par eux, stupéfait. Chaque journal simple a eu des histoires en première page au sujet de la mort de Robert Stanley, et dans chacun d'eux, Capitaine Duval a été en évidence décrit, sa photographie rayonnant des pages. De sorte que soit ce qui le maintient si occupé ! Nous verrons à ce sujet.

À neuf quarante-cinq le matin suivant, George est revenu au bureau de réception de Capitaine Duval. Le sergent n'était pas à son bureau, et la porte au bureau intérieur était légèrement ouverte. George l'a poussée pour s'ouvrir et a fait un pas à l'intérieur.

Le capitaine changeait en nouvel uniforme, se préparant à ses entrevues de presse de matin. Il a recherché pendant que George entrait.

« Qu'est-ce que vous faites ici ? C'est un bureau privet. Allez-vous-en ! »

« Je suis avec New York Times, » George Brown a dit. Immédiatement, Duval a éclairé. « Oh, entré, entrez. Vous avez dit que votre nom est… »

« Jones. Tom Jones. »

«Est-ce que je peux t'offrir quelque chose, peut-être ? Café ? Cognac ? »

« Rien, merci, » George a dit.

« Svp, svp, asseyez-vous. » La voix de Duval est devenue sombre, foncée, enfoncement, triste et très sérieux.

« Vous êtes ici, naturellement, au sujet de la tragédie terrible qui s'est produite sur notre petite île. Pauvre Monsieur Stanley. »

« Quand vous prévoyez de libérer le corps ? » George a demandé.

Capitaine Duval a soupiré. « Oh, j'ai peur pas pour beaucoup, beaucoup de jours. Il y a un grand nombre de formes à compléter dans le cas d'un homme aussi important que Monsieur Stanley. Il y a des protocoles à suivre, vous comprennent… »

« Je suppose, je fais, » George a dit.

« Peut-être dix jours. Peut-être, deux semaines. » D'ici là l'intérêt de la presse aura refroidi.

« Voici ma carte, » George a dit. Il a remis à Capitaine Duval une carte. Le capitaine a jeté un coup d'œil sur lui, et a puis pris un œil plus attentif. « Vous êtes une mandataire. Vous n'êtes pas un journaliste ? »

« Non. Je suis mandataire de Robert Stanley. » George Brown s'est levé. « Je veux votre autorisation de libérer son corps. »

« Oh, je souhaite que je pourrais te le donner, » Capitaine Duval a dit, avec regrets. « Malheureusement, mes mains sont attachées. Je ne vois pas comment… »

« Demain. »

« Qui est impossible ! Il n'y a aucune manière… »

« Je propose que vous contactiez vos supérieurs à Paris. Les entreprises de Stanley à plusieurs usines très grandes en France. Ce serait une honte si notre conseil d'administration décidait de fermer tous et la construction dans d'autres pays. »

Capitaine Duval regardait fixement lui. « Je… je n'ai aucun contrôle de tels sujets, Monsieur. »

« Mais je fais, » George l'ai assuré. « Vous verrez que le corps de M. Stanley est libéré à moi demain, ou vous allez se trouver dans plus de problème que vous pouvez probablement imaginer. » George a tourné pour partir.

« Attente ! Monsieur ! Peut-être en quelques jours, je peux… »

« J'ai dit demain. » Et George a été allé.

Pendant trois heures plus tard, George Brown a reçu un appel téléphonique à son hôtel.

« Monsieur Brown ? Ah, j'ai des nouvelles merveilleuses pour vous ! Je suis parvenu à assurer le corps de M. Stanley à libérer à vous immédiatement. J'espère que vous appréciez le problème… »

« Merci. Un avion privé partira ici à huit heures demain matin pour nous rapporter. Je suppose que tous les papiers appropriés seront en règle d'ici là. »

« Oui, naturellement. Ne vous inquiétez pas. Je verrai… »

« Bon. » George a remplacé le récepteur.
Capitaine Duval reposé là pendant longtemps. Merde !

Quelle mauvaise chance ! Je pourrais avoir été une célébrité pour au moins une autre semaine.

Quand le corps plat de Robert Stanley de transport a débarqué à l'aéroport international de LAX à Los Angeles, il y avait un véhicule en lequel des cercueils sont transportés, attendant pour le rencontrer. Des funérailles devaient être tenues trois jours plus tard.

George Brown rapporté de nouveau à Frank Harold. « Ainsi le vieil homme est finalement à la maison, » Harold a dit.

« Ce va être tout à fait une réunion. »

« Une réunion ? »

« Oui. Il devrait être intéressant, » il a dit. Les « enfants de Robert Stanley viennent ici pour célébrer la mort de leur père. Thomas, William, et Carmen.

7

Elle était lundi soir. Le juge Thomas Stanley avait vu la première fois l'histoire sur la station WBBW de San Francisco. Il avait regardé fixement le téléviseur, hypnotisé, son adrénaline a augmenté et son broyage de débuts de cœur. Il y avait une image du ciel bleu de yacht, et un commentateur de nouvelles disait, « … à Ajaccio, quand la tragédie s'est produite. Donald Herman, garde du corps de Robert Stanley, était un témoin oculaire à l'accident, mais ne pouvait pas sauver son employeur. Robert Stanley a été connu en cercles financiers en tant qu'un des intelligente… »

C'était les nouvelles qu'il a eues a plus voulu entendre. Sa tête était assez claire, parce que tous elle allait en rond. Thomas s'est assis là, observant les images changeantes, se rappelant, se rappelant…

C'était les voix bruyantes qui l'avaient réveillé au milieu de la nuit. Il était quatorze années. Il avait écouté les voix fâchées pendant quelques minutes, et avait puis rampé en bas en haut du hall à l'escalier. Dans le foyer ci-dessous, sa mère et père avaient un combat. Sa mère était criarde, et il a observé son père la gifler à travers le visage.

L'image sur le téléviseur décalé. Il y avait une scène de Robert Stanley dans le bureau ovale de la Maison Blanche, serrant la main au Président Bill Clinton.

« … Une des pierres angulaires du nouveau groupe de travail financier du président, Robert Stanley a été un conseiller important à… »

Elles jouaient au football derrière la maison, et son frère, Billy, a jeté la boule vers la maison. Thomas l'a chassée, et pendant qu'il la prenait, il a entendu son père, de l'autre côté de la haie. « Je suis amoureux de toi. Vous connaissez cela ! »

Il s'est arrêté, a captivé que sa mère et père ne combattaient pas, et alors il a entendu la voix de leur institutrice, Rosa. « Vous êtes mariée. Je veux que vous me laissiez seul. »

Et il s'est soudainement senti malade à son estomac. Il a aimé sa mère et il a aimé Rosa. Son père était un étranger horrible.

L'image sur l'écran a clignoté à une série de tirs de Robert Stanley posant avec le Président Mitterrand… Mikhaïl Gorbatchev de Margaret Thatcher… que l'annonceur disait, « le brasseur d'affaires légendaire était également à la maison avec des ouvriers et des leaders mondiaux. »

Il passait la porte au bureau de son père quand il a entendu la voix de Rosa. « Je pars. » Et puis son père voix, « je ne vous laisserai pas partir. Vous devez être raisonnable, Rosa ! C'est la seule manière dont vous et moi pouvez… »

« Je n'écouterai pas vous. Et je garde le bébé ! » Alors Rosa avait disparu.

La scène sur le téléviseur a décalé encore. Il y avait de vieilles agrafes de la famille de Stanley devant une église, observant un cercueil étant soulevé dans un if. Le commentateur disait, « ... Robert Stanley et les enfants près du cercueil. ... Le suicide de Mme Stanley a été attribué à sa santé échouant. Selon des investigateurs de police, Robert Stanley... »

Au milieu de la nuit, il avait été éveillé secoué par son père. « Levez-vous, fils. J'ai une certaine mauvaise nouvelle pour vous. »

Le garçon de quatorze ans a commencé à trembler.

« Votre mère a eu un accident, Thomas. » C'était un mensonge. Son père l'avait tuée. Elle avait commis le suicide en raison de son père et de son affaire avec Rosa. Les journaux avaient été remplis d'histoire. C'était un scandale qui a basculé Los Angeles, et les tabloïds ont profité pleinement de lui. Il n'y avait aucune manière de garder les nouvelles des enfants de Stanley. Leurs camarades de classe ont fait leur enfer des vies. En juste vingt-quatre heures, les trois enfants en bas âge avaient perdu les deux personnes qu'ils ont aimé les la plupart. Et c'était leur père qui devait blâmer.

« Je ne m'inquiète pas s'il est notre père. » Carmen a sangloté. « Je le déteste. »

« Je, aussi ! »

« Je, aussi ! »

Ils ont pensé au fonctionnement loin, mais ils ont eu nulle part pour aller. Ils ont décidé de se rebeller.

Thomas a été délégué lui parler. « Nous voulons un père différent. Nous ne vous voulons pas. »

Robert Stanley l'avait regardé et dit, froidement, « me pense que nous pouvons arranger cela. »

Trois semaines plus tard, ils tous ont été embarqués à différents internats. Pendant que les années s'écoulaient, les enfants ont vu très peu de leur père. Ils ont eu connaissance de lui en journaux, ou l'ont observé à la télévision, escortant de belles femmes ou causant avec des célébrités, mais le seul cas où ils étaient avec lui étaient sur ce qu'il a appelé des « occasions » - des occasions de photo à l'époque de Noël ou à d'autres vacances de montrer à ce qui un père dévoué il était. Diable de cela, les enfants ont été renvoyés à leurs différents écoles et camps jusqu'à la prochaine « occasion. »

Thomas s'est assis sur le divan. Il a été complètement absorbé par des nouvelles qu'il observait. Sur l'écran de télévision était un montage des usines dans différentes régions du monde, avec des images de son père. « … un des plus grands conglomérats en privé tenus dans le monde. Robert Stanley, qui l'a créé, était une légende… que la question dans les esprits des experts en matière de Wall Street est ce qui va arriver à la société possédée par la famille maintenant que son fondateur est allé ? Robert Stanley a laissé trois enfants, mais on ne le connaît pas qui héritera de la fortune de plusieurs milliards de dollars que Stanley a laissée, ou qui commandera la société… »

Il était six années. Il a aimé se déplacer autour de la maison sans le but ou la direction clair, habituellement pour un à long terme, explorant toutes les salles passionnantes. Le seul endroit qui était interdit à lui était le bureau de son père. Thomas se rendait compte que les réunions importantes aient continué dedans là. Les hommes à l'air impressionnant habillés dans les costumes sombres constamment venaient et allaient, rencontrant son père. Le fait que le bureau était interdit à Thomas l'a rendu irrésistible.

Un jour quand son père était parti, Thomas a décidé d'entrer dans le bureau. La salle énorme était maîtrisé, impressionnant. Thomas s'est tenu là, regardant le grand bureau et la chaise en cuir énorme en laquelle son père reposé. Un jour je vais m'asseoir dans cette chaise, et je vais être important comme mon père. Il s'est déplacé plus d'au bureau et l'a examiné. Il y avait des douzaines de papiers à l'air le fonctionnaire là-dessus. Il s'est déplacé autour au dos du bureau et s'est assis dans la chaise de son père. Elle s'est sentie merveilleuse. Je suis important maintenant, aussi !

« Êtes diable vous faisant ? »

Thomas a recherché, effrayé. Son père s'est tenu dans la porte, furieuse.

« Qui vous ont dit, cela que vous pourriez se reposer derrière ce bureau ? »

Le jeune garçon était tremblement. « Je… que j'ai juste voulu voir comme ce qu'était-il. … »

Son père fulminé plus d'à lui. « Bien, vous ne saurez jamais comme ce qu'est-il ! Jamais ! Maintenant sortez d'ici et restez ! »

Thomas a couru en haut, sanglotant, et sa mère est venue à sa pièce. Elle a mis ses bras autour de lui. « Ne pleurent pas, le chouchou. Ce va être tout exact. »

« C'est… lui ne va pas être tout exact, » il a sangloté. « Il… il me déteste ! »

« Non. Il ne vous déteste pas. »

« Tout que j'ai fait était de se reposer dans sa chaise. »

« C'est sa chaise, chouchou. Il ne veut pas que n'importe qui se repose dedans.

Il ne pourrait pas cesser de pleurer. Elle l'a jugé étroit et a dit, « Thomas, quand votre père et moi étaient, marié, il a dit il a voulu que je ajustement partie de sa société. Il m'a donné une part d'actions. C'était un peu une plaisanterie de famille. Je vais te donner cette part. Je la mettrai dans une confiance pour vous. Tellement maintenant vous faites partie de la société, aussi. Bien ? » Il y avait cent actions d'actions aux entreprises de Stanley, et Thomas était maintenant un propriétaire fier d'une part.

Quand est-ce que Robert que Stanley a entendu ce que son épouse avait fait, il rit de elle, et parle de elle d'une manière dont montre qu'elle était stupide, « diable vous le pensez va faire avec cette une part ? Assurez la société ? »

Thomas a commuté outre du téléviseur et s'est assis là, s'ajustant sur les nouvelles. Il a senti un sens profond de satisfaction. Traditionnellement, les fils ont voulu être réussis pour satisfaire leurs pères. Thomas Stanley avait désiré ardemment pour être un succès ainsi il pourrait détruire son père.

En tant qu'enfant, il a eu un rêve périodique que son père a été chargé d'assassiner sa mère, et Thomas était la personne qui passerait la phrase. Je vous condamne pour mourir dans la chaise électrique ! Parfois le rêve varierait, et Thomas condamnerait son père à accrocher ou être empoisonné ou tir. Les rêves sont devenus presque vrais.

L'école militaire qu'il a été envoyé à était dans le Texas, et il était de quatre ans d'enfer pur. Thomas a détesté la discipline et le mode de vie rigide. Pendant sa première année à l'école, il a sérieusement contemplé commettre le suicide, et la seule chose qui l'a arrêté était la détermination pour ne pas donner son père « qui genre de satisfaction. » Il a tué ma mère. Il ne va pas me tuer.

Il a semblé à Thomas que ses instructeurs étaient particulièrement durs sur lui, et il était sûr que son père était responsable. Thomas a refusé de laisser l'école le casser. Bien qu'il ait été forcé de rentrer à la maison en vacances, ses visites avec son père se sont développées de plus en plus désagréables. Son frère et sœur étaient également à la maison pendant des vacances, mais il n'y avait aucun sens d'un Lien de parenté. Leur père avait détruit cela. Ils étaient des étrangers à un des autres, attendant les vacances pour être terminées ainsi ils pourraient s'échapper.

Thomas a su que son père était un multimillionnaire mais que la petite allocation que Thomas, Billy, et Carmen étaient venue du domaine de leur mère. Pendant qu'il vieillissait, Thomas s'est demandé s'il a eu droit à la fortune de famille. Il était sûr que lui et ses enfants de mêmes parents étaient trichés. J'ai besoin d'une mandataire. Que, naturellement, était pensée inadmissible, mais sa prochaine était, je vais aller bien à une mandataire. Quand le père de Thomas entendu sur les plans de son fils, dit-il, « ainsi, allez-vous devenir un avocat, huh ? Je suppose vous pensez que je te donnerai un travail avec des entreprises de Stanley. Bien, oubliez-le. Je ne vous laisserais pas au-dessous d'un mille de lui ! »

Quand Thomas était gradué de l'école de droit, il pourrait avoir pratiqué à Los Angeles, et en raison du nom de famille, il aurait été accueilli sur les conseils des douzaines de sociétés, mais il a préféré obtenir loin de son père.

Il a décidé d'installer un exercice du droit à San Francisco. Au début, c'était difficile. Il a refusé de commercer sur son nom de famille, et les clients étaient rares. La politique de San Francisco a été courue par la machine, et Thomas a très rapidement appris qu'il serait avantageux qu'un jeune avocat devienne impliqué avec l'association centrale puissante d'avocats de San Francisco. Il a été donné un travail avec le bureau du Procureur de la République. Il a eu un esprit désireux et était une étude rapide, et elle n'était pas longtemps avant qu'il est devenu inestimable à eux. Il a poursuivi des criminels accusés de chaque crime concevable, et son disque des convictions était phénoménal. Il s'est levé rapidement par les rangs, et finalement le jour est venu quand il a reçu sa récompense. Il a été élu juge de tribunal de district de San Francisco. Il avait pensé que son père finalement serait fier de lui. Il avait tort.

« Vous ? Un juge de tribunal de district ? Dans l'intérêt de Dieu, je ne vous laisserais pas juger un concours de cuisson ! »

Le juge Thomas Stanley était un homme court et légèrement de poids excessif avec des yeux pointus et calculateurs et une bouche dure. Il a eu rien le charisme ou l'attraction de son père. Sa caractéristique exceptionnelle était une voix profonde et sonore, se perfectionnent pour prononcer la phrase. Thomas Stanley était un homme privé qui a gardé ses pensées à se. Il était quarante-deux années, mais il a regardé beaucoup plus âgé que ses années. Il s'est glorifié sur n'avoir aucun sens de l'humour. La vie était trop sinistre pour la légèreté. Son seulement passe-temps était des échecs, et une fois par semaine il a joué à un club local, où il a invariablement gagné. Thomas Stanley était un juriste brillant, tenu dans l'estime élevée par ses juges semblables, qui sont souvent venus à lui pour le conseil. Très peu de personnes se rendaient compte qu'il ait été un de Stanley. Il n'a jamais mentionné le nom de son père.

Les chambres du juge étaient dans les grandes rues de bâtiment à la vingt-sixième et de Californie de Tribunal Pénal de San Francisco, un édifice de pierre de quatorze-histoire avec des étapes amenant à l'entrée avant. Elle était dans un voisinage dangereux, et un avis dehors, indiqué : PAR ORDRE JURIDIQUE, TOUTES LES PERSONNES ENTRANT DANS CE BÂTIMENT SOUMETTRONT À LA RECHERCHE.

C'était où Thomas a passé ses jours, entendant enferme impliquer le vol, cambriolage, viol, tirs, drogues, et meurtres. Impitoyable dans ses décisions, il est devenu notoire comme le juge accrochant. Toute la journée il a écouté des défendeurs parlant en faveur la pauvreté, le mauvais traitement à enfant, les maisons cassées, et cent autres des excuses. Il n'en a accepté aucune d'elles. Un crime était un crime et a dû être puni. Et derrière son esprit, toujours, était son père.

Les juges semblables de Thomas Stanley ont connu très peu au sujet de sa vie personnelle. Ils ont su qu'il avait eu un mariage amer et a été maintenant divorcé, et qu'il seul a vécu dans une petite maison géorgienne à trois chambres sur la rue de Baker près du parc de Buena Vista. Le secteur a été entouré par de belles vieilles maisons, parce que le grand feu d'I87I qui a rasé San Francisco a eu étrange. Il n'a fait aucun ami dans le voisinage, et ses voisins n'ont connu rien au sujet de lui. Il a eu une femme de charge qui est venue dans deux fois une semaine, mais Thomas a fait les achats lui-même. Il était un homme méthodique avec une routine fixe. Le samedi, il est allé à un petit centre commercial près de sa maison, ou chez très bien nourritures de M.G's ou la nourriture de Medici. De temps en temps, aux rassemblements officiels, Thomas rencontrerait les épouses de ses juristes semblables. Ils ont senti qu'il était seul, et ils ont offert de le présenter aux amies de femmes ou de l'inviter au dîner. Il a toujours refusé.

« Je suis occupé qu'égalisant. »

Ses soirées ont semblé être pleines, mais elles n'ont eu aucune idée ce qu'il faisait avec elles.

« Thomas n'est pas intéressé par n'importe quoi mais la loi, » un des juges expliquée à son épouse. « Et il n'est juste pas intéressé en rencontrant toutes femmes encore. J'ai entendu qu'il a eu un mariage terrible. »

Il avait raison.

Après son divorce, Thomas avait juré à se qu'il ne deviendrait jamais avec émotion impliqué encore. Et alors il avait rencontré Connie, et tout avait soudainement changé. Connie était belle, sensible, et qu'avec pourquoi Thomas a voulu dépenser le reste de vie. Thomas combattu, mais pourquoi Connie va-t-il aimé devrait-il l'aimer ? Un modèle réussi, Connie a eu des douzaines d'admirateurs, la plupart d'entre eux riches. Et Connie a aimé des choses chères.

Thomas avait estimé que sa cause était désespérée. Il n'y avait aucune manière de concurrencer d'autres pour l'affection de Connie. Mais du jour au lendemain, avec la mort de son père, tout a pu changer. Il pourrait devenir riche au delà de ses rêves plus sauvages. Il pourrait donner à Connie le monde.

Thomas est entré dans les chambres du juge en chef.

« Lyn, j'ai peur que je doive aller à Los Angeles pendant quelques jours. Affaires de famille. Je me demande si vous feriez assurer à quelqu'un mon nombre de dossiers pour moi. »

« Naturellement. Je l'arrangerai, » le juge en chef a dit.

« Merci. »

Que l'après-midi, juge Thomas Stanley était sur son chemin à Los Angeles.

8

Le temps était nuageux. Il pleuvait à Paris, une pluie chaude d'août qui a envoyé des piétons emballant le long de la rue pour l'abri ou recherchant les taxis inexistants. À l'intérieur de l'amphithéâtre d'un grand bâtiment gris sur un coin du St de Faubourg de rue - Honore, il y avait de panique. Douzaine modèles à moitié nus fonctionnaient autour dans un genre d'hystérie de masse, alors que les aides finissaient l'installation des chaises et les charpentiers martelaient loin au peu de dernière minute de la menuiserie. Chacun était criard et gesticulant d'une manière extravagante, et le niveau sonore était douloureux.

Dans l'œil de l'ouragan, essayant d'apporter l'ordre hors du chaos, était la maitresse elle-même, Carmen Stanley Rénaux. Pendant quatre heures avant que le défilé de mode a été programmé pour commencer, tout tombait en morceaux.

Catastrophe: John Fairchild de Washington, C.C allait inopinément être à Paris, et il n'y avait aucun siège pour lui.

Tragédie : Le système de haut-parleurs ne fonctionnait pas. Catastrophe : Le lis, un des modèles supérieurs, était Illinois.

Urgence : Deux des maquilleurs combattaient à l'arrière plan et étaient lointains en retard.

Catastrophe : Toutes les coutures sur les jupes de cigarette déchiraient.

En d'autres termes, Carmen pensé de manière désabusée, tout est normal.

Carmen Stanley Rénaux pourrait avoir été erroné pour un des modèles elle-même, et en même temps elle avait été un modèle. Elle a exsudé l'élégance soigneusement tracée de son chignon d'or à ses pompes de Chanel. Tout au sujet de elle-le la courbe de son but, la nuance de son vernis à ongles, le timbre de elle rire-a annoncé chic bien élever. Son visage, si dépouillé de son maquillage soigneux, était réellement simple, mais Carmen a pris des douleurs pour voir que personne n'a jamais réalisé ceci, et personne n'a jamais fait. Elle était partout immédiatement.

« Qui ont allumé cette piste, Ray Charles ? »

« Je veux un contexte bleu… »

« La doublure montre. Fixez-la ! »

« Je ne veux pas les modèles faisant leurs cheveux et maquillage dans la pile d'attente. Faites les trouver à Lora un vestiaire ! »

Le directeur du lieu de rendez-vous de Carmen est venu se dépêchant jusqu'à elle.

« Carmen, trente minutes est trop long ! Trop longtemps ! L'exposition devrait n'être pas plus de vingt-cinq minutes… »

Elle s'est arrêté ce qu'elle faisait. « Ce qui vous suggèrent, Paul ? »

« Nous pourrions couper quelques unes des conceptions et… »

« Non. J'aurai le mouvement de modèles plus rapidement. »

Elle a entendu son nom appelé encore, et tourné.

« Carmen, nous ne pouvons pas localiser Pam. Vous voulez que Tania commute à la veste de gris de charbon de bois avec les pantalons ? »

« Non donnez cela à Daniela. Donnez le costume et la tunique de chat à Tania. »

« Que diriez-vous du débardeur gris-foncé ? »

« Sylvia. Et assurez-vous qu'elle porte les bas gris-foncé. »

Carmen a regardé le conseil tenant un ensemble d'images polaroïd des modèles dans un grand choix des robes. Quand elles ont été placées, les images seraient placées dans un ordre précis. Elle a couru un œil pratiqué au-dessus du conseil. « Changeons ceci. Je veux le cardigan beige d'abord, puis sépare, suivi du débardeur en soie sans bretelles, puis de la robe de soirée de taffetas, les robes d'après-midi avec les vestes assorties… »

Deux de ses assistants dépêchés jusqu'à elle.

« Carmen, nous avons un argument au sujet de l'allocation des places. Vous voulez les détaillants ensemble, ou vous voulez les mélanger aux célébrités ? »

L'autre assistant a parlé. « Ou nous pourrions mélanger les célébrités et la presse ensemble. »

Carmen écoutait à peine. Elle avait été pendant deux nuits, vérifiant tout pour s'assurer que rien n'irait mal. « Travaillez-la vous-même, » elle a dit.

Elle a regardé autour toute l'activité et pensée au sujet de l'exposition qui était sur le point de commencer, et noms célèbres de partout dans le monde qui serait là pour applaudir ce qu'elle avait créé. Je devrais remercier mon père du tout ceci. Il m'a dit que je ne réussirais jamais…

Elle avait toujours su qu'elle a voulu être un concepteur. Du temps où elle était une petite fille, elle avait eu un sens naturel de style. Ses poupées ont eu les équipements les plus à la mode en ville. Elle montrerait ses dernières créations pour l'approbation de sa mère. Sa mère l'étreindrait et dire, « vous êtes très doué, chouchou. Un jour vous irez être un concepteur très important. »

Et Carmen était sûre d'elle.

À l'école, Carmen a étudié la conception graphique, le dessin structurel, les conceptions spatiales, et la coordination de couleur.

« La meilleure manière de commencer, » un de ses professeurs l'avait conseillée que, « est devenir un modèle vous-même. De cette façon, vous rencontrerez tous les concepteurs supérieurs, et si vous maintenez vos yeux ouverts, vous apprendrez d'eux. »

Quand est-ce que Carmen avait-il mentionné son rêve à son père, il l'avait regardée et avait dit, « Vous ? Un modèle ! Vous devez plaisanter ! »

Quand Carmen a fini l'école, elle est revenue à l'air de Bell. Le père a besoin de moi pour courir la maison, elle a pensé. Il y avait douzaine employés, mais personne n'était vraiment responsable. Puisque Robert Stanley était parti la beaucoup de l'heure, le personnel a été laissé à ses propres dispositifs. Carmen a essayé d'organiser des choses. Elle a programmé les activités de ménage, servies d'hôtesse pour les parties de

93

son père, et a fait tout qu'elle pourrait le rendre confortable. Elle désirait ardemment pour son approbation. Au lieu de cela, elle a souffert un barrage des critiques.

« Qui a engagé ce chef condamné ? Débarrassez-vous de lui… »

« Je n'aime pas les nouveaux plats que vous avez achetés. Là où est votre goût… ? »

« Qui vous a indiqué que, celui vous pourriez refaire ma chambre à coucher ? Gardez l'enfer hors de là… »

N'importe ce que Carmen a fait, il n'était jamais assez bon.

Il était la cruauté dominante de son père et le mauvais entraînement d'humeur qui l'ont finalement conduite hors de la maison. C'avait toujours été un ménage sans amour, et son père n'avait prêté aucune attention à ses enfants, à moins que pour essayer de les commander et discipliner.

Une nuit, Carmen a surpris son père dire à un visiteur, « Ma fille a un visage comme un cheval. Elle va avoir besoin de beaucoup d'argent pour accrocher un certain surgeon pauvre. »

C'était la paille finale. Le jour suivant, Carmen a quitté Los Angeles et s'est dirigé pour New York.

Seulement dans sa chambre d'hôtel, pensée de Carmen. Bien. Me voici à New York. Comment est-ce que je deviens un concepteur ? Comment est-ce que je pénètre par effraction dans l'industrie de la mode ? Comment j'en obtiens un même pour me noter ? Elle s'est rappelé le conseil de son professeur. Je commencerai comme modèle. C'est la manière de commencer.

Le matin suivant, Carmen a regardé par les Yellow Pages, copiés une liste d'agences de modélisation, et a commencé à faire les ronds. Je dois être honnête avec eux, pensée de Carmen. Je leur dirai que je peux rester avec eux seulement temporairement, jusqu'à ce que j'obtienne concevoir commencé.

Elle est entrée dans le bureau de la première agence sur sa liste. Une femme d'une cinquantaine d'années derrière un bureau a dit, « Mai je vous aide ? »

« Oui. Je veux être un modèle. »

« Font ainsi I, cher. Oubliez-le. »

« Ce qui ? »

« Vous êtes trop grand. »

Carmen devient très bouleversée. « Je voudrais voir que celui qui est responsable ici. »

« Vous la regardez. I posséder cet endroit. »

Prochaine une demi-douzaine d'arrêts était plus réussie.

« Vous êtes trop court. »

« Amincissez aussi. »

« Trop gros. »

« Trop jeune. »

« Trop vieux. »

« Mauvais type. »

D'ici la fin de la semaine, Carmen devenait désespéré. Il y avait un plus de nom sur sa liste.

Les modèles de Paramount étaient l'agence de modélisation supérieure à Manhattan. Il n'y avait personne à la réception. Une voix d'un des bureaux a indiqué, « elle sera disponible lundi prochain. Mais vous pouvez l'avoir pour seulement un jour. Elle a réservé le solide pour les trois semaines suivantes. »

Carmen a marché plus d'au bureau et a scruté à l'intérieur. Une femme dans un costume travaillé parlait au téléphone.

« Droit. Je verrai ce que je peux faire. » Renata Maxwell a remplacé le récepteur et a recherché. « Désolé, nous ne recherchons pas votre type. »

Carmen a dit désespérément, « Je peux être n'importe quel type que vous voulez que je soit. Je peux être plus grand ou je peux être plus court. Je peux être plus jeune ou plus âgé, plus mince… »

Renata a retardé sa main. « Tenez-la. »

« Tout que je veux est une occasion. J'ai besoin vraiment de ceci… »

Renata a hésité. Il y avait un empressement attrayant au sujet de la fille, et elle a eu un chiffre exquis. Elle n'était pas belle, mais probablement avec le bon maquillage…

« Ayez-vous a eu n'importe quelle expérience ? »

« Oui. J'avais porté des vêtements toute ma vie. »

Renata a ri. « Bien. Laissez-moi voir votre dossier. »

Carmen l'a regardée vide. « Mon dossier ? »

Renata a soupiré. « Ma chère fille, aucun modèle qui se respecte marche autour sans dossier. C'est votre bible. Il est ce qui regarder vos clients éventuels vont. »

Renata a soupiré encore. « Je veux que vous obteniez deux tirs principaux - on souriant et un sérieux. Tournez autour. »

« Droit. » Carmen a commencé à tourner.

« Lentement. » Renata l'a étudiée, « non mauvais. Je veux une photo de vous dans un maillot de bain ou une lingerie, celui qui soit le plus flatteusement pour votre chiffre. »

« J'obtiendrai un de chacun, » elle a dit très enthousiaste.

Renata a dû sourire à son sérieux. « Bien. Vous êtes… heu… différent, mais vous pourriez avoir un tir. »

« Merci. »

« Ne remerciez pas imitation bientôt. La modélisation pour des revues de mode n'est pas aussi simple qu'elle regarde. C'est des affaires dures. »

« Je suis prêt pour lui. »

« Nous verrons. Je vais prendre des risques sur vous. Je vous enverrai sur certains aller-voit. »

« Je suis désolé ? »

« Un aller-voir est où les clients rattrapent sur tous les nouveaux modèles. Il y aura des modèles d'autres agences là, aussi. C'est un peu un appel de bétail. »

« Je peux le manipuler. »

C'avait été le début. Carmen est allé sur douzaine aller-voit avant qu'un concepteur ait été intéressé à avoir son usage ses vêtements. Elle était si tendue ; elle a presque abîmé ses occasions en parlant trop.

« J'aime vraiment vos robes, et je pense qu'elles sembleraient bonnes sur moi. Je veux dire, elles sembleraient bon sur n'importe quelle femme, naturellement. Elles sont merveilleuses ! Mais je pense qu'elles regarderont particulièrement bonnes sur moi. » Elle était si nerveuse qu'elle ait été bégayante.

Le concepteur a incliné la tête sympathique. « C'est votre premier emploi, n'est-ce pas ? »

« Oui, Madame. »

Elle avait souri. « Bien. Je vous jugerai. Ce qui vous a fait pour indiquer votre nom était ? »

« Carmen Stanley. » Elle s'est demandée si elle établirait le rapport entre elle et Stanley, mais naturellement, il n'y avait aucune raison de lui à.

Renata avait été exacte. La modélisation était des affaires dures. Carmen a dû apprendre à accepter le rejet constant, aller-voit que cela a mené nulle part, et des semaines sans travail. Quand elle a travaillé, elle était dans le maquillage à six heures du matin, finies une pousse, a continué au prochain, et souvent n'a pas obtenu jusqu'après le minuit.

Une soirée, après que d'une longue la pousse journée avec une demi-douzaine d'autres modèles, Carmen ait regardé dans un miroir et gémi, « Je ne pourrai pas travailler demain. Regardez combien gonflé mes yeux sont ! »

Un des modèles a indiqué, « Les tranches mises de concombre au-dessus de vos yeux. Ou vous pouvez mettre quelques sacs à thé de camomille en eau chaude, les laissez se refroidir, et les mettre au-dessus de vos yeux pendant quinze minutes. »

Pendant le matin, la boursouflure a été allée.

Carmen a envié les modèles qui étaient dans une demande constante. Elle entendrait Renata arranger leurs réservations : « J'ai à l'origine donné à Stacy un secondaire sur Mia. Appelez et dites-leur que qu'elle sera disponible, ainsi moi les déplace jusqu'à un expérimental... »

Carmen rapidement n'a jamais appris à critiquer les vêtements qu'elle modelait. Elle est devenue au courant de certains des photographes supérieurs dans les affaires, et a fait faire un composé de photo pour aller de pair avec son dossier. Elle a porté le sac d'un modèle rempli de nécessité-vêtements, de maquillage, de sac de soin de clou, et de bijoux. Elle a appris à faire un brushing à ses cheveux à l'envers pour lui donner plus de corps, et pour ajouter la boucle à elle cheveux avec les rouleaux passionnés. Il y avait beaucoup plus d'apprendre. Elle était un favori des photographes, et l'un d'entre eux l'a tirée de côté pour lui donner quelques conseils. « Carmen, sauvent toujours vos tirs de sourire pour l'extrémité de la pousse. De cette façon, votre bouche aura se plisser moins. »

Carmen devenait de plus en plus populaire. Elle n'était pas vachement la beauté conventionnelle qui était le cachet de la plupart des modèles, mais elle a eu quelque chose davantage, une élégance gracieuse.

« Elle a la classe, » un des agents de publicité a indiqué. Et cela l'a additionné.

Elle était également seule. De temps en temps elle est sortie des dates, mais ils étaient sans signification. Elle travaillait solidement, mais elle s'est sentie qu'elle n'était pas plus proche de son but qu'elle était quand elle était arrivée la première fois à New York. Je dois trouver une manière d'établir le contact avec les concepteurs supérieurs, pensée de Carmen.

« Je vous fais réserver pour les quatre semaines suivantes,» Renata lui a dit. « Tout le monde vous aime. »

« Renata… »

« Oui, Carmen ? »

« Je ne veux faire ceci plus. »

Renata a regardé fixement elle, incroyant. « Ce qui ? »

« Je veux faire la modélisation de piste. »

Était la modélisation de piste à ce que la plupart des modèles ont aspiré.

C'était la forme la plus passionnante et la plus lucrative de modélisation.

Renata était douteuse. « Qui est presque impossible. Pour diviser en et… »

« Je vais à. »

Renata l'a étudiée. « Vous le voulez dire vraiment, ne faites pas vous ? »

« Oui. »

Renata a incliné la tête. « Bien. Si vous êtes sérieux au sujet de ceci, la première chose que vous devez faire est d'apprendre à marcher le faisceau. »

« Ce qui ? »

Renata a expliqué.

Que l'après-midi, Carmen a acheté un étroit de six-pied faisceau en bois, papier de sable lui pour éviter des éclats, et placé lui sur son plancher. Les temps premiers qu'elle a essayé de marcher là-dessus, elle a tombé. Ceci ne va pas être facile, Carmen a décidé. Mais je vais le faire.

Chaque matin elle s'est levée tôt et a pratiqué marcher le faisceau sur les boules de ses pieds. Avance avec le bassin. Sensation avec les orteils. Abaissez le talon. Jour après jour son équilibre amélioré.

Elle a progressé et de retour devant un miroir intégral, avec le jeu de musique. Elle a appris à marcher avec un livre sur sa tête. Elle a pratiqué changer rapidement des espadrilles et des shorts en des talons hauts et une robe de soirée.

Quand Carmen a estimé qu'elle était prête, elle a retourné à Renata.

« Je colle mon cou pour vous, » Renata lui a dit. « Rodriguez recherche un modèle de piste. Je vous ai recommandé. Il va te donner une occasion. »

Carmen a été captivée. Rodriguez était l'un des concepteurs les plus brillants dans les affaires.

La semaine suivante, Carmen est arrivée à l'exposition. Elle a essayé de sembler aussi occasionnelle que les autres modèles. Rodriguez a remis à Carmen le premier équipement qu'elle devait pour porter et souri. « Bonne chance. »

« Mercis. »

Quand Carmen est sortie sur la piste, elle était comme s'elle l'avait faite toute sa vie. Même les autres modèles ont été impressionnés. L'exposition était un grand succès, et dorénavant Carmen était un membre de l'élite. Elle a commencé à travailler avec les géants de l'industrie de la mode - Yves Saint Laurent, Halston, Christian Dior, Donna Karan, Calvin Klein, Ralph Lauren, et St John. Carmen était dans une demande constante, voyageant aux expositions partout dans le monde. À Paris, les expositions de haute couture ont eu lieu en janvier et juillet. À Milan, les mois maximaux étaient mars, avril, mai et juin, alors qu'à Tokyo, des expositions faites une pointe en avril et octobre. C'était une vie agitée et occupée, et elle a aimé chaque minute de lui. Carmen a continué à travailler et elle a continué l'étude. Elle a modelé les vêtements des concepteurs célèbres et de la pensée au sujet des modifications qu'elle apporterait si elle était le concepteur. Elle a appris comment des vêtements ont été censés s'adapter, et comment le tissu a été censé déplacer et balancer autour le corps. Elle s'est renseignée sur des coupes et drape et travaillant, et quelles parties du corps les femmes ont voulu cacher, et quelles pièces elles ont voulu montrer. Elle a fait des croquis à la maison, et les idées ont semblé couler. Un jour, elle a pris un dossier de ses croquis à l'acheteur principal chez B. Martin. L'acheteur a été impressionné. « Qui a conçu ces derniers ? » elle a demandé.

« J'ai fait. »

« Ils sont bons. Ils sont très bons. » Pendant deux semaines plus tard, Carmen est allé travailler pour dame Karan en tant qu'assistant et a commencé à apprendre le côté d'affaires du commerce de vêtement. À la maison, elle a continué à concevoir des vêtements. Un an après, elle a eu son premier défilé de mode.

C'était une catastrophe. Les conceptions étaient ordinaires et personne ne s'est inquiété. Elle a donné une deuxième exposition, et personne n'est venu. Je suis dans la profession fausse, pensée de Carmen.

« Un jour vous irez être un concepteur très important. »

Quel suis-je faisant mal ? Carmen s'est demandée.

L'occasion est venue quand elle comprend soudainement quelque chose au milieu de la nuit. Carmen s'est réveillé et s'étend dans le lit, pensant, je conçois des robes pour que les modèles portent. Je devrais concevoir pour de vraies femmes avec les vrais travaux et vraies familles. Smart, mais confortable. Chic, mais pratique.

Cela a pris à Carmen environ une année pour réussir sa prochaine exposition, mais c'était un succès instantané.

Carmen est rarement revenue à l'air de Bell, et quand elle a fait, les visites étaient terribles. Son père n'avait pas changé. Si quelque chose, il avait obtenu plus mauvais. Il a toujours dans son mauvais entraînement d'humeur.

« N'ont pas accroché quiconque encore, hein ? N'allez probablement jamais le faire. »

C'était à une boule de charité que Carmen a rencontré David Rénaux. Il a travaillé au bureau international d'une maison de change de New York, où il a traité des devises étrangères. Cinq ans plus jeunes que Carmen, il était un

Français attirant, grand et maigre. Il était avec du charme et attentif, et Carmen a été immédiatement attiré à lui. Il lui a demandé de dîner ensemble. La soirée suivante ils vont au restaurant proche et cette nuit, Carmen est allée au lit avec lui. Ils étaient ensemble chaque nuit ensuite cela.

Une soirée, David a dit, « Carmen, je suis follement dans l'amour avec vous, vous savez. »

Elle a dit doucement, « Je vous avaient recherché toute ma vie, David. »

« Il y a un problème grave. Vous êtes un grand succès. Je ne fais pas n'importe où près autant d'argent que vous. Peut-être un jour… »

Carmen avait mis son doigt à ses lèvres. « Arrêtez-le. Vous m'avez donné davantage que je pourrais jamais avoir espéré pour. »

Le jour de Noël, Carmen a porté David à l'air de Bell pour rencontrer son père.

« Vous allez l'épouser ? » Robert Stanley a éclaté. « Il n'est un personne ! Il vous épouse pour l'argent qu'il pense que vous allez obtenir. » Si Carmen avait eu besoin de toute autre raison d'épouser David, qui aurait été lui. Ils se sont mariés à Las Vegas le jour suivant. Et le mariage de Carmen à David lui a donné le bonheur qu'elle n'avait avant jamais su.

« Vous ne devez pas laisser votre père faire la connerie de vous, » il avait dit Carmen. « Toute sa vie, il a employé son argent comme arme. Nous n'avons pas besoin de son argent. »

Et Carmen l'avait aimé pour cela. David était un mari-aimable merveilleux, prévenant, et des soins. J'ai tout, Carmen ai pensé heureusement. Le passé est mort. Elle avait réussi malgré son père. En quelques heures, le monde de mode allait être concentré sur son talent.

La pluie s'était arrêtée. C'était un bon signe.

L'exposition était renversante. À son extrémité, avec le jeu de musique et les ampoules instantanées sautant, Carmen a marché sur la piste, a pris un arc, et a reçu une ovation. Carmen a souhaité que David puisse avoir été à Paris avec elle pour partager son triomphe, mais sa maison de change avait refusé de lui donner le repos.

Quand la foule était partie, Carmen a retourné à son bureau, se sentant très heureux et enthousiaste. Son assistant a dit, « une lettre est venue pour vous. Elle main-a été livrée. »

Carmen a regardé l'enveloppe brune que son assistant l'a remise, et elle a senti un froid soudain. Elle a su ce qu'était environ il avant qu'elle l'ait ouvert. La lettre lue :

Chère Mme Rénaux,
Je suis au regret de vous informer que l'association sauvage de protection des animaux est short des fonds encore. Nous aurons besoin de $I00, 000 immédiatement pour couvrir nos dépenses. L'argent devrait être câblé au numéro de compte 804072-A à la banque de Crédit Suisse à Zurich.
Il n'y avait aucune signature.

Carmen s'est assis là, regardant fixement elle, engourdi. Elle ne va jamais s'arrêter. Le chantage ne va jamais s'arrêter.

Un autre assistant est venu se dépêchant dans le bureau. « Carmen ! Je suis si désolé. Je viens d'apprendre quelques nouvelles terribles. »

Je ne peux soutenir plus de nouvelles terribles, Carmen ai pensé : « Ce qui… ce qui est lui ? »

« Il y avait une annonce sur le Luxembourg Radio-Télé. Votre père est… mort. Il est mort dans l'accident automobile. » Cela a pris à Carmen par moment pour que cela graduellement comprenne et pour réalise la pleine signification de ces mots. Sa première pensée était, je se demande ce qui l'aurait rendu plus fier. Mon succès ou le fait que je suis un meurtrier ?

9

Le roi d'Anita avait été marié à William « Billy » Stanley pendant deux années, mais aux résidents d'air de Bell, elle encore désigné sous le nom de « cette serveuse. » Anita avait attendu sur des tables au restaurant de poulet de gril quand Billy l'a rencontrée la première fois. Billy Stanley était le garçon d'or d'air de Bell. Il a vécu dans la villa de famille, a eu de bons regards classiques, était avec du charme et les aime être avec d'autres personnes. Il était une cible pour toutes les débutantes désireuses en air de Bell. C'était donc un choc séismique quand il s'est soudainement enfui pour se marier avec des vingt serveuses de cinq ans qui était d'apparence simple, un haut abandon scolaire d'école, et la fille d'un travailleur de jour et d'une femme au foyer.

Il était bien plus d'un choc parce que chacun s'était attendu à ce que Billy épouse Nicole Carson, une belle, intelligente jeune héritière à une fortune de bois de construction qui était follement dans l'amour avec Billy.

En règle générale, les résidents d'air de Bell ont préféré bavarder au sujet des affaires de leurs employés plutôt que leurs pairs, mais en cas de Billy, son mariage était si indigne qu'ils aient fait une exception. L'information a rapidement écarté qu'il a eu le roi d'Anita enceinte et l'avait puis épousée. Ils étaient tout à fait sûrs qui était le péché plus grand.

« Dans l'intérêt de Dieu, je peux comprendre le garçon obtenant son enceinte, mais vous n'épousez pas une serveuse ! »

L'affaire entière était luire cas classique du déjà-vu.

Vingt-quatre ans plus tôt, air de Bell avait été basculé par un scandale semblable impliquant Stanley. L'atout d'Emy, la fille d'une des familles de fondation, avait commis le suicide parce que son mari a eu l'institutrice des enfants enceinte. Billy Stanley n'a fait aucun secret du fait qu'il a détesté son père, et le sentiment général était qu'il avait épousé la serveuse hors du dépit, de prouver qu'il était un homme plus honorable que son père. La seule personne invitée au mariage était le frère d'Anita, Harold, qui a volé dedans de New York. Harold était deux ans plus qu'Anita et ouvré dans une boulangerie dans le Bronx. Il était grand et émacié, avec un visage grêlé et un accent lourd de Brooklyn.

« Vous êtes reçu par grande fille, » il a dit Billy après la cérémonie.

« Je sais, » Billy a dit sans tout ton.

« Vous prenez bien soin de ma sœur, huh ? »

« Je ferai mon meilleur. »

« Ouais. Refroidissez. »

Une conversation inoubliable entre un boulanger et le fils d'un des hommes les plus riches au monde. Pendant quatre semaines après le mariage, Anita a perdu le bébé.

L'air de Bell est une communauté très exclusive. C'est un asile d'intimité-riche, d'un seul bloc, et de protecteur, avec plus de police par habitant que dans presque n'importe quel autre endroit dans le monde. Ses résidents se glorifient sur être minimisée. Ils conduisent Tauruses ou chariots de station, et posséder de petits voiliers, une foudre de dix-huit-pied ou une promenade à grande vitesse de vingt-quatre-pied.

Si un n'était pas soutenu à lui, on a dû gagner la droite d'être un membre de cette communauté d'air de Bell. Après que le mariage entre William Stanley et « cette serveuse, » la question brûlante ait été ce qui étaient les résidents allant faire au sujet d'accepter la jeune mariée dans leur société ? Mme Michele Brickman, le doyen d'air de Bell, était l'arbitre de tous les conflits sociaux, et sa mission dévote dans la vie était de protéger sa communauté contre des parvenus et le nouveau riche. Quand les nouveaux venus sont arrivés à l'air de Bell et étaient assez fâcheux pour contrarier Mme Brickman, c'était sa coutume leur avoir livré, par son chauffeur, une caisse de déplacement en cuir. C'était sa manière de les informer qu'ils n'étaient pas bienvenus dans la communauté.

Ses amis ont enchanté en racontant l'histoire du mécanicien de garage et de son épouse qui avaient acheté une maison en air de Bell. Mme Brickman leur avait envoyé son sac de déplacement rituel, et quand l'épouse a appris son importance, elle a ri. Elle a dit, « Si cette vieille harpie pense qu'elle peut me conduire hors de cet endroit, elle est folle ! »

Mais les choses étranges ont commencé à se produire. Les ouvriers et les dépanneurs étaient soudainement indisponibles, l'épicier étaient tous manières hors des articles qu'elle a commandés, et lui étaient impossibles d'aller bien à un membre du club d'île de Jupiter ou même d'atteindre une réservation de bons restaurants locaux l'uns des. Et aucun ne leur a parlé. Pendant trois mois après réception de la valise, les couples ont vendu leur maison et se sont écartés.

Ainsi c'était que quand le mot du mariage de Billy est sorti, la communauté a retenu son souffle collectif. Le roi excommuniant d'Anita voudrait dire également excommunier son mari populaire. Il y avait des paris étant tranquillement faits.

Pour les semaines premières, il n'y avait aucune invitation aux dîners ou aux fonctions de communauté habituelles l'unes des. Mais les résidents ont aimé Billy et, après tout, sa grand-mère du côté de sa mère avait été l'un des fondateurs d'air de Bell : Graduellement, les gens ont commencé à inviter lui et Anita à leurs maisons. Ils ont été excités pour voir comme ce qu'était sa jeune mariée.

« La vieille fille doit avoir quelque chose spéciale ou Billy ne l'aurait jamais épousée. »

Ils étaient dedans pour une grande déception. Anita était mate et sans grâce, elle n'a eu aucune personnalité, et elle s'est habillée mal. Elle n'était pas attirante ou à la mode : sans élégance était le mot qui est venu aux esprits des personnes. Les amis de Billy ne pouvaient pas comprendre la raison ce qui lui a été conduit réellement pour prendre une décision stupide. Il était assez intelligent pour ne pas faire son esprit basé sur sa mauvaise commande d'humeur. « Diable voit-il dans elle ? Il pourrait avoir marié n'importe qui. »

Une des premières invitations était de Nicole Carson. Elle avait été dévastée par les nouvelles du mariage de Billy, mais elle était trop fière de les indiquer. Quand son ami plus étroit avait essayé de la consoler en disant,   « Oubliez-le, Nicole ! Vous obtiendrez au-dessus de lui,» Nicole avait répondu, « Je vivrai avec lui, mais je n'obtiendrai jamais au-dessus de lui. »

Billy a essayé dur de faire un succès du mariage. Il a su qu'il avait fait une erreur, et il n'a pas voulu punir Anita pour elle. Il a essayé désespérément d'être un bon mari. Le problème était qu'Anita n'a eu rien en commun avec lui ou avec aucun de ses amis. La seule personne qu'Anita a semblée confortable avec était son frère, et elle et Harold ont parlé du téléphone chaque jour.

« Il me manque, » Anita a porté plainte à Billy.

« Vous aiment le faire rester descendre et avec nous pendant quelques jours ? »

« Il ne peut pas. » Et elle a regardé son mari et a dit par dépit, « il a un travail. »

Aux parties, Billy a essayé d'introduire Anita dans les conversations, mais il était rapidement évident qu'elle n'ait eu rien à contribuer. Elle s'est assise dans les arrivants, muets, nerveusement, léchant ses lèvres, évidemment inconfortables. Les amis de Billy se rendaient compte que quoiqu'il soit resté à la villa de Stanley, il ait été aliéné de son père et qu'il vivait outre de la petite annuité que sa mère l'avait laissé. Sa passion était polo et il est monté les poneys possédés par des amis. Dans le monde du polo, des joueurs sont rangés par des buts, avec dix buts étant le meilleur. Billy était neuf buts, et il était monté avec Mariano Aguerre Effendi de Buenos Aires, de Wicky d'EL du Texas, Andres Diniz du Brésil, et douzaines d'autres buts supérieurs. Il y avait seulement environ douze joueurs de dix-but dans le monde, et l'ambition motrice de Billy était de joindre le groupe.

« Vous savez pourquoi, ne faites pas vous ? » un de ses amis au sujet de marqué. « Son père était dix buts. »

Puisque Nicole Carson a su que Billy ne pourrait pas se permettre d'acheter ses propres poneys de polo, elle a acheté une ficelle pour qu'il monte. Quand les amis ont demandé pourquoi, elle a dit, « Je veux me rendre lui heureux de quelque façon peux. »

Quand les nouveaux venus ont demandé à quel Billy a fait pour vivre, l'augmenter de personnes juste leurs épaules et les laissent tomber alors pour prouver qu'ils ne savent pas ou ne s'inquiètent pas à son sujet. En réalité, il vivait une vie d'occasion, gagnant l'argent jouant des peaux au golf, pariant sur des matchs de polo, empruntant les poneys d'autres personnes et les yachts d'emballage, et occasionnellement, les épouses d'autres personnes.

Le mariage avec Anita détériorait rapidement, mais Billy a refusé de l'admettre.

« Anita, » il dirait, « quand nous allons aux parties, essayent svp de s'associer à la conversation. »

«Est-ce que Pourquoi je devrais ? Vos amis tous pensent qu'ils sont trop bons pour moi. »

« Bien, ils ne sont pas, » Billy l'ont assurée.

Une fois par semaine, le cercle littéraire d'air de Bell rencontré au club national pour une discussion des derniers livres, suivie d'un déjeuner. Ce jour particulier, en tant que dames dinaient, Mme approchée par administrateur Brickman. « Mme William Stanley est dehors. Elle voudrait vous joindre. »

Un silence est tombé au-dessus de la table.

« Montrez-la dedans, » Mme Brickman a dit.

Un moment plus tard, Anita est entrée dans la salle à manger. Elle s'était lavée les cheveux et avait pressé sa meilleure robe. Elle s'est tenue là, nerveusement regardant le groupe.

Mme Brickman lui a donné un signe d'assentiment, puis a dit agréablement, « Mme Stanley. »

Anita a souri ardemment, « Oui, Madame. »

« Nous n'aurons pas besoin de vous. Nous avons déjà une serveuse. » Et Mme Brickman tournée de nouveau à son déjeuner.

Quand Billy a entendu l'histoire, il était furieux. « Comment le défi elle fait cela à vous ! » Il l'a prise dans des ses bras. « La fois prochaine, me demandent avant que vous fassiez une chose comme le ce, Anita. Vous devez être invité à ce déjeuner. »

« Je n'ai pas su, » elle a dit d'un ton maussade.

« C'est tout exact. Ce soir nous dînons chez le Blakes, et je veux… »

« Je n'irai pas ! »

« Mais nous avons accepté leur invitation. »

« Vous allez. »

« Je ne veux pas aller sans… »

« Je ne vais pas. »

Billy seul est allé, et après celui, il a commencé à aller à chaque partie sans Anita.

Il viendrait à la maison à toutes les heures, et Anita était sûre qu'il avait été avec d'autres femmes. L'accident a changé tout. Il s'est produit pendant un match de polo. Billy jouait la position de Nombre-Trois, et un membre de l'équipe d'opposition, essayant de frotter la boule dans les quarts étroits, a accidentellement frappé les jambes du poney que Billy montait. Le poney est descendu et a roulé sur lui. Dans la collision qui a suivi, un deuxième poney a donné un coup de pied Billy. À la chambre de secours de l'hôpital, les médecins ont diagnostiqué une jambe cassée, trois nervures rompues, et un poumon perforé.

Au cours des deux semaines suivantes, il y avait trois opérations distinctes, et Billy était en douleur atroce. Les médecins lui ont donné la morphine pour la soulager. Anita est venue chez le chaque jour. Harold a volé dedans de New York pour consoler sa sœur.

Sa douleur physique était insupportable, et le seul soulagement Billy a eu était des drogues les médecins continués prescrire pour lui. Il était peu de temps après Billy est arrivé à la maison qu'il a semblé changer. Il a commencé à avoir les sautes d'humeur violente. Humeur très mauvaise. Une minute il était son individu bouillant habituel, et la minute prochaine il entrerait dans une rage soudaine ou une dépression profonde. Au dîner, rire et raconter des plaisanteries, Billy soudainement deviendraient fâchés et abusifs vers Anita et fulmineraient. Au milieu d'une phrase il dériverait dans une rêverie profonde. Il est devenu étourdi. Il ferait des dates et ne révélerait pas ; il inviterait des personnes à sa maison et ne serait pas là quand elles sont arrivées. Chacun a été préoccupé par lui. Bientôt, il est devenu abusif à Anita l'en public. Apportant à une tasse de café à un ami un matin, Anita en a renversé, et Billy a ricané, « par le passé une serveuse, toujours une serveuse. »

Anita a également commencé à montrer des signes d'abus physique, et quand les gens lui ont demandé que ce qui s'est produit, elle ferait des excuses.

« Je me suis cogné dans une porte » ou « Je suis tombé vers le bas, » et elle ferait la lumière d'elle. La communauté a été outragée. Maintenant c'était Anita qu'ils se sentaient désolés pour. Mais quand le comportement erratique de Billy a offensé quelqu'un, Anita défendrait son mari.

« Billy est sous beaucoup d'effort, » Anita insisterait.

« Il n'est pas lui-même. » Elle ne laisserait n'importe qui indiquer rien contre lui.

C'était Dr. Thompson qui l'a finalement introduit dans l'ouvert. Il a demandé à Anita de venir le voient dans son bureau pendant un jour.

Elle était nerveuse. « Est quelque chose mal, docteur ? »

Il l'a étudiée un moment. Elle a eu une contusion sur sa joue, et son œil a été gonflé.

« Anita, sont vous conscient du fait que Billy fait des drogues ? »

Elle des yeux a clignoté avec indignation. « Non ! Je ne la crois pas ! » Elle s'est levée. « Je n'écouterai pas ceci ! »

« Asseyez-vous, Anita. Elle a lieu au sujet de temps où vous avez fait face à la vérité. Elle devient évidente à tous les autres. Sûrement vous avez noté son comportement. Une minute il est sur le toit du monde, parler de combien merveilleux tout est, et la minute suivante qu'il est suicidaire. »

Anita s'est assise là, l'observant, son visage pâle.

« Il a dépendant. »

Ses lèvres serrées. « Non, » elle a dit obstinément. « Il n'est pas. »

« Il est. Vous devez être réaliste. Vous ne voulez pas l'aider ? »

« Naturellement, je fais ! » Elle extorquait ses mains. « Je ferais n'importe quoi l'aider. Quelque chose. »

« Bien. Alors commençons. Je veux que vous m'aidiez à entrer Billy dans un centre de réhabilitation. Je lui ai demandé d'entrer et de me voir. »

Anita l'a regardé pendant longtemps, et a alors incliné la tête. « Je lui parlerai, » elle a dit tranquillement.

Cet après-midi, quand Billy est entré dans le bureau de Dr. Thompson, il était dans une humeur euphorique. « Vous avez voulu me voir, Doc. ? Il est au sujet d'Anita, n'est-ce pas ? »

« Non. Il est au sujet de vous, Billy. »

Billy l'a regardé dans la surprise. « Je ? Quel est mon problème ? »

« Je pense que vous savez ce qu'est votre problème. »

« Ce qui sont vous parlant ? »

« Si vous continuez comme ceci, vous allez détruire votre vie et la vie d'Anita. Ce qui sont vous prenant, Billy ? »

« Prenant ? »

« Vous m'avez entendu. »

Il y avait un long silence.

« Je veux vous aider. »

Billy s'est assis là, regardant fixement le plancher. Quand il a finalement parlé, sa voix était rauque. « Vous avez raison. Je m'ai… ai essayé de se badiner, mais je ne peux pas faire ce plus long. »

« Ce qui sont allumés vous ? »

« Héroïne. ».

« Mon Dieu ! »

« Croyez-moi, j'ai essayé de s'arrêter, mais I... je ne peux pas. »

« Vous avez besoin de l'aide, et il y a des endroits où vous pouvez obtenir. »

Billy a dit d'un air fatigué, « J'espère à Dieu que vous avez raison. »

« Je veux que vous alliez à la clinique de groupe de port dans Jupiter. Vous l'essayerez ? »

Il y avait une brève hésitation.

« Oui. »

« Qui vous fournit l'héroïne ? » Dr. Thompson a demandé.

Billy a secoué sa tête. « Je ne peux pas te dire cela. »

« Très bien. Je prendrai des dispositions pour vous à la clinique. »

Le matin suivant, Dr. Thompson a été posé dans le bureau du chef de la police.

« Quelqu'un le fournit l'héroïne, » Dr. Thompson a dit, « mais il ne me dira pas qui. »

Le chef de la police Murphy a regardé Dr. Thompson et a incliné la tête. « Je pense que je sais qui. »

Il y avait plusieurs suspects possibles. L'air de Bell était une petite enclave, et chacun a connu tous les autres des affaires. Un magasin de vins et de spiritueux s'était ouvert récemment sur la route de pont qui a effectué des livraisons à leurs clients d'air de Bell à toutes les heures de jour et nuit.

Un docteur à une clinique locale avait été affiné pour les drogues de prescription finies. Un gymnase avait ouvert une année plus tôt, de l'autre côté de la voie d'eau, et on l'a répandu cela l'entraîneur a pris des stéroïdes et a eu d'autres drogues disponibles pour ses bons clients. Mais le chef de la police Murphy a eu un autre suspect à l'esprit.

Les ruisseaux de Tim avaient servi de jardinier à plusieurs des maisons en air de Bell pendant des années. Il avait étudié l'horticulture et avait aimé passer ses jours créant de beaux jardins. Les jardins et les pelouses qu'il a tendues étaient les plus beaux en air de Bell. Il était un homme tranquille qui a gardé à se, et les personnes qu'il a travaillées pour ont connu très peu au sujet de lui. Il a semblé être trop instruit pour être un jardinier, et les gens étaient curieux au sujet de son passé. Murphy a envoyé pour lui.

« Si c'est au sujet de mon permis de conduire, je l'ai remplacé, » Brooks a dit.

« Asseyez-vous, » Murphy a passé commande.

« Y a-t-il un certain genre de problème ? »

« Ouais. Vous êtes un homme instruit, droite ? »

« Oui. »

Le chef de la police s'est penché de retour dans sa chaise. « Ainsi comment se fait-il que vous soyez un jardinier ? »

« Je m'avère justement aimer la nature. »

« Quoi d'autre vous vous avérez justement aimer ? »

« Je ne comprends pas. »

« Combien de temps ayez-vous faisant du jardinage ? »

Ruisseaux regardés lui, perplexe. « Ayez n'importe lequel de mes clients se plaignant ? »

« Juste réponse la question. »

« Environ quinze ans. »

« Vous avez une maison gentille et un bateau ? »

« Oui. »

« Comment pouvez-vous se permettre tout cela sur ce que vous faites en tant que jardinier ? »

Baker a dit, « Ce n'est pas que grand une maison, et ce n'est pas que grand un bateau. »

« Peut-être vous gagnez un peu d'argent du côté. »

« Ce qui vous font… ? »

« Vous travaillez pour certains à Miami, ne faites pas vous ? »

« Oui. »

« Il y a beaucoup d'Italiens là. Faites-vous les font jamais quelques petites faveurs ? »

« Ce qui favorise un peu ? »

« Comme pousser des drogues. »

Baker regardé lui, horrifié. « Mon Dieu ! Naturellement pas. »

Murphy s'est penché en avant. « Laissez-moi te dire quelque chose, Baker. J'avais gardé un œil sur vous. J'ai eu un entretien avec quelques unes des personnes que vous travaillez pour. Elles ne veulent pas vous ou vos amis de Mafia ici plus. Est ce clairement ? »

Les ruisseaux ont serré ses yeux fermés pour un deuxième, puis les ont ouverts.

« Très clair. »

« Bon. Je vous attendrai hors d'ici par demain. Je ne veux pas revoir votre visage. »

Billy Stanley est entré dans la clinique de groupe de port pendant trois semaines, et quand il a sorti, il était le vieux charme de Billy, aimable, et délicieux pour être avec. Il a retourné à jouer le polo, montant des poneys de Nicole Carson.

Dimanche était l'anniversaire de polo et de club national dix-huitième de Palm Beach, et le boulevard de rivage de sud était lourd avec le trafic car trois mille fans ont convergé pour les au sol de polo. Ils se sont précipités pour remplir sièges de boîte du côté ouest du champ et blanchisseurs à l'extrême inverse. Certains des meilleurs joueurs au monde allaient être dans le jeu de jour.

Anita était dans un siège de boîte à côté de Nicole Carson, comme invitée de Nicole.

« Billy m'a dit que c'est votre premier match de polo, Anita. Pourquoi ayez-pas vous été à un avant ? »

Anita a léché ses lèvres. « Je… que je devine que j'ai toujours été trop nerveux pour observer le jeu de Billy. Je ne veux pas qu'il devienne blessé encore. C'est un sport très dangereux, n'est-ce pas ? »

Nicole a dit pensivement, « Quand vous obtenez huit joueurs, pesant à l'unité environ cent soixante-quinze livres, et leurs poneys de neuf-cent-livre emballant à l'un l'autre plus de trois cents yards à quarante milles par heure-oui, accidents peuvent se produire. »

Anita a crié. « Je ne pourrais pas la tenir si quelque chose arrivait à Billy encore. Je ne pourrais pas vraiment. Je deviens fou s'inquiéter de lui. »

Nicole Carson a dit doucement, « Ne vous inquiétez pas. Il est un du meilleur. Il a étudié sous Hary Brown, vous savez. »

Anita la regardait vide. « Qui ? »

« Il est un joueur de dix-but. Une des légendes du polo. »

« Oh. »

Il y avait un murmure de la foule car les poneys se sont déplacés à travers le champ.

« Ce qui se produit ? » Anita a demandé.

« Ils ont juste fini une session pratique avant le jeu. Ils sont prêts à commencer maintenant. »

Sur le champ, les deux équipes commençaient à aligner sous le soleil chaud de la Floride, étant prêt pour la remise en jeu de l'arbitre. Billy a semblé merveilleux, bronzage et convenable et agile-- préparez pour faire la bataille. Anita l'a ondulé et a soufflé un baiser.

Les deux équipes ont été alignées maintenant, côte à côte. Les joueurs ont maintenu leurs maillets pour la remise en jeu.

« Il y a habituellement six périodes de jeu, appelées les chukkers, « Nicole Carson expliqués à Anita. « Chaque chukker dure sept minutes. Les extrémités de chukker quand la cloche sonne. Il y a alors un repos court. Ils changent des poneys chaque période. L'équipe qui marque les la plupart des buts gagne. »

« Droit. »

Nicole s'est demandé juste combien Anita a compris. Sur le champ, les yeux des joueurs étaient fixes sur l'arbitre, anticipant quand la boule serait jetée en l'air. L'arbitre a regardé autour la foule, et alors soudainement a roulé la boule en plastique blanche entre les deux rangées des joueurs. Le jeu avait commencé. L'action était rapide. Billy a fait le premier jeu, obtenant la possession de la boule et frappant une avant-main hors jeu. La boule a expédié vers un joueur sur l'équipe d'opposition. Le joueur a galopé en bas du champ après lui. Billy est monté jusqu'à lui et a accroché son maillet pour abîmer son tir.

« Pourquoi a fait Billy faites cela ? » Anita a demandé.

Nicole Carson a expliqué. « Quand votre adversaire obtient la boule, elle est juridique pour accrocher son maillet ainsi il ne peut pas marquer ou passer. Billy emploiera une course hors jeu à côté du contrôle la boule. »

L'action se produisait tellement rapidement qu'il était impossible presque à suivre.

Il y avait des cris de « Centre… »

« Embarque. »

« Laissez-le. »

Et les joueurs emballaient en bas du champ à toute allure. Les poneys-habituel purs ou les purs sangs de trois quarts étaient responsables de 75 pour cent des succès de leurs cavaliers. Les poneys ont dû être rapides, et ont ce qui sent de polo d'appel de joueurs, pouvant anticiper chaque mouvement de leur cavalier.

Billy était brillant pendant les trois premiers chukkers, marquant deux buts dans chacun et encouragé dessus par la foule d'hurlement. Son maillet a semblé être partout. C'était vieux Billy Stanley, montant comme le vent, courageux. Vers la fin du cinquième chukker, l'équipe de Billy allait bien en avant. Les joueurs sont allés outre du champ pour la coupure.

Comme Billy a passé Anita et Nicole, s'asseyant dans la première ligne, il a souri à chacun d'eux.

Anita s'est tournée vers Nicole Carson, avec agitation.

« N'est pas il merveilleux ? »

Elle a regardé plus d'Anita. « Oui. De chaque manière. »

Les équipiers de Billy le félicitaient. « Droit sur le David, vieux garçon ! Vous étiez fabuleux ! »

« Grands jeux ! »

« Mercis. »

« Nous sortons là et frottons leurs nez dans elle encore plus. Ils n'ont pas une occasion ! »

Billy a grimacé. « Aucun problème. »

Il a observé ses équipiers sortir au champ, et il s'est soudainement senti épuisé. Je me suis poussé trop dur, il a pensé. Je n'étais pas vraiment prêt à retourner au jeu encore. Je ne vais pas pouvoir garder ceci. Si je sors là, je ferai un imbécile de me. Il a commencé à paniquer, et son cœur a commencé à marteler. De ce que j'ai besoin est une peu de sélection je... Non ! Je ne ferai pas cela. Je ne peux pas. J'ai promis. Mais l'équipe m'attend. Je la ferai juste ceci une fois, et jamais encore. Je jure à Dieu, ceci est la dernière fois. Il est allé à sa voiture et a atteint dans la boîte à gants.

Quand Billy est revenu au champ, il ronflait à se, et ses yeux étaient anormalement lumineux. Il a salué la foule, et a joint son équipe d'attente. Je n'ai pas besoin même d'une équipe, il a pensé. Je pourrais battre ces bâtards d'une seule main. Je suis le meilleur joueur condamné dans le monde. Il riait nerveusement à se.

L'accident s'est produit pendant le sixième chukker, bien que certains des spectateurs aient dû insister plus tard que ce n'était aucun accident.

Les poneys ont été liés ensemble, emballant vers le but, et Billy a eu le contrôle de la boule. Hors de l'arrivant de son œil il a vu un des joueurs d'opposition se fermant dedans sur lui. Utilisant un tir de queue, il a envoyé la boule derrière le poney. Il a été pris par Richard Smith, le meilleur joueur sur l'équipe d'opposition, qui a commencé à emballer vers le but. Billy était après lui à toute allure. Il a essayé d'accrocher le maillet de Smith et a manqué. Les poneys obtenaient plus près du but. Billy a continué à essayer désespérément d'obtenir la possession de la boule, et échoué chaque fois. Car Smith s'est approché du but, Billy a délibérément fait un écart son poney pour se briser dans Smith et le monte sans ballon. Smith et son poney sont allés dégringoler à la terre. La foule s'est levée à ses pieds, criant. L'arbitre a en colère soufflé le sifflement et a retardé une main.

La première règle dans le polo est que quand un joueur a la possession de la boule et se dirige vers le but, il est illégal de couper à travers la ligne dans laquelle le joueur voyage. N'importe quel joueur qui croise cette ligne crée une situation dangereuse et commet une faute. Jeu arrêté. L'arbitre a approché Billy, colère dans sa voix.

« Qui était une faute délibérée, M. Stanley ! »

Billy a grimacé. « Ce n'était pas mon défaut ! Sien a condamné le poney… »

« Les adversaires recevront un but de pénalité. »

Le chukker transformé en catastrophe. Billy a engagé deux violations plus flagrantes dans un délai de trois minutes de l'un l'autre. Les pénalités ont eu comme conséquence deux buts supplémentaires pour l'autre équipe. Dans chaque cas les adversaires ont été attribués un tir de pénalité libre sur un but sans surveillance. Dans les trente dernières secondes du jeu, l'équipe d'opposition a marqué le but de gain. Ce qui avait été une victoire assurément, s'était transformé en déroute.

Dans la boîte, Nicole Carson a été stupéfiée au cours des événements soudain.

Anita a dit timide, « il n'est pas bien allée, l'a fait ? »

Nicole s'est tournée vers elle. « Non, Anita. J'ai peur qu'il n'ait pas fait. »

Un administrateur a approché la boîte. « Mlle Carson, peut j'avoir un mot avec vous ? »

Nicole Carson tourné à Anita. « Excusez-moi un moment. »

Anita les a observés marcher loin.

Après le jeu, l'équipe de Billy était très tranquille. Billy avait honte trop pour regarder les autres. Nicole Carson dépêché plus d'à Billy.

« Billy, j'ai peur que j'aie quelques nouvelles terribles et terribles. » Elle a mis une main sur son épaule, « Votre père est morte. »

Billy a regardé elle et a secoué de l'un côté à l'autre sa tête. Il a commencé à sangloter. « Je suis… moi suis responsable. C'est m… mon défaut. »

« Non. Vous ne devez pas se blâmer. Ce n'est pas votre défaut. »

« Oui, il est, » Billy a pleuré. « Ne comprenez-vous pas ? S'il n'était pas pour mes pénalités, nous aurions gagné le jeu. »

10

Jennifer Stanley n'avait jamais connu son père, et maintenant il était mort, réduit à un titre noir dans l'étoile de Miami : Le BRASSEUR D'AFFAIRES Robert Stanley MEURENT DANS l'ACCIDENT AUTOMOBILE ! Elle s'est assise là, regardant fixement sa photographie sur la première page du journal, rempli d'émotions contradictoires. Est-ce que je le déteste en raison de la manière qu'il a traité ma mère, ou je l'aime parce qu'il est mon père ? Est-ce que je me sens coupable parce que je n'ai jamais essayé de le contacter, ou je me sens fâché parce qu'il n'a jamais essayé de me trouver ? Il n'importe plus, elle a pensé. Il est allé.

Son père avait été mort à sa toute sa vie, et il était maintenant mort encore, la trichant hors de quelque chose qu'elle n'a eu aucun mot pour. Inexplicablement, elle a senti un sens primordialement de la perte. Stupide ! Pensée de Jennifer. Comment est-ce que je peux manquer quelqu'un que je n'ai jamais su ? Elle a regardé la photographie de journal encore. Ai-je quelque chose de lui dans moi ?

Jennifer a regardé fixement dans le miroir sur le mur. Les yeux. J'ai les mêmes yeux gris profonds.

Jennifer est entrée dans son cabinet de chambre à coucher, enlevé une boîte en carton battue, et de elle a soulevé et un album lié par cuir. Elle s'est assise au bord de son lit et a ouvert album. Pour les deux heures suivantes, elle a étudié à fond plus de son contenu familier. Il y avait les photographies innombrables de sa mère dans l'uniforme de son institutrice, avec Robert Stanley et Mme Stanley et leurs trois enfants en bas âge. La plupart des photos avaient été prises sur leur yacht, à l'air de Bell, ou à la villa d'air de Bell.

Jennifer a pris les coupures de journal jaunies racontant le scandale qui s'était produit tant d'années avant à Los Angeles. Les titres fanés étaient sinistres :
NID D'AMOUR SUR L'AIR DE CLOCHE
LE MILLIARDAIRE ROBERT STANLEY DANS L'ÉPOUSE DU BRASSEUR D'AFFAIRES DE SCANDALE COMMET L'INSTITUTRICE DE SUICIDE QUE ROSA NEWMAN DISPARAÎT.

Il y avait des douzaines de colonnes de bavardage remplies de remarque indirecte au sujet de cet événement, suggérant habituellement quelque chose mauvaise ou grossière. Jennifer s'est assise là pendant longtemps, perdu dans le passé.

Elle avait été née à l'hôpital de St Joseph à Miami. Ses premiers souvenirs étaient de la vie dans la promenade morne vers le haut des appartements et constamment du déplacement de la ville à la ville. Il y avait des périodes quand il n'y avait aucun argent du tout, et peu de manger. Sa mère était continuellement malade, et il avait été difficile qu'elle trouve le travail régulier. La jeune fille rapidement n'a jamais appris à demander des jouets ou de nouvelles robes.

Jennifer a commencé l'école quand elle avait cinq ans, et ses camarades de classe la railleraient parce qu'elle a porté la même chose robe et chaussures délabrées chaque jour. Quand les autres enfants l'ont taquinée, Jennifer les a combattus. Elle était une rebelle, et elle toujours était élevée avant le principal. Ses professeurs n'ont pas su quoi faire avec elle. Elle avait des ennuis constants. Elle pourrait avoir été expulsée excepté une chose : Elle était l'étudiante la plus intelligente dans sa classe.

Sa mère avait dit que Jennifer qui son père était mort, et elle ait accepté cela. Mais quand Jennifer était douze années, elle a trébuché à travers un album d'image rempli de photographies de sa mère avec un groupe d'étrangers.

« Qui sont ces personnes ? » Jennifer a demandé. Et la mère de Jennifer a décidé que le moment était venu. « Asseyez-vous, mon chouchou. » Elle a pris la main de Jennifer et l'a tenue étroitement. Il n'y avait aucune manière de casser les nouvelles avec tact. « Qui est votre père, et votre demi-sœur, et vos deux demi-frères. »

Jennifer la regardait, perplexe. « Je ne comprends pas. »

La vérité avait finalement sorti, brisant la paix de l'esprit de Jennifer. Son père était vivant ! Et elle a eu une demi-sœur et deux demi-frères. Elle était trop à comprendre. « Pourquoi… pourquoi vous avez menti à moi ? »

« Vous étiez trop jeune pour comprendre. Votre père et moi … a eu une affaire. Il était marié, et moi… que j'ai dû partir, pour vous avoir. »

« Je le déteste ! » Jennifer a dit.

« Vous ne devez pas le détester. »

« Comment pourrait-il avoir fait ceci à vous ? » elle a exigé.

« Ce qui s'est produit était mon défaut autant que le sien. » Chaque mot était agoni. « Votre père était un homme très attirant, et j'étais jeune et insensé. J'ai su que rien ne pourrait jamais venir de notre affaire. Il m'a dit qu'il m'a aimé… mais il ait été marié et ait eu une famille. Et… et alors je suis devenu enceinte. » Il était difficile que elle continue. « Un journaliste a mis la main sur l'histoire et elle était dans tous les journaux. J'ai couru loin. J'ai eu l'intention pour que vous et moi retourne à lui, mais son épouse s'est tuée, et je… je pourrais ne jamais faire face à lui ou aux enfants encore. C'était mon défaut, vous voyez. Ainsi ne le blâmez pas. »

Mais il y avait une partie de l'histoire Rosa non jamais indiquée à sa fille. Quand le bébé était né, le commis à l'hôpital a dit, « nous complétons l'acte de naissance. Le nom du bébé est Jennifer Newman ? »

Rosa avait commencé à indiquer oui, et alors elle a pensé violemment, non ! Elle est fille de Robert Stanley. Elle a eu droit à son nom, et au sien appui.

«De « le nom ma fille est Jennifer Stanley. »

Elle avait écrit à Robert Stanley, lui indiquant qu'au sujet de Jennifer, mais d'elle n'avait jamais reçu une réponse.

Jennifer a été fascinée par l'idée qu'elle a eu une famille qu'elle n'avait pas connue, et également par le fait qu'ils étaient assez célèbres pour être écrits environ dans la presse. Elle est allée à la bibliothèque publique et recherché tout elle pourrait trouver au sujet de Robert Stanley. Il y avait des douzaines d'articles concernant lui. Il était un milliardaire, et il a vécu en un autre monde, un monde dont on a totalement exclu Jennifer et sa mère.

Pendant un jour, quand un des camarades de classe de Jennifer l'a taquinée au sujet d'être pauvre, Jennifer a dit d'un air provoquant, « Je ne suis pas pauvre ! Mon père est l'un des hommes les plus riches au monde. Nous avons un yacht et un avion, et douzaine belles maisons. »

 Son professeur l'a entendue. « Jennifer, montent ici. »

Jennifer a approché le bureau du professeur. « Vous ne devez pas dire un mensonge comme cela. »

« Ce n'est pas un mensonge, » Jennifer a répliqué. « Mon père est un milliardaire ! Il connaît des présidents et des rois ! »

Le professeur a regardé la jeune fille se tenant avant qu'elle dans sa robe minable de Blackburn et ait dit,   « Jennifer, qui n'est pas vraie. »

« Elle est ! » Jennifer a dit obstinément.

Elle a été envoyée au bureau du principal. Elle jamais n'a encore mentionné son père à l'école. Jennifer a appris que la raison elle et sa mère continuées se déplacer de la ville à la ville était en raison des médias. Robert Stanley était constamment dans la presse, et les journaux et les magazines de bavardage ont continué à creuser le vieux scandale. Les journalistes d'investigation découvriraient par la suite qui Rosa Newman était et où elle a vécu, et elle devrait prendre Jennifer et vol. Jennifer a lu chaque reportage de journal qui est apparu au sujet de Robert Stanley, et chaque fois, elle a été tentée de lui téléphoner. A voulu croire que pendant toutes ces années il avait désespérément recherché sa mère. J'appellerai et dire,   « C'est votre fille. Si vous voulez nous voir… »

Et il viendrait à eux et serait amoureux encore une fois, et épousent sa mère, et ils tout vivant heureusement ensemble.

Jennifer Stanley s'est développée dans une belle jeune femme. Elle a eu des cheveux foncés brillants, rire, bouche généreuse, les yeux gris lumineux de son père, et un chiffre doucement incurvé. Mais quand elle a souri, les gens ont oublié le chaque chose autrement mais ce sourire.

Puisqu'ils ont été forcés pour se déplacer tellement souvent, Jennifer est allée aux écoles dans cinq états différents. Pendant les étés elle a travaillé en tant que commis dans un magasin, derrière le compteur dans une pharmacie, et en tant que réceptionniste. Elle était toujours violemment indépendante.

Ils habitaient à Miami, la Floride, quand Jennifer a fini l'université sur une bourse. Elle n'était pas sûre ce qu'elle a voulu faire avec sa vie. Les amis, impressionnés par sa beauté, ont proposé qu'elle devienne une actrice de film.

« Vous seriez une étoile du jour au lendemain ! »

Jennifer avait écarté l'idée avec un occasionnel, « Qui veut se lever que tôt chaque matin ? »

Mais le motif réel qu'elle n'a pas été intéressée était parce qu'elle a voulu, surtout, son intimité. Il a semblé à Jennifer que toutes leurs vies, elle et sa mère avaient été traquées par la presse en raison de ce qui s'était produit tant d'années plus tôt. Le rêve de Jennifer d'un jour unissant sa mère et père a fini le jour où sa mère est morte. Jennifer a senti un sens maîtrisant de la perte. Mon père doit savoir, pensée de Jennifer. La mère était une partie de sa vie. Elle a recherché le numéro de téléphone de ses sièges sociaux d'affaires à Los Angeles. Un réceptionniste répondu.

« Bonjour, entreprises de Stanley. » Jennifer a hésité.

« Entreprises de Stanley. Bonjour ? Peux je vous aide ? »

Lentement Jennifer a remplacé le récepteur. La mère n'aurait pas voulu que je fisse cet appel. Elle était seule maintenant. Elle n'a eu personne.

Jennifer a enterré sa mère au cimetière de Mémorial Park à Miami. Il n'y avait aucune autre personne en deuil. Jennifer s'est tenue au côté grave et pensée, elle n'est pas juste, maman. Vous avez fait une erreur et avez payé elle avec le reste de votre vie. Je souhaite que je puisse avoir enlevé une partie de votre douleur. Je t'aime beaucoup, maman. Je vous aimerai toujours. Tout qu'elle avait laissé des années de sa mère sur terre était une collection de vieilles photographies et de coupures.

Sa mère étant allé, les pensées de Jennifer ont tourné à Stanley la famille. Elles étaient riches. Elle pourrait aller chez elles pour l'aide. Jamais, elle n'a décidé. Pas après la manière Robert Stanley a traité ma mère. Mais elle a dû gagner une vie. Elle a été confrontée à une décision de carrière. Elle a pensé qu'elle est tous deux amusé et déçu ; peut-être je deviendrai un neurochirurgien. Ou un peintre Chanteur d'opéra ? Physicien ? Astronaute ?

Elle a arrangé pour un cours de secrétariat au cours du soir à l'Institut de Formation Supérieure de Miami la Floride. Le jour après Jennifer a fini le cours, elle a visité une agence de l'emploi. Il y avait douzaine demandeurs attendant pour voir le conseiller d'emploi. Se reposer à côté de Jennifer était une femme attirante son âge.

« Salut ! Je suis Susan Crawford. »

« Jennifer Stanley. »

« Je dois obtenir un travail aujourd'hui. » Susan a gémi. « J'ai été donné un coup de pied hors de mon appartement. »

Jennifer a entendu son nom appelé.

« Bonne chance ! » Susan a dit.

« Mercis. »

Jennifer est entrée dans le bureau du conseiller d'emploi.

« Asseyez-vous, svp. »

« Merci. »

« Je vois de votre application que vous avez une expérience professionnelle d'éducation et d'été d'université. Et vous avez une recommandation élevée de l'école de secrétariat. Elle a regardé le dossier sur son bureau. « Vous prenez la main courte à quatre-vingt-dix mots par minute, et type à soixante mots par minute ? »

« Oui, Madame. »

« Je pourrais avoir juste la chose pour vous. Il y a une petite entreprise des architectes qui recherche un secrétaire. Le salaire n'est pas très grand, j'ai peur… »

« Qui est correct, » Jennifer a dit rapidement.

« Très bien. Je vais vous envoyer 2la-bas. » Elle a remis à Jennifer un glissement de papier avec un nom et adresse introduit là-dessus. « Ils vous intervieweront à midi demain. »

Jennifer a souri heureusement. « Merci. » Elle a été remplie de sens d'excitation. Quand Jennifer est sortie du bureau, le nom de Susan s'appelait.

« J'espère que vous obtenez quelque chose, » Jennifer a dit.

« Mercis ! »

Sur une impulsion, Jennifer a décidé de rester et attendre. Dix minutes plus tard, quand Susan est sortie du bureau intérieur, elle souriait largement.

« J'ai obtenu une entrevue ! Elle a téléphoné, et j'irai à Américain Mutuel Assurance Compagnie demain pour un travail de réceptionniste. Comment allez-vous ? »

« Je saurai demain, aussi. »

« Je suis sûr que nous le ferons. Pourquoi nous ne prenons pas le déjeuner ensemble et ne célébrons pas ? »

« Fin. »

Au déjeuner ils ont parlé, et leur amitié a cliqué sur immédiatement.

« J'ai regardé un appartement en parc sur terre, » Susan a dit. « C'est un à deux chambres et un bain, avec une cuisine et un salon. Il fait vraiment beau. Je ne peux pas seul me permettre le, mais si les deux de nous… »

Jennifer a souri. « Je voudrais cela. » Elle a croisé ses doigts.

« Si j'obtiens le travail. »

« Vous l'obtiendrez ! » Susan l'a assurée.

Sur le chemin aux bureaux de John, marquez et Thomson, pensée de Jennifer, ceci pourrait être ma grande occasion. Ceci a pu mener n'importe où. Je veux dire, ceci n'est pas simplement un travail. Je travaillerai pour des architectes. Rêveurs qui établissent et forment l'horizon de la ville, qui créent la beauté et la magie hors de la pierre et l'acier et le verre. Peut-être j'étudierai l'architecture moi-même, de sorte que je puisse les aider et être une partie de ce rêve.

Le bureau était dans un vieux bâtiment commercial terne sur le site occidental de la ville. Jennifer a pris l'ascenseur au troisième plancher, est descendue, et s'est arrêtée à JOHN, à une MARQUE et à des ARCHITECTES de THOMSON divisés par porte marqués. Elle a pris une respiration profonde pour se calmer et est entrée. Trois hommes l'attendaient dans la salle de réception, l'examinant pendant qu'elle marchait dans la porte.

« Vous êtes ici pour le travail de secrétariat ? »

« Oui, monsieur. »

« Je suis John. » Le chauve.

« Marque. » La queue de cheval.

« Thomson. » Le ventre ballonné.

Ils ont tout semblé être quelque part en leurs années '40.

« Nous comprenons que c'est votre premier travail de secrétariat, » John a dit.

« Oui, il est, » Jennifer a répondu. Alors rapidement elle a ajouté, « mais je suis un étudiant rapide. Je travaillerai très dur. » Elle a décidé sans compter son idée au sujet d'aller à l'école étudier l'architecture encore. Elle attendrait jusqu'à ce qu'ils aient fini par connaître son meilleur.

« Bien, nous vous jugerons, » Mark a dit, « et voyez comment elle disparaît. »

Jennifer a senti un sens d'exaltation. « Oh, merci ! Vous ne serez pas… »

« Au sujet du salaire, » Thomson a dit. « J'ai peur que nous ne puissions pas payer infiniment au début. »

« Qui est tout le juste, » Jennifer a dit. « Je… »

« Trois cents par semaine, » John lui a dit.

Ils étaient exacts. Ce n'était pas beaucoup d'argent. Jennifer a pris une décision rapide. « Je la prendrai. »

Ils ont regardé un autre et ont échangé des sourires.   « Grand ! » John a dit. « Laissez-moi vous montrer autour. »

La visite a pris seulement quelques secondes. Il y avait la petite salle de réception et trois petits bureaux qui ont regardé comme s'elles avaient été fournies par l'armée du salut. Les toilettes étaient en bas du hall. Ils étaient tous les architectes, mais John était l'homme d'affaires, la marque était le vendeur, et Thomson a manipulé la construction.

« Vous travaillerez pour nous tous, » John lui a dit.

« Fin. » Jennifer a su qu'elle allait se rendre indispensable à eux.

John a regardé sa montre. « Elle est douze trente. Que diriez-vous d'un certain déjeuner ? »

Jennifer a senti un peu de frisson. Elle faisait partie de l'équipe maintenant. Ils m'invitent à déjeuner.

Il s'est tourné vers Jennifer.

« Il y a une épicerie fine en bas du bloc. Je prendrai un sandwich à bœuf de maïs sur le seigle avec de la moutarde, la salade de pomme de terre, et le danois. »

« Oh. » Tellement pour « eux m'invitent à déjeuner. »

Thomson a indiqué, « je prendrai la pastrami et du potage au poulet. »

« Oui, monsieur. »

Marquez a parlé. « J'aurai le plateau de rôti et une boisson non alcoolisée. »

« Oh, assurez-vous que le bœuf de maïs est maigre, » John lui a dit. « Bœuf de maïs maigre. »

Thomson a indiqué, « Assurez-vous que la soupe est chaude. »

« Droit. Soupe chaude. »

La marque a indiqué, « faites à ma boisson non alcoolisée un kola de régime. »

« Suivez un régime le kola. »

« Voici une certaine somme d'argent. » John lui a remis un billet de vingt dollars. Dix minutes plus tard, Jennifer était dans l'épicerie fine, parlant à l'homme derrière le compteur. « Je veux un sandwich maigre à bœuf de maïs sur le seigle avec de la moutarde, la salade de pomme de terre, et le danois. Un sandwich à pastrami et un potage au poulet très chaud. Et un plateau de rôtis et un kola de régime. »

L'homme incliné la tête. « Vous travaillez pour John, marque, et Thomson, huh ? »

Jennifer et Susan sont entrées dans l'appartement en parc sur terre la semaine suivante. L'appartement s'est composé de deux petites chambres à coucher, un salon avec les meubles qui avaient vu trop de locataires, une petite cuisine avec la salle à manger, et une salle de bains. Ils ne confondront jamais cet endroit avec le Ritz, Pensée de Jennifer.

« Nous prendrons des tours à la cuisson, » Susan a proposé.

« Fin. »

Susan a préparé le premier repas, et il était délicieux. La nuit suivante était le tour de Jennifer. Susan a pris une morsure du plat que Jennifer avait fait et avait dit, « Jennifer, je n'ai pas beaucoup d'assurance-vie. Pourquoi je ne fais pas la cuisson et vous faites le nettoyage ? »

Les deux compagnons de chambre ont subsisté bons. Le week-end, ils iraient voir des films chez le Glenwood 4, et font des emplettes au mail de rampe. Ils ont acheté leurs vêtements au magasin de vente au rabais superbe de puce. Une nuit par semaine ils sont sortis à un restaurant peu coûteux pour dîner-Stephen vieil Apple du fils cultivent ou le café maximum pour des spécialités méditerranéennes. Quand elles pourraient l'avoir les moyens, elles se laisseraient tomber dedans chez Charlie pour entendre le jazz.

Jennifer a eu plaisir à travailler pour John, marque et Thomson. Pour dire que l'entreprise ne faisait pas bien était une sous-estimation. Les clients étaient rares. Jennifer a estimé qu'elle ne faisait pas beaucoup pour aider à établir l'horizon de la ville, mais elle a eu plaisir à être autour de ses trois patrons. Ils étaient comme une famille de remplacement, et chacun a confié ses problèmes à Jennifer. Elle était capable et efficace, et elle a très rapidement réorganisé le bureau.

Jennifer a décidé de faire quelque chose au sujet du manque de clients. Mais ce qui ? Elle à bientôt eu la réponse. Il y avait un article dans l'étoile de Miami au sujet d'un déjeuner pour une organisation de nouvelles femmes exécutives. La présidente était Sylvia Bradford.

Le jour suivant, à midi, Jennifer a dit à John, « Je peux être un retour peu en retard du déjeuner. »

Il a souri. « Aucun problème, Jennifer. » Il a pensé à quel point ils chanceux étaient de l'avoir. Jennifer est arrivée à l'auberge de plazza et est allée à la salle où le déjeuner était donné. La femme assise à la table près de la porte a dit, « Mais je vous aide ? »

« Oui. Je suis ici pour le déjeuner des femmes exécutives. »

« Votre nom ? »

« Jennifer Stanley. »

La femme a regardé la liste devant elle. « J'ai peur je ne voie pas que vous êtes… »

Jennifer a souri. Est-ce que « Ce n'est pas juste comme Sylvia ? Je devrai avoir un entretien avec elle. Je suis le secrétaire de direction avec John, Eastman, et Thomson. »
La femme a semblé incertaine. « Bon… »

« Ne vous inquiétez pas à son sujet. J'entrerai juste et trouverai Sylvia. »

Dans la salle de banquet était un groupe de femmes bien habillées causant parmi elles-mêmes. Jennifer a approché l'une d'entre elles. « Lesquels est Sylvia Bradford ? »

« Elle est là-bas. » Elle a indiqué un grand, frappant regardant la femme en ses années '40.
Jennifer est montée à elle. « Salut. Je suis Jennifer Stanley. »

« Bonjour. »

« Je suis avec John, Eastman, et Thomson. Je suis sûr que vous avez entendu parler d'eux. »

« Bien, I… »

« Ils sont le cabinet d'architectes le plus à croissance rapide à Miami. »

« Je vois. »

« Je n'ai pas beaucoup de temps pour épargner, mais je voudrais contribuer celui que je puisse à l'organisation. »

« Bien, c'est très aimable de vous, Mlle… ? » « Stanley. »
C'était le début.

L'organisation des femmes exécutives a représenté la plupart des entreprises supérieures à Miami, et en un rien de temps du tout, Jennifer était mise en réseau avec elles. Elle a pris le déjeuner avec un ou plusieurs des différents membres au moins une fois par semaine.

« Notre société va mettre un nouveau bâtiment dans Olathe. »

Et Jennifer ferait un rapport immédiatement à ses patrons.

« M. Hanley veut établir une maison d'été dans Tonganoxie. »

Et avant que n'importe qui d'autre ait découvert à son sujet, John, Marque et Thomson a eu les travaux. Marque appelée Jennifer dans un jour et a dit, « vous méritent un augmenter, Jennifer. Vous réalisez un grand travail. Vous êtes un enfer d'un secrétaire ! »

« Vous me feriez une faveur ? » Jennifer a demandé.

« Bien sûr. »

« Appelez-moi un secrétaire de direction. Elle aidera ma crédibilité. »

De temps en temps, Jennifer lirait des articles de journal concernant son père, ou observez-le étant interviewé à la télévision. Elle ne l'a jamais mentionné à Susan ou à aucun de ses employeurs.

Quand Jennifer était plus jeune, un d'elle des rêveries avait été que, comme Dorothy, elle un jour serait battue à partir de la Floride à un certain beau, magique endroit. Ce serait un endroit rempli de yachts et avions privés et palais. Mais maintenant, avec les nouvelles de la mort de son père, ce rêve a été fini pour toujours. J'ai bien obtenu la droite de pièce de Miami, elle a pensé qu'elle s'amuse et est déçue. Je ne fais laisser aucune famille. Mais je fais, Jennifer me suis corrigé. J'ai deux demi-frères et une demi-sœur. Ils sont ma famille. Est-ce qu'au cas où j'aller leur rends visite ? Bonne idée ? Mauvaise idée ? Je me demande comment nous sentirions environ un autre.

Sa décision s'est avérée être une question de vie ou de mort.

11

Elles étaient des étrangers, deux hommes et une fille. Elles sont restées dans la maison, regardant fixement l'entrée principale. Elle était une glorieuse, brun-foncé. Ils étaient silencieux et pleins des secrets. Les gens ont cru qu'ils ont connu les choses qui pourraient ne jamais être partagées ; mystères trop profonds et puissants pour que les étrangers comprennent. C'était le rassemblement d'un clan des étrangers. C'avait été des années depuis qu'ils avaient été vus ou communiqués entre eux.

Le juge Thomas Stanley est arrivé à Los Angeles en l'avion. Carmen Stanley Rénaux a volé dedans de Paris. David Rénaux a pris le train de New York. Billy Stanley et Anita ont conduit par l'air de Bell. On avait annoncé les héritiers que les funérailles auraient lieu chez Chapel du Roi. La rue en dehors de l'église a été barricadée, et il y avait des policiers à l'obstacle la foule qui s'était réunie pour observer les honorables arriver. Le vice-président des Etats-Unis était là, aussi bien que des sénateurs et des ambassadeurs et des hommes d'état aussi de loin que la Turquie et l'Arabie Saoudite. Pendant sa vie, Robert Stanley avait moulé une grande ombre, et chacun des sept cents sièges dans la chapelle serait occupé.

Thomas, Billy et Carmen, avec leurs conjoints, se sont réunis à l'intérieur de la sacristie. C'était une réunion maladroite. Ils étaient étrangers à un autre, et la seule chose qu'ils ont eue en commun était le corps de l'homme dans l'if en dehors de l'église.

« C'est mon mari, David, » Carmen a dit.

« C'est mon épouse, Anita. Anita, ma sœur, Carmen, et mon frère, Thomas. »

Il y avait des échanges polis des hello. Ils se sont tenus là, inconfortablement étudiant un autre, jusqu'à une carne d'huissier jusqu'au groupe.

« Excusez-moi, » il a dit dans une voix étouffée. « Les services sont sur le point de commencer. Vous me suivriez, svp ? »

Il les a menés à un banc réservé à l'avant de la chapelle. Ils ont pris leurs sièges et ont attendu, chacun préoccupé avec ses propres pensées.

Comme souci à Thomas, il s'est senti étrange pour être de retour à Los Angeles. Les seuls bons souvenirs qu'il a eus d'elle étaient quand sa mère et Rosa étaient vivantes. Quand il avait onze ans, Thomas avait vu une copie du Goya célèbre peignant Saturn dévorant son fils, et il l'avait toujours identifié avec son père.

Et maintenant, Thomas, regardant plus de le cercueil de son père car il a été porté dans l'église par les porteurs du cercueil, pensée, Saturn est mort. Thomas a l'entraînement très mauvais d'humeur.

« Je connais vos petits secrets sales. »

Le ministre a fait un pas dans le vin historique de la chapelle pupitre en forme de verre.

« Jésus a dit à elle, je suis la résurrection et la vie : il ce believeth dans moi, bien qu'il ait été mort, pourtant il vit : et le liveth et le believeth de whosoever dans moi ne mourront jamais. »

Billy se sentait vivifié. Il avait pris un coup d'héroïne avant de venir à l'église, et elle n'avait pas porté encore. Il a jeté un coup d'œil plus de sur son frère et sœur. Thomas a mis dessus le poids. Il ressemble à un juge. Carmen s'est transformée en beauté, mais elle semble être sous une tension. Je me demande si elle est parce que le père est mort. Non. Elle l'a détesté autant que j'ai fait. Il a regardé son épouse, assise à côté de lui. Je suis désolé que je n'aie pas obtenu de la montrer au vieil homme. Il serait mort d'une crise cardiaque.

Le ministre parlait.

« Comme un pitieth de père ses enfants, ainsi le pitieth de seigneur ils que crainte il. Pour He knoweth notre cadre ; il remembereth que nous sommes la poussière. »

Carmen n'écoutait pas le service. Elle pensait à la robe rouge. Son père lui avait téléphoné à New York pendant un après-midi.

« Ainsi vous êtes devenu un concepteur de gros poisson, n'est-ce pas ? Bien, laissez-nous voient à quel point bon vous êtes. Je porte ma nouvelle amie à une boule de charité samedi soir. Elle est votre taille. Je veux que vous conceviez une robe pour elle.

« Par samedi ? Je ne peux pas, père. Je… »

« Vous le ferez. »

Et elle avait conçu la robe la plus laide qu'elle pourrait concevoir de. Elle a eu un grand arc noir dans l'avant et les yards de rubans et de dentelle. C'était une monstruosité. Elle l'avait envoyé à son père, et il lui avait téléphoné encore.

 « J'ai obtenu la robe. Par la manière, mon amie ne peut pas lui faire samedi, ainsi vous allez être ma date, et vous allez porter cette robe. »

« Non ! »

Et puis l'expression terrible : « Vous ne voulez pas me décevoir, vous faites ? »

Et elle était allée, n'osant pas changer la robe, et avait passé la soirée la plus humiliante de sa vie.

 « Pour nous n'avons introduit rien dans ce monde, et il est certain que nous puissions ne porter rien.

 « Le seigneur a donné, et le hath de seigneur emporté ; béni soyez le nom du seigneur ! »

Anita Stanley n'était pas confortable. Elle a été intimidée par la splendeur de l'église énorme et des personnes à l'air élégant dans elle. Elle n'avait jamais été à Los Angeles avant, et à elle a signifié le monde de Stanley, avec toute sa splendeur et gloire. Ces personnes étaient tellement meilleures qu'elle était. Elle a pris la main de son mari.

 « Toute la chair est herbe, et tout le bonnes lignes s'y rapportant est comme fleur du champ…. Le withereth d'herbe, le fadeth de fleur ; mais le mot de notre Dieu se tiendra pour toujours. »

David pensait à la lettre de chantage que son épouse avait reçu. Elle avait été exprimée très soigneusement, très abilement. Il serait impossible de découvrir qui était derrière

143

lui. Il a regardé Carmen, assis à côté de lui, pâle et tendu. Combien davantage peut-elle prendre ? Il s'est demandé. Il s'est rapproché elle.

« … À la pitié aimable et à la protection de Dieu nous vous commettons. Le seigneur vous bénit et vous garde. Le seigneur fait son visage pour briller sur vous et pour être aimable à vous. Le seigneur soulève la lumière de sa mine sur vous et te donne la paix, maintenant et pour toujours. Amen. »

Le service étant fini, le ministre annoncé, « Les services d'enterrement seront des membres de privé-famille seulement. »

Thomas a regardé le cercueil et a pensé au corps à l'intérieur. La nuit dernière, avant que le cercueil ait été scellé, il s'était attaqué directement de l'aéroport international de Los Angeles LAX au visionnement aux pompes funèbres. Il a voulu voir ses morts de père. Billy a observé pendant que le cercueil était effectué du passé d'église les personnes en deuil regardantes fixement et il souriait : Donnez les personnes ce qu'elles veulent.

La cérémonie de côté grave au vieux mont Sinaï Mémorial Park à Los Angeles était brève. La famille a observé le corps de Robert Stanley étant abaissé à son dernier lieu de repos, et pendant que la saleté était jetée sur le cercueil, le ministre a dit, « il n'y a aucun besoin de vous de rester plus long si vous ne souhaitez pas à. »

Billy a incliné la tête. « Droit. » L'effet de l'héroïne commençait à porter, et il commençait à se sentir nerveux.

« Sortons d'ici. »

David a dit, « où sommes-nous allant ? »

Thomas s'est tourné vers le groupe. « Nous restons à l'air de Bell.

Il est tout disposé. Nous resterons là jusqu'à ce que le domaine soit arrangé. »

Quelques minutes plus tard, ils étaient dans des limousines sur leur chemin à la maison.

Los Angeles a eu une hiérarchie sociale stricte. Le nouveau riche a vécu sur le boulevard de Wilshire, et les grimpeurs sociaux dessus en centre ville. Les vieilles familles Moins-riches ont vécu sur la rue principale. La baie arrière était la plus nouvelle et la plus prestigieuse adresse de la ville, mais Beverly Hills était toujours la citadelle pour les familles les plus âgées et les plus riches de Los Angeles. C'était un mélange riche des maisons et les maisons de grès de ville victoriennes, les vieilles églises, et les zones d'atelier chics.

L'air de Bell, le domaine de Stanley, était une belle vieille maison victorienne qui s'est tenue parmi trois acres de terre sur la colline. La maison dans laquelle les enfants de Stanley avaient grandi a été remplie de souvenirs désagréables. Quand les limousines sont arrivées devant la maison, les passagers sont sortis et ont regardé fixement le vieux manoir.

« Je ne peux pas croire que le père ne va pas être à l'intérieur, nous attendant, » Carmen a dit.

Billy a grimacé. « Il est essai trop occupé de courir des choses dans l'enfer. » Thomas a pris une respiration profonde. « Partons. »

Car ils ont approché l'entrée principale, elle s'est ouverte, et Damon, le maître d'hôtel, tenu là. Il était dans ses années '70, un employé fini et capable qui avait travaillé à l'air de Bell pendant plus de trente années. Il avait observé les enfants grandir, et avait vécu par tous les scandales.

145

Le visage de Damon s'est allumé pendant qu'il voyait le groupe. « Bon après-midi ! »

Carmen lui a donné une étreinte chaude. « Damon, il est si bon de vous revoir. »

« C'a été un long temps, Mlle Carmen. »

« C'est Mme Rénaux maintenant. C'est mon mari, David. »

« Comment faites-vous faites, monsieur ? »

« Mon épouse m'a dit beaucoup au sujet de vous. »

« Rien espoir trop terrible avec moi, monsieur. »

« Au contraire. Elle a seulement des souvenirs affectueux de vous. »

« Merci, monsieur. »   Damon s'est tourné vers Thomas. « Bon après-midi, juge Stanley. »

« Bonjour, Damon. »

« C'est un plaisir de vous voir, monsieur. »

« Merci. Vous regardez très bien. »

« Êtes ainsi vous, monsieur. Je suis si désolé au sujet de ce qui s'est produit. »

« Merci. Êtes-vous avez installé ici pour prendre soin de tous de nous ? »

« Oh, oui. Je pense que nous pouvons rendre chacun confortable. »

« Suis-je dans ma vieille pièce ? »
Damon a souri. « Qui est exact. » Il s'est tourné vers Billy.

« Je suis heureux de vous voir, M. William. Je veux… »

Billy a saisi le bras d'Anita. « Avance, » il a dit brusque.

« Je veux obtenir rafraîchi. »

Les autres observés comme Billy ont poussé après eux et ont pris Anita en haut.

Le reste du groupe est entré dans le salon énorme. La salle a été dominée par une paire d'armoires massives de Louis XIV. Été dispersées autour de la salle ont une table de console en bois de jeune truie avec un dessus de marbre moulé, et une rangée de chaises et de divans de période exquis. Un lustre de chrysocale accroché de l'à haut plafond. Sur les murs étaient les peintures médiévales sombres.

Damon s'est tourné vers Thomas. « Jugez Stanley, j'ont un message pour vous. M. Frank Harold voudrait que vous l'appeliez quand il serait commode d'organiser une réunion avec la famille. »

« Qui est Frank Harold ? » David a demandé.

Carmen a répondu. « Il est la mandataire de famille. Le père a été avec lui pour toujours mais nous ne l'avons jamais rencontré. »

« Je présume qu'il veut discuter la disposition du domaine, » Thomas a dit. Il s'est tourné vers les autres. « S'il est tout exact avec tout le vous, j'assurerai lui pour nous rencontrer ici demain matin. »

« Qui sera parfait, » Carmen a dit.

« Le chef prépare le dîner, » Damon leur a dit. « Huit heures seront satisfaisantes ? »

« Oui, » Thomas a dit. « Merci. »

« Evelyn et Maryanne vous montreront à vos salles. »

Thomas s'est tourné vers sa sœur et son mari. « Nous nous réunirons vers le bas ici à huit, nous ? »

Car Billy et Anita sont entrés dans leur chambre à coucher en haut, Anita a demandé, « êtes-vous tout droit ? »

« Je suis très bien, » Billy me suis cassé. « Laissez-moi seul. »

Elle l'a observé entrer dans la salle de bains et claquer la porte fermée. Elle s'est tenue là, attendant.

Dix minutes plus tard, Billy a sorti. Il souriait.

« Salut, bébé. »

« Salut. »

« Bien, comment faites-vous aimez la vieille maison ? »

« C'est… lui est énorme. »

« C'est une monstruosité. » Il a marché plus d'au lit et a mis ses bras autour d'Anita. « C'est ma vieille pièce. Ces murs ont été couverts d'ours bruns d'Eurasie d'affiches-le de sports, les Celtics, Red Sox. J'ai voulu être un athlète. J'ai eu de grands rêves. Pendant ma dernière année dans l'internat, j'étais capitaine de l'équipe de football. J'ai obtenu des offres d'admission d'une demi-douzaine de cars d'université. »

« Lesquels vous avez pris ? »

Il a secoué sa tête. « Aucun de eux. Mon père a dit qu'ils étaient seulement intéressés par le nom de Stanley, celui qu'ils ont juste voulu l'argent de lui. Il m'a envoyé à une école d'ingénierie où ils n'ont pas joué au football. » Il était silencieux pendant un instant. Alors il a marmonné, « je pourrais 'a été un contenta… »

Elle l'a regardé a déconcerté. « Ce qui ? »

Il a recherché. « Vous n'avez pas jamais vu sur le bord de mer ? »

« Non »

« C'était une ligne que Marlon Brando a dite. Il nous signifie que chacun des deux obtiennent vissés. »

« Votre père doit avoir été dur. »

Billy a donné un rire court et dérisoire. « Qui est la chose la plus gentille n'importe qui a jamais indiqué au sujet de lui.

Je me rappelle quand j'étais juste un enfant, j'ai tombé un cheval. J'ai voulu revenir dessus et monter encore. Mon père ne me laisserait pas. « Vous ne serez jamais un cavalier, » il a dit.

« Vous êtes trop maladroit. » Billy a regardé elle.

« Qui est pourquoi je suis devenu un joueur de polo de neuf-but. »

Ils sont venus ensemble à la table de dîner, étrangers à un des autres, assis dans un silence inconfortable, leur seulement connexion, traumatismes d'enfance.

Carmen a regardé autour de la salle. Les souvenirs terribles se sont mélangés avec une appréciation pour sa beauté. La table de salle à manger était Français classique, un premier Louis XV, entouré par des chaises de noix de Directoire. Dans un coin était a bleu-vert la crème a peint l'armoire faisant le coin provincial français. Sur les murs étaient les dessins par Watteau et Fragonard.

Carmen s'est tournée vers Thomas. « J'ai eu connaissance de votre décision dans le cas de Fiorello. Il a mérité ce que vous lui avez donné. »

« Il doit exciter étant un juge, » Anita a dit.

« Parfois il est. »

« Ce qui enferme un peu vous manipulez ? » David s'est enquis. « Cas-viols criminels, drogues, meurtre. »

Carmen a tourné pâle et commencé à dire quelque chose, et David a saisi sa main et l'a serrée comme avertissement. Thomas a dit poliment à Carmen, « vous êtes devenu un concepteur réussi. »

Carmen avait du mal à respirer.

« Oui. »

« Elle est fantastique, » David a dit.

« Et David, ce qui font vous font ? »

« Je suis avec une maison de change. »

« Oh, vous êtes l'un de ces jeunes millionnaires de Wall Street. »

« Bien, pas exactement, juge. J'obtiens vraiment juste commencé. »

Thomas a donné à David un regard de patronage. « Je devine qu'il est chanceux vous ont une épouse réussie. »

Carmen a rougi et a chuchoté dans l'oreille de David, « Ne prêtent aucune attention. Rappelez-vous je t'aime. »

Billy commençait à ressentir l'effet de la drogue. Il a tourné pour regarder son épouse. « Anita pourrait utiliser quelques vêtements convenables, » il a dit. « Mais elle ne s'inquiète pas à quoi elle ressemble. Faites-vous, ange ? » Anita s'est assise là, gêné, ne sachant pas quoi dire. « Peut-être petits costumes d'une serveuse ? » Billy a proposé.

Anita a dit, « excusez-moi. » Elle s'est levée de la table et s'est sauvée en haut.

Ils étaient tous regardant fixement chez Billy. Il a grimacé. « Elle est excessivement sensible. Ainsi, nous avons une discussion au sujet de la volonté demain, hein ? »

« Qui est exact, » Thomas a dit.

« Je te ferai un pari que le vieil homme ne nous a pas laissé un dixième de dollar. »

David a dit, « Mais il y a tellement argent dans le domaine… »

Billy a reniflé. « Vous n'avez pas connu notre père. Il nous a probablement laissé ses vieilles vestes et une boîte de cigares. Il a aimé employer son argent pour nous commander. Sa ligne préférée était « Vous ne veulent pas me décevoir, et vous ?« Et nous nous sommes tout comportés comme de bons petits enfants parce que, comme vous avez dit, il y avait tellement argent. Bien, je parierai que le vieil homme a trouvé une manière de la prendre avec lui. » Thomas a dit, « nous saura demain, pas nous ? »

Tôt le matin suivant, Frank Harold et George Brown sont arrivés. Damon les a escortés dans la bibliothèque. « J'informerai la famille que vous êtes ici, » il a dit.

« Merci. » Ils l'ont observé partir.

La bibliothèque était énorme et ouverte sur un jardin par deux grandes portes françaises. La salle a été lambrissée dans le chêne souillé par obscurité, et les murs ont été garnis des bibliothèques remplies de volumes liés par cuir beaux. Il y avait une dispersion des chaises confortables et des lampes de lecture italiennes. Dans un coin tenu un biseauté-verre adapté aux besoins du client et chrysocale-a monté le coffret d'acajou qui a montré la collection enviable d'arme à feu de Robert Stanley. Des tiroirs spéciaux avaient été conçus sous la vitrine pour loger les munitions.

« Ce va être un matin intéressant, » George a dit. « Je me demande comment ils vont réagir. »

« Nous découvrirons assez bientôt. »

Carmen et David sont entrés dans la salle d'abord. Frank Harold a dit,

« Bonjour. Je suis Frank Harold. C'est mon associé, George Brown. »

« Je suis Carmen Rénaux, et c'est mon mari, David. »

Les hommes se sont serré la main.

Billy et Anita sont entrés dans la salle.

Carmen a dit, « Billy, c'est M. Frank Harold et M. Brown. »

Billy a incliné la tête. « Salut. Vous avez apporté l'argent liquide avec vous ? »

« Bien, nous vraiment… »

« Je badine seulement ! C'est mon épouse, Anita. » Billy a regardé George. « A fait le vieil homme me laissent quelque chose ou… »

Thomas est entré dans la salle. « Bonjour. »

« Juge Stanley ? »

« Oui. »

« Je suis Frank Harold, et c'est George Brown, mon associé. C'était George qui s'est chargé d'avoir le corps de votre père rapporté de Corse. »

Thomas s'est tourné vers George. « J'apprécie cela. Nous ne sommes pas sûrs ce qui s'est produit exactement. La presse a eu tellement beaucoup différentes versions de l'histoire. Y avait-il jeu déloyal impliqué ? »

« Non. Il semble avoir été un accident. Le yacht de votre père a été attrapé dans une tempête terrible outre de la côte de la Corse. Plus tard, selon un dépôt de Donald Herman, son garde du corps, votre père meurent dans l'accident automobile. »

« Quelle manière horrible de mourir. » Carmen a tremblé.

« Vous avez parlé à ce Herman en personne ? » Thomas a demandé. « Malheureusement, non avant que je sois arrivé en Corse, il était parti. »

Harold a dit, « le capitaine du yacht avait conseillé que votre père à ne pas naviguer dans cette tempête, mais pour quelque raison, il devait presser retourner ici. Il s'était chargé pour qu'un hélicoptère le rapporte. Il y avait un certain genre de problème urgent. »

Thomas à demandé, « vous savez ce qu'était le problème ? »

« Non. J'abrège mes vacances pour le rencontrer de retour ici. Je ne sais pas ce qui… »

Billy s'est interrompu. « Qui est tout le très intéressant, mais c'est histoire antique, n'est-ce pas? Parlons de la volonté. Il nous a laissés quelque chose ou pas ? » Ses mains contractaient.

« Pourquoi nous ne nous asseyons pas ? » Thomas a proposé.

Ils ont assumé des présidences. Frank Harold s'est assis au bureau, leur faisant face. Il a ouvert une serviette et a commencé à sortir quelques papiers.

Billy était prêt à éclater. « Bon ? Dans l'intérêt de Dieu, a fait-il ou n'a pas fait il ? »
Carmen a dit, « Billy… »

« Je connais la réponse, » Billy a dit en colère. « Il ne nous a pas laissé un fichu cent. »

Harold a regardé dans les visages des enfants de Robert Stanley. « En fait, » il a dit, « chacun de vous partagera également dans le domaine. »

George pourrait sentir l'euphorie soudaine qui a balayé par la salle.

Billy regardait fixement chez Harold, à bouche ouverte.

« Ce qui ? Êtes-vous sérieux ? » Il a sauté à ses pieds.

« Qui est fantastique ! » Il s'est tourné vers les autres. « Avez-vous entendu cela ? Le vieux bâtard est finalement apparu ! » Il a regardé Frank Harold. « Combien argent coûtent nous parlant ? »

« Je n'ai pas le chiffre précis. Selon la dernière question de Forbes Magazine, les entreprises de Stanley vaut six milliards de dollars. La plupart est investie dans diverses 'sociétés, mais il y a d'approximativement quatre cents millions de dollars de disponible dans l'actif disponible. »

Carmen écoutait, stupéfait. « Qui est plus que cent millions de dollars pour chacun de nous. Je ne peux pas la croire ! » Je suis libre, elle a pensé. Je peux les éponger et être débarrassé pour toujours d'eux. Elle a regardé David, son visage brillant, et a serré sa main.

« Félicitations, » David a dit. Il a connu plus que les autres ce que signifierait l'argent.

Frank Harold a parlé. « Comme vous le savez, quatre-vingt-dix-neuf pour cent des actions aux entreprises de Stanley ont été détenus par votre père. Ainsi ces actions seront divisées également parmi vous. En outre, maintenant que son père est décédé, le juge Stanley ne possède tout à fait qu'un autre pour cent qui avait été tenu en confiance. Naturellement, il y aura certaines formalités. En outre, je devrais vous informer qu'il y a une possibilité d'un autre héritier étant impliqué. »

«Un autre héritier ? » Thomas a demandé.

«De la volonté votre père fournissent spécifiquement que le domaine doit être divisé également parmi sa question. »

Anita a semblé perplexe. « Ce qui… ce qui vous signifient par la question ? »

Thomas a parlé. « Descendants de naissance et descendants légalement adoptés. »

Harold a incliné la tête. « Qui est correct. N'importe quel descendant soutenu hors du mariage est considéré un descendant de la mère et du père, dont la protection est établie en vertu de la loi de la juridiction. »

« Ce qui sont vous disant ? » Billy a demandé impatiemment.

« Je dis qu'il peut y avoir un autre demandeur. »

Carmen l'a regardé. « Qui ? »

Frank Harold a hésité. Il n'y avait aucune manière d'être délicat. « Je suis sûr que vous vous rendez tous compte du fait que, il y a un certain nombre d'années, votre père a engendré un enfant par une institutrice qui travaille ici. »

« Rosa Newman, » Thomas a dit.

« Oui. Sa fille était née à l'hôpital de St Joseph à Miami. Elle a appelé sa Jennifer. »

La salle était épaisse avec le silence.

« Hé ! » Billy a hurlé. « Qui était il y a de vingt-cinq ans. »

« Vingt-six, pour être précis. »

Carmen a demandé, « fait n'importe qui sait où elle est ? »

Frank Harold pourrait entendre la voix de Robert Stanley.

« Elle a écrit pour me dire que c'était une fille. Bien, si elle pense elle va obtenir un dixième de dollar hors de moi, elle peut aller à l'enfer. » « Non, » Harold a dit lentement. « Personne ne sait où elle est. »

« Sommes puis diable nous parlant ? » Billy a exigé. « J'ai juste voulu que tout le vous se rendît compte que si elle apparaît, elle aura droit à une part égale du domaine. »

« Je ne pense pas que nous avons n'importe quoi s'inquiéter pour, » Billy a dit avec confiance. « Elle a probablement jamais même su qui son père était. »

Thomas s'est tourné vers Frank Harold. « Vous dites que vous ne connaissez pas la quantité précise du domaine. Peux je demander pourquoi pas ? »

« Puisque notre entreprise manipule seulement les affaires personnelles de votre père. Ses affaires de l'entreprise sont représentées par deux autres cabinets d'avocats. J'ai été en contact avec elles et leur ai demandé pour préparer des relevés des comptes financiers dès que possible. »

« Ce qu'un peu le délai sont nous parlant ? »

Carmen a demandé impatiemment. « Nous aurons besoin de $100, 000 immédiatement pour couvrir nos dépenses. »

« Probablement deux à trois mois. »

David a vu la consternation sur le visage de son épouse. Il s'est tourné vers Harold. « N'y a pas il une certaine manière de dépêcher des choses le long ? »

George Brown a répondu. « J'ai peur pas. La volonté doit passer par le tribunal des successions, et leur calendrier est plutôt lourd en ce moment. »

« Ce qui est un tribunal des successions ? » Anita a demandé

 « La validation est du participe passé de validation-à s'avérer. C'est l'acte de… »

« Elle ne t'a pas demandée une leçon anglaise condamnée ! »

 Billy a éclaté. « Pourquoi ne pouvez pas nous concluons juste des choses maintenant ? »

Thomas s'est tourné vers son frère. « La loi ne fonctionne pas de cette façon. Quand il y a une mort, la volonté doit être classée au tribunal des successions. Il doit y a une évaluation de tous les immobiliers de capitaux, sociétés étroitement tenues, argent liquide, des bijoux-alors un inventaire doivent être préparés et classés dans la cour. Des impôts doivent être pris l'en considération, et les legs spécifiques payés. Après ce, une requête est déposée pour que l'autorisation distribue l'équilibre du domaine aux bénéficiaires. »

Billy crie il. « Diable. J'ai attendu presque quarante ans pour être un millionnaire. Je devine que je peux attendre un mois ou des deux différents. »

Frank Harold tenu. « Hormis les legs de votre père à vous, il y a quelques cadeaux mineurs, mais ils n'affectent pas la partie du domaine. » Harold a regardé autour de la salle. « Bien, s'il y a rien d'autre… »

Thomas s'est levé. « Je pense pas. Merci, M. Frank Harold, M. Brown. S'il y a des problèmes, nous serons en contact. »

Harold a incliné la tête au groupe. « Mesdames et messieurs. » Il a tourné et est allé vers la porte, George Brown le suivant. Dehors, dans l'allée, Frank Harold s'est tourné vers George. « Bien, maintenant vous avez rencontré la famille. Ce qui vous pense ? »

« Elle était plutôt une célébration qu'un deuil. Je suis déconcerté par quelque chose, Frank. Si leur père les détestait autant qu'ils semblent le détester, pourquoi il leur a laissé tout cet argent ? »

Frank Harold a tremblé. « Qui est quelque chose nous ne saurons jamais. Peut-être c'est pourquoi il venait pour me voir, de laisser l'argent à quelqu'un d'autre. »

Rien le groupe pouvait dormir cette nuit, chacune perdu dans ses propres pensés.

Thomas pensait. Il s'est produit. Il est vraiment produit ! Je peux me permettre de donner à Connie le monde. Quelque chose ! Tout !

Carmen pensait, dès que j'obtiendrai l'argent, je trouverai une manière de les acheter de manière permanente, et je m'assurerai qu'ils ne me tracassent encore jamais.

Billy pensait, je vais avoir la meilleure ficelle des poneys de polo dans le monde. Les poneys de pas plus emprunt d'autres personnes. Je vais être dix buts ! Il a jeté un coup d'œil plus de chez Anita, glissant sur son côté. La première chose que je ferai est de se débarrasser de cette femelle stupide. Alors il a pensé, non, je ne peux pas faire que… il est sorti du lit et est entré dans la salle de bains. Quand il a sorti, il se sentait merveilleux.

L'atmosphère au petit déjeuner le lendemain matin était exubérante.

« Bien, » Billy a dit heureusement, « je suppose que tout le vous avait fait des plans. »

David a gesticulé. « Comment on pré voit-il pour n'importe quoi de pareil ? C'est une somme d'argent incroyable. »

Thomas a recherché. « Il va certainement changer toutes nos vies. »

Billy a incliné la tête. « Le bâtard devrait nous l'avoir donné tandis qu'il était vivant, ainsi nous pourrions l'avoir apprécié alors. S'il n'est pas impoli de détester les morts, je dois te dire quelque chose… »

Carmen a dit avec reproches, « Billy… »

« Bien, ne soyons pas des hypocrites. Nous l'avons tout dédaigné, et il nous a mérités. Regardez juste ce qu'il a essayé… »

Damon est entré dans la salle. Il s'est tenu là, en s'excusant. « Excusez-moi, » il a dit. « Il y a une Mlle Jennifer Stanley à la porte. »

12

« Jennifer Stanley ? »

Ils ont regardé fixement un autre, congelé.

« L'enfer elle est ! » Billy a éclaté.

Thomas a dit rapidement, « je propose que nous soyons suspendus à la bibliothèque. » Il s'est tourné vers Damon. « Vous enverriez la jeune dame dedans là, svp ? »

« Oui, monsieur. »

Elle s'est tenue dans la porte, regardant chacun d'eux, évidemment mal à l'aise. « Je… je ne devrais pas être venu probablement, » elle a dit.

« Vous avez fichue raison ! » Billy a dit. « Qui sont vous ? »

« Je suis Jennifer Stanley. » Elle était presque bégayante dans sa nervosité.

« Non. Je veux dire qui est vous vraiment ? »

Elle a commencé à dire quelque chose, et a puis secoué sa tête. « Je… ma mère étais Rosa Newman. Robert Stanley était mon père. »

Le groupe regardé un autre.

« Vous avez n'importe quelle preuve de cela ? » Thomas a demandé. Elle a avalé. « Je ne pense pas que j'ai n'importe quelle vraie preuve. »

« Naturellement vous ne faites pas, » Billy vous êtes cassé. « Comment vous avez le nerf… »

Carmen s'est interrompue. « C'est plutôt un choc à nous tous, comme vous pouvez imaginer. Si ce que vous dites est vrai, alors vous êtes… vous êtes notre demi-sœur. »

Jennifer a incliné la tête. « Vous êtes Carmen. » Elle s'est tournée vers Thomas.

« Vous êtes Thomas. » Elle s'est tournée vers Billy. « Et vous êtes William. Ils vous appellent Billy. »

« Car le magazine de personnes pourrait vous avoir indiqué, » Billy a dit ironiquement.

Thomas a parlé. « Je suis sûr que vous pouvez comprendre notre position, Mlle… heu…. Sans une certaine preuve positive, il y a aucune manière que nous ne pourrions probablement accepter… »

« Je comprends. » Elle a regardé autour nerveusement. « Je ne sais pas pourquoi je suis venu ici. »

« Oh, je pense que vous faites, » Billy a dit. « Elle a le taux de l'argent au jour le jour. »

« Je ne suis pas intéressé par l'argent, » elle a dit avec indignation. « La vérité est qu'I… je suis venu ici espérant rencontrer ma famille. »

Carmen l'étudiait. « Où est votre mère ? »

« Elle a disparu. Quand j'ai lu que notre père est mort… »

« Vous avez décidé de nous regarder, » Billy a dit de façon moqueuse.

Thomas a parlé. « Vous dites que vous n'avez aucune preuve juridique de qui vous êtes. »

« Juridique ? Je… que je ne suppose pas. Je n'ai pas même pensé à cela. Mais il y a des choses que je ne pourrais pas probablement savoir à moins que je les aie entendus de ma mère. »

« Par exemple ? » David a dit.

Elle a cessé de penser. « Je me rappelle ma mère utilisée pour parler d'un dos de serre chaude dedans. Elle a aimé des plantes et des fleurs, et elle passerait des heures là… »

Billy a parlé. Les « photographies de cette serre chaude étaient en beaucoup de magazines. »

« Quoi d'autre a fait votre mère dites-vous ? » Thomas a demandé.

« Oh, il y avait tant de choses ! Elle a aimé parler de tous les vous et bons temps que vous aviez l'habitude d'avoir. » Elle a pensé pendant un instant. « Il y avait le jour où elle vous a pris sur les bateaux de cygne quand vous étiez très jeune. Un de vous presque est tombé par dessus bord. Je ne me rappelle pas lesquels. »

 Billy et Carmen regardés plus de Thomas. « J'étais celui, » il a dit.

« Elle t'a pris des achats chez Filene. Un de vous est perdu, et chacun était dans une panique. »

 Carmen a dit lentement, « Je me suis perdu que jour. »

« Oui ? Quoi d'autre ? » Thomas a demandé.

« Elle vous a porté à la Chambre d'huître des syndicats et vous avez goûté votre première huître et êtes tombé malade. »

« Je me rappelle cela. »

 Ils ont regardé fixement l'un l'autre, silencieux.

Elle a regardé Billy. « Vous et la mère êtes allé à l'arsenal de la marine de Charlestown pour voir la constitution d'USS, et vous ne partiriez pas. Elle a dû vous traîner loin. »

Elle s'est tournée vers Carmen. « Et dans le jardin public un jour, vous avez sélectionné quelques fleurs et avez été presque arrêté. »

Carmen a avalé. « Qui est exact. »

Ils étaient tous écoutant elle attentivement maintenant, fasciné.

« Un jour, mère a porté tout le vous à l'histoire naturelle le musée, et vous ont été terrifiés des squelettes de serpent de mastadon et de mer. »

Carmen a dit lentement, « Aucun de nous n'a dormi cette nuit. » Jennifer s'est tournée vers Billy. « Un Noël, elle vous a pris patinant. Vous êtes tombé vers le bas et avez cassé une dent. Quand vous étiez sept années, vous êtes tombé hors d'un arbre et avez dû faire piquer votre jambe. Vous avez eu une cicatrice. »

Billy a dit à contrecœur, «Je fais toujours. »

Elle s'est tournée vers les autres. « Un de vous a été mordu par un chien. J'ai oublié lesquels. Ma mère vous a précipité à la chambre de secours à l'hôpital de Sinaï de Cèdres. »

Thomas a incliné la tête. « J'ai dû avoir des tirs contre la rage. » Elle des mots sortaient dans un torrent maintenant.

« Billy, quand vous étiez huit années, vous avez couru loin. Vous alliez à Hollywood devenir un acteur. Notre père était furieux avec vous. Il vous a incité à aller à votre pièce sans dîner. La mère a parti furtivement de la nourriture jusqu'à votre pièce. »

Billy a incliné la tête, silencieux.

« Je… je ne sais pas quoi d'autre je peux te dire. Je… »

Elle s'est soudainement rappelé quelque chose. « J'ai une photographie dans ma bourse. » Elle a ouvert sa bourse et l'a enlevée. Elle a remis l'image à Carmen.

Ils tout ont recueilli autour pour la regarder. C'était une image des trois d'entre eux quand ils étaient des enfants, se tenant à côté d'une jeune femme attirante dans l'uniforme d'une institutrice.

« Ma mère m'a donné cela. »

Thomas a demandé, « A fait elle vous laisse toute autre chose ? »

Elle a secoué sa tête. « Non. Je suis désolé. Elle n'a voulu rien autour de celui l'a rappelée Robert Stanley. »

« Excepté vous, naturellement, » Billy a dit.

Elle s'est tournée vers lui, d'un air provoquant. « Je ne m'inquiète pas, que vous me croyiez ou pas. Vous ne comprenez pas que… Je… que j'espérais ainsi… » Elle a interrompu.

Thomas a parlé. « Car ma sœur a dit, votre aspect soudain est plutôt un choc pour nous. Je veux dire… quelqu'un sembler de nulle part et prétendre être un membre de la famille… vous peuvent voir notre problème. Je pense que nous avons besoin d'un peu de temps pour discuter ceci. »

« Naturellement, je comprends. »

« Où êtes-vous restant ? »

« À l'hôtel de Beverly Hills. »

« Pourquoi ne retournez-vous pas là ? Nous ferons vous prendre une voiture. Et nous serons en contact sous peu. »

Elle a incliné la tête. « Bien. » Elle a regardé chacun d'eux pendant un instant, et alors a dit doucement,   « N'importe ce que vous pensez, vous sont ma famille. »

« Je marcherai vous à la porte, » Carmen a dit.

Elle a souri. « Qui est tout exact. Je peux trouver mon propre chemin. Je me sens comme si je connais chaque pouce de cette maison. »

Ils ont observé son tour et promenade hors de la salle.

Carmen a dit, « Bon ! Il… qu'il regarde comme si nous avons une sœur. »

« Je ne le crois pas, » Billy ai répliqué.

« Il semble à moi…, » David a commencé.

Ils étaient tous parlant immédiatement. Thomas a soulevé une main.

« Ceci ne nous obtient pas n'importe où. Regardons logiquement ceci. Dans une certaine mesure, cette personne est sur le procès ici et nous sommes ses jurés. Il incombe à nous pour déterminer son innocence ou culpabilité. Dans un procès avec jury, la décision doit être unanime. Nous devons tout convenir. »

Billy a incliné la tête. « Droit. »

Thomas a dit, « Alors je voudrais émettre le premier vote. Je pense que la dame est une fraude. »

« Une fraude ? Comment peut-elle être ? » Carmen a exigé.

« Elle ne pourrait pas probablement connaître tous ces détails intimes au sujet de nous si elle n'étaient pas vraie. »

Thomas s'est tourné vers elle. « Carmen, combien d'employés ont travaillé dans cette maison quand nous étions les enfants ? »

Carmen l'a regardé, perplexe. « Pourquoi ? »

« Douzaines, droite ? Et certains d'entre elles auraient su que toute cette jeune dame nous a dit. Au cours des années, il y a eu des domestiques, chauffeurs, maîtres d'hôtel, chefs. N'importe qui d'eux pourrait l'avoir donnée que la photographie aussi bien. »

« Vous voulez dire que… elle pourrait être en collaboration avec quelqu'un ? »

« Un ou plusieurs, » Thomas a dit. « N'oublions pas qu'il y a une énorme somme d'argent impliquée. »

« Elle dit qu'elle ne veut pas l'argent. » David les a rappelés.

Billy a incliné la tête. « Sure, est ce qu'elle dit. » Il a regardé Thomas. « Mais comment la prouvons-nous est-nous un faux ? Il n'y a aucune manière qui… »

« Il y a une manière, » Thomas a dit pensivement.

Ils se sont tout tournés vers lui.

« Comment ? » David a demandé.

« J'aurai la réponse pour vous demain. »

Frank Harold a dit lentement, « Etes-vous disant que Jennifer Stanley a apparu après tous ces années ? »

« Une femme qui la réclame est Jennifer que Stanley est apparue. » Thomas l'a corrigé.

« Et vous ne la croyez pas ? » George a demandé.

« Absolument pas. Les seules soi-disant preuves de son identité qu'elle a offertes étaient quelques incidents de notre enfance qu'au moins douzaine anciens employés pourraient s'être rendus compte de et d'une vieille photographie qui vraiment ne prouve pas une chose. Elle pourrait être en collaboration avec des n'importe quels d'entre elles. J'ai l'intention de m'avérer qu'elle est une fraude. »

Thomas devient fâché. « Comment vous proposez de faire cela ? »

« Elle est très simple. Je veux un essai d'ADN fait. »

George Brown a été étonné. « Qui signifierait exhumer le corps de votre père. »

« Oui. » Thomas s'est tourné vers Frank Harold. « Qui soit un problème ? »

« Dans les circonstances, je pourrais obtenir probablement un ordre d'exhumation. L'a était d'accord sur cet essai ? »

« Je ne lui ai pas demandé encore. Si elle refuse, c'est une affirmation qu'elle a peur des résultats. » Il a hésité.   « Je doivent admettre que je n'aime pas faire ceci. Mais je pense que c'est la seule manière que nous pouvons déterminer la vérité. »

Harold était réfléchi pendant un instant. « Très bien. » Il s'est tourné vers George. « Vous manipulerez ceci ? »

« Naturellement. » Il a regardé Thomas. « Vous êtes probablement au courant de la procédure. Le prochain de la quinine ce cas, le défunt l'un des enfant-a pour s'appliquer au bureau de coroner pour une lais d'exhumation. Vous devrez leur dire la raison de la demande. Si elle a approuvé, le bureau de coroner entrera en contact avec les pompes funèbres et leur donnera l'autorisation d'avancer. Quelqu'un du bureau de coroner doit être présent à l'exhumation. »

« Combien de temps ceci prendra ? » Thomas a demandé.

« Je dirais trois ou quatre jours pour obtenir une autorisation. Aujourd'hui est mercredi. Nous devrions pouvoir exhumer le corps le lundi. »

« Bon. » Thomas a hésité. « Nous allons avoir besoin d'un expert en matière d'ADN, quelqu'un qui sera d'une façon convaincante dans une salle d'audience, si elle va jamais cela loin. J'espérais que vous pourriez connaître quelqu'un. »

George a dit, « Je connais juste l'homme. Son nom est Paul Weissman. Il est ici à Los Angeles. Il a donné le témoignage expert dans les procès dans tout le pays. Je l'appellerai. »

« Je l'apprécierais. Plus nous obtenons ceci plus d'avec tôt, plus il sera pour nous tous meilleur. »

À dix heures le matin suivant, Thomas est entré dans la bibliothèque d'air de Bell, où Billy, Anita, Carmen, et David attendaient. Sur le côté de Thomas était un étranger.

« Je veux que vous rencontriez Paul Weissman, » Thomas a dit. « Qui est lui ? » Billy a demandé.

« Il est notre expert en matière d'ADN. »

Carmen a regardé Thomas. De « Ce que faisons nous… besoin un expert en matière d'ADN ? »

Thomas a dit, « De montrer que cet étranger, qui tellement commodément est apparu de nulle part, est un imposteur. Je n'ai aucune intention de la laisser partir avec ceci. »

« Vous allez creuser le vieil homme ? » Billy a demandé.

« Qui est exact. J'ai nos mandataires travaillé à l'ordre d'exhumation maintenant. Si la femme est notre demi-sœur, l'ADN le prouvera. Si elle n'est pas, elle prouvera cela, aussi. »

David a dit, « j'ai peur que je ne comprenne pas au sujet de cette ADN. »

Paul Weissman a dégagé sa gorge. « Tout simplement, désoxyribonucléique acide-ou ADN-est la molécule de l'hérédité. Elle contient code génétique unique de chaque personne. Elle peut être extraite à partir des traces de sang, de sperme, de salive, de racines du poil, et même d'os. Les traces d'elle peuvent durer dans un cadavre pendant plus de cinquante années. »

« Je vois. Ainsi il est vraiment tout à fait simple, » David a dit. Paul Weissman a froncé les sourcils. « Croyez-moi, il n'est pas. Il y a de deux types d'essai d'ADN. A par essai, qui prend trois jours pour obtenir des résultats, et essai plus complexe de PTFR, qui prend six à huit semaines. À nos fins, l'essai plus simple sera suffisant. »

« Comment vous faites l'essai ? » Carmen a demandé.

« Il y a plusieurs étapes. D'abord, l'échantillon est rassemblé et l'ADN est coupé en fragments. Les fragments sont assortis par longueur en les plaçant sur un lit de gel et en appliquant un courant électrique. L'ADN, qui est négativement - chargé, des mouvements vers le positif et, plusieurs heures plus tard, les fragments se sont arrangés par longueur. » Il obtenait juste réchauffé. « Des produits chimiques alcalins sont employés pour dédoubler les fragments d'ADN à part, et alors les fragments sont transférés à une feuille en nylon, qui est immergée dans un bain et des sondes radioactives… »

Les yeux de ses auditeurs commençaient à glacer plus de. « Combien précis est cet essai ? » Billy s'est interrompu.

« C'est de cent pour cent de précis en déterminant si l'homme n'est pas le père. Si l'essai est positif, c'est quatre-vingt-dix-neuf points neuf pour cent de précis. »

Billy s'est tourné vers son frère. « Thomas, vous êtes un juge. Disons pour les besoins de l'argumentation qu'elle est vraiment enfant de Robert Stanley. Sa mère et notre père n'étaient jamais mariés. Pourquoi devrait-elle avoir droit à n'importe quoi ? »

« En vertu de la loi, » Thomas a expliqué, « si la paternité de notre père est établie, elle aurait droit à une part égale avec le reste de nous. »

« Alors je dis-nous ai laissés aller en avant de pair avec l'essai condamné d'ADN et l'exposer ! »

Thomas, Billy, Carmen, David, et Jennifer ont été assis à une table dans le restaurant de salle à manger à la Chambre de Tremont.

Anita est restée derrière à l'air de Bell. « Tout ceci parlent de creuser un corps me donne rampe, » elle avait dit.

Maintenant le groupe se posait à la femme prétendant être Jennifer Stanley.

« Je ne comprends pas ce que vous me demandez de faire. »

« Il est vraiment très simple, » Thomas l'a informée. « Un docteur prélèvera un échantillon de peau provenant de vous pour rivaliser avec notre père. Si les molécules d'ADN s'assortissent, il est preuve positive que vous êtes vraiment sa fille. D'autre part, si vous n'êtes pas disposé à passer l'examen… »

« Je… je ne l'aime pas. » Billy s'est fermé dedans. « Pourquoi pas ? »

« Je ne sais pas. » Elle a frissonné. « L'idée de creuser le corps de mon père à… à… »

« Pour prouver qui vous êtes. »

Elle a regardé dans chacun de leurs visages. « Je souhaite que tout le vous… »

« Oui ? »

« Il n'y a aucune manière que je peux vous convaincre que, y a il ? »

« Oui, » Thomas a dit. « Acceptez de passer cet examen. »

Il y avait un long silence.

« Bien. Je le ferai. »

Il avait été plus difficile obtenir l'ordre d'exhumation que n'importe qui avait anticipé. Frank Harold avait parlé au coroner personnellement.

« Non ! Dans l'intérêt de Dieu, Frank ! Je ne peux pas faire cela ! Savez-vous ce qui une puanteur qui causerait ? Je veux dire, nous n'ai pas affaire avec la daine de John ici ; nous avons affaire avec Robert Stanley. Si ceci jamais coulé, les médias aurait un jour de manœuvres ! »

« Marvin, ceci est important. Les millions de dollars sont en jeu ici. Ainsi vous vous assurez qu'il ne coule pas. »

« N'y a pas il une autre manière que vous pouvez… ? »

« J'ai peur pas. La femme est très d'une façon convaincante. »

« Mais la famille n'est pas convaincue. »

« Non »

« Vous la pensez est une fraude, Frank ? »

« Franchement, je ne sais pas. Mais mon avis n'importe pas. N'en fait, aucun de nos sujets d'avis. Une cour exigera la preuve, et l'essai d'ADN fournira cela. »

Le coroner a secoué sa tête. « J'ai connu vieux Robert Stanley. Il aurait détesté ceci. Je vraiment ne devrais pas laisser… »

« Mais vous vont le faire. »

Le coroner a soupiré. « Je suppose ainsi. Vous me feriez une faveur ? »

« Naturellement. »

« Gardez ce tranquille. N'ayons pas un cirque de médias. »

« Vous avez mon mot. Top secret. J'aurai juste la famille là. »

« Quand vous voulez faire ceci ? »

« Nous voudrions le faire lundi. »

Le coroner a soupiré encore. « Bien. J'appellerai les pompes funèbres. Vous me devez un, Frank. »

« Je n'oublierai pas ceci. »

À neuf heures lundi matin, l'entrée à la section du mont Sinaï Mémorial Park où le corps de Robert Stanley a été enterré a été temporairement fermée outre de « pour des réparations d'entretien. » Personne n'a été permis dans les raisons. Billy, Anita, Thomas, Carmen, David, Jennifer, Frank Harold, George Brown, et Dr. Coleman, un représentant du bureau de coroner, tenu au site de la tombe de Robert Stanley, observant quatre employés du cimetière soulever son cercueil. Paul Weissman attendu au côté.

Quand le cercueil a atteint le niveau du sol, l'agent de maîtrise s'est tourné vers le groupe. « Ce qui vous voulez que nous fassent maintenant ? »

« Ouvrez-le, svp, » Harold a dit. Il s'est tourné vers Paul Weissman. « Combien de temps ceci prendra ? »

« Pas plus qu'une minute. J'obtiendrai juste un échantillon rapide de peau. »

« Toute la droite, » Harold a dit. Il a incliné la tête à l'agent de maîtrise. « Avancez. »

L'agent de maîtrise et ses assistants ont commencé à ouvrir le cercueil.

« Je ne veux pas voir ceci, » Carmen a dit. « Faisons-nous devons ? »

« Oui ! » Billy lui a dit. « Nous faisons vraiment. »

Ils ont tout observé, ont fasciné, car le couvercle du cercueil a été lentement enlevé et poussé à un côté.

Ils se sont tenus là, regardant fixement vers le bas.

« Oh, mon Dieu ! » Carmen a hurlé. Le cercueil était vide.

13

De retour l'air de Bell, Thomas avait juste atteint outre du téléphone. « Harold dit qu'il n'y aura pas aucune fuite de médias. Le cimetière certainement ne veut pas ce genre de mauvaise publicité. Le coroner a commandé Dr. Coleman maintenir sa bouche fermée, et Paul Weissman peut être fait confiance pour ne pas parler. »

Billy ne prêtait aucune attention. « Je ne sais pas la femelle l'a faite ! » il a dit. « Mais elle ne va pas partir avec elle ! » Il a brillé aux autres. « Je suppose vous ne pensez pas qu'elle l'a arrangée ? »

Thomas a dit lentement, « J'ai peur que je doive être d'accord avec vous, Billy. Personne d'autre probablement ne pourrait avoir eu une raison de faire ceci. La femme est intelligente et inventive, et elle seul ne travaille pas évidemment. Je ne suis pas sûr exactement contre ce que nous sommes. »

« Ce qui sont nous allant faire maintenant ? » Carmen a demandé. Thomas a tremblé. « Franchement, je ne sais pas.

Je souhaite que j'aie fait. Je suis sûr qu'elle prévoit d'aller à la cour pour contester la volonté. »

« Elle a une possibilité du gain ? » Anita a demandé timide.

« J'ai peur qu'elle fasse. Elle est très persuasive. Elle a eu certains d'entre nous a convaincu. »

« Il doit y avoir quelque chose que nous pouvons faire, » David a hurlé. « Que diriez-vous d'amener la police dedans sur ceci ? »

« Harold dit qu'ils examinent déjà la disparition du corps, et elles se sont terminées un cul-de-sac. Aucun calembour prévu, » Thomas a dit. « Ce qui est plus, la police veut ceci maintenu tranquille, ou elles auront chaque déversoir font en ville indiquant un corps. »

« Nous pouvons leur demander pour étudier ceci faux ! » Thomas a secoué sa tête. « Ce n'est pas une police important.

« Elle est une privée » il s'est arrêtée pendant un instant, et alors a dit pensivement, « vous savez… »

« Ce qui ? »

« Nous pourrions engager un investigateur privé pour essayer de l'exposer. »

« Qui n'est pas une mauvaise idée. Vous connaissez un ? » « Non, pas localement. Mais nous pourrions demander à Harold de trouver quelqu'un. Ou… » Il a hésité. « Je ne l'ai jamais rencontré, mais j'ai entendu parler d'un détective privé que le Procureur de la République à San Francisco emploie beaucoup. Il a une excellente réputation. »

David a parlé. « Pourquoi nous ne découvrons pas si nous pouvons l'engager ? »

Thomas a regardé autour. « Qui est jusqu'au reste de vous. »

« Ce qui peut nous perdre ? » Carmen a demandé.

« Il pourrait être cher, » Thomas a averti.

Billy a reniflé. « Cher ? Nous parlons des millions de dollars. »

Thomas a incliné la tête. « Naturellement. Vous avez raison. » « Ce qui est son nom ? »

Thomas a froncé les sourcils. « Je ne peux pas me rappeler. Simpson… Simmons… aucun, celui n'est pas lui. Il retentit n'importe quoi de pareil. Je peux appeler le bureau du Procureur de la République à San Francisco. »

Le groupe observé comme Thomas a pris le téléphone sur la console et a composé un numéro. Deux minutes plus tard, il parlait à un Procureur de la République auxiliaire. « C'est juge Thomas Stanley. Je comprends que votre bureau maintient un détective privé de temps en temps qui effectue l'excellent travail pour vous. Son nom est quelque chose comme Simmons ou… »

La voix sur l'autre extrémité a indiqué, « Oh, vous doit signifier Fredy Tillman.

« Tillman ! Oui, cela il. » Thomas a regardé les autres et a souri. « Je me demande si vous pourriez me donner son numéro de téléphone ainsi je peux le contacter directement. »

Après qu'il ait noté le numéro de téléphone, Thomas a remplacé le récepteur.

Il s'est tourné vers le groupe, et a bien dit, « Puis, si nous tous convenons, j'essayerai de l'atteindre. »
Chacun a incliné la tête.

L'après-midi suivant, Damon est entré dans le salon, où le groupe attendait. « M. Tillman est ici. »

Il était un homme en ses années '40, avec un teint pâle et la construction solide d'un boxeur. Il a eu un nez cassé et des yeux lumineux et curieux. Il a regardé de Thomas à David à Billy, d'un air interrogateur. « Juge Stanley ? »
Thomas a incliné la tête.

« Je suis juge Stanley. »

« Fredy Tillman, » il a dit.

« Ayez svp un siège, M. Tillman. »

« Merci. » Il s'est assis.

« Vous êtes la personne qui a téléphoné, redressez ? »

« Oui. »

« Pour être honnête, je ne sais pas ce que je peux faire pour vous. Je n'entretiens aucune relation officielle ici. »

« C'est purement officieux, » Thomas l'a assuré.

« Nous voulons simplement tracer le fond d'une jeune femme. »

« Vous m'avez dit qu'au téléphone elle prétend être votre demi-sœur, et il n'y a aucune manière d'exécuter un essai d'ADN. »

« Qui est exact, » Billy a dit.

Il a regardé le groupe. « Et vous ne croyez pas qu'elle est votre demi-sœur ? »

 Il y avait de l'hésitation d'un moment.

« Nous ne faisons pas, » Thomas lui a dit. « D'autre part, il est simplement possible qu'elle dise la vérité. Ce que nous voulons louer vous à faire doit fournir des preuves irréfutables qu'elle est véritable ou une fraude. »

« Assez loyalement. Il te coûtera mille dollars par jour et dépenses. »

 Thomas a dit, « mille… ? »

176

« Nous le payerons. » Billy a coupé dedans.

« J'aurai besoin de toutes les informations que vous avez sur cette femme. » Carmen a dit, « il ne semble pas y avoir beaucoup. »

Thomas a parlé. « Elle n'a aucune preuve de sorte. Elle est entrée avec beaucoup d'histoires qu'elle dit que sa mère lui a dit au sujet de notre enfance, et… »

Il a retardé une main. « Tenez-la. Qui était sa mère ? »

« Sa mère prétendue était une institutrice que nous avons eue comme enfants appelés Rosa Newman. »

« Ce qui est arrivé à elle ? »

Ils ont regardé un autre inconfortablement. Billy a parlé. « Elle a fait avec une affaire notre père et devenir enceinte. Elle a couru loin et a eu un bébé. » Il a ajouté à. « Elle a disparu. »

« Je vois. Et cette femme prétend être son enfant ? »

« Qui est exact. »

« Qui n'est pas beaucoup de continuer. » Il s'est assis là, pensant.

En conclusion, il a recherché. « Bien. Je verrai ce que je peux faire. »

« Qui est tout nous demandons, » Thomas a dit.

La première démarche qu'il a entreprise était d'aller à la bibliothèque publique de Los Angeles et de lire toute la microfiche au sujet des vingt-six scandales d'ans faisant participer Robert Stanley, l'institutrice, et suicide de Mme Stanley. Il y avait assez de matériel pour un roman.

Sa prochaine étape était de rendre visite à Frank Harold. « Mon nom est Fredy Tillman. Je suis… »

« Je sais qui vous êtes, M. Tillman. Jugez Stanley m'a demandé de coopérer avec vous. Ce qui peux-je faire pour vous ? »

« Je veux tracer la fille illégitime de Robert Stanley. Elle aurait environ vingt-six ans, droit ? »

« Oui. Elle était née 9 août, 1969, à l'hôpital de St Joseph à Miami, la Floride. Sa mère a appelé sa Jennifer. » Il a dit. « Ils ont disparu. J'ai peur que soit toute l'information que nous avons. »

« C'est un début, » il a dit. « C'est un début. »

Mme Downey, la surveillante à l'hôpital de St Joseph à Miami, était une femme aux cheveux gris en ses années '60.

« Oui naturellement, je me rappelle, » elle a dit. « Est-ce que comment je pourrais jamais l'oublier ? Il y avait un scandale terrible. Il y avait des histoires dans tous les journaux. Les journalistes ici ont découvert qui elle était, et elles ne laisseraient pas la pauvre fille seule. »

« Où elle est allée quand elle et le bébé est parti ici ? »

« Je ne sais pas. Elle n'a laissé aucune adresse d'expédition. »

« Elle a payé sa facture entièrement avant qu'elle soit partie, Mme. Downey ? »

« En fait… elle n'a pas fait. »

« Comment vous vous avérez justement se rappeler cela ? »

« Puisqu'il était si regrettable. Je me rappelle elle s'est assise du fait très chaise que vous vous reposez dedans, et elle m'a dit que qu'elle pourrait payer seulement une partie de sa facture, mais elle a promis de m'envoyer l'argent pour le reste de lui. Bien, c'était contre des règles d'hôpital, naturellement, mais je me suis senti si désolé pour elle, elle était si malade quand elle est partie ici, et j'ai dit oui. »

« Et elle t'a envoyé le reste de l'argent ? »

« Elle a certainement fait. Environ deux mois plus tard. Maintenant je me rappelle. Elle a eu un travail à un certain service de secrétariat. »

« Vous ne vous avéreriez pas justement se rappeler où c'était, vous ? »

« Non la qualité, celle était il y a environ vingt-cinq ans, M. Tillman. »

« Mme Downey, vous gardez les disques de tous vos patients sur le dossier ? »

« Naturellement. » Elle a regardé lui. « Vous voulez que je passe par les disques ? »

Il a souri agréablement. « Si vous ne vous occuperiez pas. »

« Il aidera Rosa ? »

« Il pourrait signifier beaucoup à elle. »

« Si vous m'excuserez. » Mme Downey a quitté le bureau. Elle a renvoyé quinze minutes plus tard, tenant un papier dans sa main. « Ici elle est. Rosa Newman. L'adresse de retour est le service de dactylographie d'élite. Omaha, Nebraska. »

Le service de dactylographie d'élite a été dirigé par M. Greg Braxton, un homme en ses années '60.

« Nous engageons tant d'employés temporaires. » Il a protesté. « Comment vous vous attendez à ce que je se rappelle quelqu'un qui a travaillé ici cela il y a bien longtemps ? »

« C'était plutôt un cas particulier. Elle était une femme célibataire dans sa fin des années '20, dans la santé pauvre. Elle avait juste eu un bébé et… »

« Rosa ! »

« Qui est exact. Pourquoi vous vous rappelez la ? »

« Bien, j'aime associer des choses, M. Tillman. Vous savez ce qu'est la mnémonique ? »

« Oui. »

« Bien, est ce que j'emploie. J'associe des mots. Il y avait le bébé d'un Rosa appelé de film. Ainsi quand Rosa est entré et m'a indiqué qu'elle a eu un bébé, j'ai remonté les deux choses et… »

« De quelle longueur était Rosa Newman avec vous ? »

« Oh, environ une année, je devine. Alors la presse fondent qui elle était, d'une certaine manière, et ils ne laisseraient pas son seul. Elle a quitté la ville au milieu de la nuit pour obtenir à partir d'eux. »

« M. Braxton, vous avez n'importe quelle idée où Rosa Newman a disparu quand elle est partie ici ? »

«La Floride, je pense. Elle a voulu un climat plus chaud. Je l'ai recommandée à une agence que j'ai connue là. »

« Mai j'ai le nom de cette agence ? »

« Certainement. C'est l'agence de Gale. Je peux me rappeler le parce que je l'associe aux grandes tempêtes qu'ils ont vers le bas en Floride chaque année. »

Dix jours après sa réunion avec la famille de Stanley, il est revenu à Los Angeles. Il avait appelé en avant, et la famille l'attendait. Ils ont été posés dans a semi• entourez, en lui faisant face comme il est entré dans le salon à l'air de Bell.

« Vous avez dit que vous avez eu quelques nouvelles pour nous, M. Tillman, » Thomas a dit.

« Qui est exact. » Il a ouvert une serviette et a retiré quelques papiers. « C'a été un cas le plus intéressant, » il a dit. « Quand j'ai commencé… »

« Coupez à la chasse, » Billy a dit impatiemment. « Est-elle une fraude ou pas ? »

Il a recherché. « Si vous ne vous occupez pas, M. Stanley, je voudrais présenter ceci de ma propre manière. »

Thomas a donné à Billy un regard d'avertissement. « Qui est assez loyalement.Veuillez avancer. »

Ils l'ont observé consulter ses notes. « L'institutrice de Stanley, Rosa Newman, a fait engendrer un enfant féminin par Robert Stanley. Elle et l'enfant sont allés à Omaha, Nebraska, où elle est allée travailler pour le service de dactylographie d'élite. Son employeur m'a dit qu'elle a eu la difficulté avec le temps. »

« Après, j'ai tracé sa et sa fille à la Floride, où elle a travaillé pour l'agence de Gale. Ils se sont déplacés autour beaucoup. J'ai suivi la traînée à San Francisco, où ils vivaient il y a jusqu'à dix ans. C'était l'extrémité de la traînée. Après cela, ils ont disparu. » Il a recherché.

« Qui est lui, Tillman ? » Billy a exigé. « Vous avez perdu la traînée il y a dix ans ? »

« Non, celui n'est pas lui. » Il a atteint dans sa serviette et a sorti un autre papier. « La fille, Jennifer, faite une demande pour un permis de conduire quand elle avait dix-sept ans. »

« Quel bon est celui ? » David a demandé.

« Dans l'état de la Californie, conducteurs sont priés de faire prendre leurs empreintes digitales. » Il a supporté une carte.

« Ce sont les vraies empreintes digitales de Jennifer Stanley. »

Thomas m'a dit, avec agitation, « Voient ! S'ils s'assortissent… »

Billy s'est interrompu. « Alors elle serait vraiment notre sœur. »

Il a incliné la tête. « Qui est exact. J'ai apporté un kit portatif d'empreinte digitale avec moi, au cas où vous voudriez la vérifier maintenant. Est-elle ici ? »

Thomas a dit, « elle est à un hôtel local. J'avais parlé à son chaque matin, essayant de la persuader de rester ici jusqu'à ce que nous obtenions ceci résolu. »

« Nous l'avons ! » Billy a dit. « Obtenons 2la-bas ! »

Une demi-heure plus tard, le groupe entrait dans une chambre d'hôtel à l'hôtel de Beverly Hills. Pendant qu'ils marchaient dedans, elle emballait une valise.

« Où êtes-vous allant ? » Carmen a demandé.

Elle a tourné pour leur faire face. « À la maison. C'était une erreur pour que je vienne ici en premier lieu. »

Thomas a dit, « Vous ne pouvez pas nous blâmer de… ? »

Elle l'a allumé, furieux. « Depuis que je suis arrivé, j'ai été rencontré rien mais le soupçon. Vous pensez que je suis venu ici pour prendre une certaine somme d'argent à partir de vous : Bien, je n'ai pas fait. Je suis venu parce que j'ai voulu trouver ma famille. I… ne s'occupent jamais. » Elle est revenue à son emballage.

Thomas a dit, « C'est Fredy Tillman. Il est un détective privé. »

Elle a recherché. « Maintenant ce qui ? Suis j'étant arrêté ? »

« Non, Madame. Jennifer Stanley a obtenu un permis de conduire à San Francisco quand elle était dix-sept années. »

Elle s'est arrêtée. « Qui est exact, j'ai fait. Est ce contre la loi ? »

« Non, Madame. Le point est… »

« Le point est » - Thomas interrompu « ce des empreintes digitales de Jennifer Stanley sont sur ce permis. »

Elle les a regardées. « Je ne comprends pas. Ce qui… ? »

Billy a parlé. « Nous voulons les vérifier contre vos empreintes digitales. »

Ses lèvres serrées. « Non ! Je ne le permettrai pas ! »

« Êtes-vous disant que vous ne nous laisserez pas prendre vos empreintes digitales ? »

« Qui est exact. »

« Pourquoi pas ? » David a demandé.

Son corps était rigide. « Puisque tout le vous m'incite à me sentir comme je suis un certain genre de criminel. Bien, j'ai eu assez ! Je veux que vous me laissiez seul. »

Carmen a dit doucement, « C'est votre occasion de prouver qui vous êtes vraiment. Nous avons été aussi dérangés par tout ceci comme vous avez. Nous voudrions l'arranger. »

Elle s'est tenue là, regardant dans leurs visages, un. En conclusion, elle a dit d'un air fatigué, « Bien. Obtenons plus de ceci avec. »

« Bon. »

« M. Tillman, » Thomas a dit.

« Droit. » Il a sorti un petit kit d'empreinte digitale et l'a placé sur la table. Il a ouvert la protection d'encre. « Maintenant, si vous ferez un pas juste ici, svp. »

Les autres observés comme elle a marché plus d'à la table.

Il a pris sa main et, un, a pressé ses bouts du doigt sur la protection. Après, il les a pressés sur un morceau de livre blanc. « Là. Ce n'était pas aussi mauvais, était-il ? » Il a placé la carte du bureau de permis à côté des empreintes digitales fraîches.

Le groupe a marché plus d'à la table et a regardé vers le bas les deux ensembles de copies. Elles étaient identiques. Billy était le premier à parler. « Ils sont… identiques. »

Carmen la regardait avec un mélange des sentiments. « Vous êtes vraiment notre sœur, n'êtes pas vous ? »

Elle souriait par ses larmes. « Est qui ce que j'avais essayé de te dire. »

Tout le monde parlait soudainement immédiatement. « Il est incroyable… ! »

« Après tous ces années… »

« Pourquoi n'a pas fait votre mère jamais revenez ? »

« Je suis désolé que nous t'ayons donné une telle difficulté »

Son sourire a allumé la salle. « C'est tout exact. Tout est tout en ce moment. »

Billy a pris la carte d'empreinte digitale et l'a regardée avec le respect. « Mon Dieu ! C'est une carte de milliard-dollar. » Il a mis la carte dans sa poche. « J'allant l'avoir suis bronzé. »

Thomas s'est tourné vers le groupe. « Ceci réclame une célébration de real ! Je propose que nous tous retournions à l'air de Bell. » Il s'est tourné vers elle et a souri. « Nous te donnerons une partie à la maison bienvenue. Obtenons-vous vérifié hors d'ici. »

Elle a regardé autour eux, et ses yeux étaient brillants.

« Elle est comme un rêve viennent vrai. J'ai finalement une famille ! »

Une demi-heure plus tard, ils étaient de retour à l'air de Bell, et elle arrangeait dans sa nouvelle salle. Les autres étaient en bas, parlants avec agitation.

« Elle doit sentir comme s'elle est juste tétée par l'enquête, » Thomas a dit.

« Elle a, » Anita a répondu. « Je ne sais pas elle s'est tenue. »

Carmen a dit, « Je me demande comment elle va s'ajuster sur sa nouvelle vie. »

« La même manière nous sommes tous qui vont s'ajuster, » Billy a dit agréablement. « Avec beaucoup de champagne et caviar. »

Thomas s'est levé. « Je, pour un, AM heureux il est finalement arrangé. Laissez-moi partir et voir si elle a besoin de n'importe quelle aide. »

Il est allé en haut et a marché le long du couloir à sa pièce. Il a frappé à sa porte et a appelé fort, « Jennifer ? »

« Elle est ouverte. Entré. »

Il s'est tenu dans la porte, et ils ont regardé fixement silencieusement l'un l'autre. Et alors Thomas a soigneusement fermé la porte, a donné ses mains, et a pénétré par effraction dans une grimace lente.

Quand il a parlé, dit-il, « Nous l'avons faite, Mary ! Nous l'avons faite ! »

14

Thomas l'avait tracée avec le sens primordialement de gagner le jeu comme maître d'échecs. Seulement c'avait été le jeu d'échecs le plus lucratif dans l'histoire, avec des enjeux des milliards de dollar-et il avait gagné ! Il a été rempli de sens de pouvoir absolu. Est-ce que c'est comment vous vous êtes senti quand vous avez clôturé une affaire, père ? Bien, c'est une affaire que vous n'avez jamais fait. J'ai prévu le crime du siècle, et je suis parti avec lui. C'est était sa commande d'humeur. Dans une certaine mesure, il toute avait commencé par Connie. Beau, merveilleux Connie. La personne il a aimé les la plupart dans le monde. Ils s'étaient réunis dans la barre. Connie était grande et blond, et elle était la fille la plus belle que Thomas avait jamais vue.

Leur réunion avait commencé, « Mai où je vous achète une boisson ? »

Connie l'avait regardé plus d'et avait incliné la tête. « Qui serait gentil. »

Après que la deuxième boisson, Thomas ait indiqué, « Pourquoi nous n'avons pas une boisson plus d'à mon endroit ? »

Connie avait souri. « Je suis cher. »

« Combien cher ? »

« Cinq cents dollars pour la nuit. »

Thomas n'avait pas hésité. « Partons. »

Ils ont passé la nuit à la maison de Thomas. Connie était chaud et sensible et s'inquiétant, et Thomas a senti la proximité à elle qu'il n'avait jamais eu avec n'importe quel autre être humain. Il a été inondé avec des émotions qu'il n'avait pas sues existé. Par matin, Thomas était follement dans l'amour. Dans le passé, il avait pris des jeunes filles au théâtre et à plusieurs autres repaires de filles à San Francisco, mais maintenant il a su que tout ce qui allait changer. Dorénavant, il a voulu seulement Connie.

Pendant le matin, alors que Thomas préparait. Petit déjeuner, dit-il, « Ce qui vous voudrait faire ce soir ? »

Connie l'a regardé dans la surprise. « Désolé. J'ai une date ce soir. »

Thomas s'est senti comme s'il avait été frappé dans l'estomac. « Mais, Connie, j'ai pensé que vous et moi… »

« Thomas, cher, je suis un morceau de marchandises très précieux. Je vais chez le plus haut soumissionnaire. Je vous aime, mais j'ai peur que vous vraiment ne puissiez pas se permettre me. »

« Je peux vous donner quelque chose que vous voulez, » Thomas a dit. Connie a souri paresseux. « Vraiment ? Bien, ce que je veux est un voyage à St Tropez sur un bel yacht blanc. Pouvez-vous se permettre cela ? »

« Connie, je suis plus riche que tous vos amis remontés. »

« Oh ? J'ai pensé vous avez dit que vous êtes un juge. »

« Bien, je suis, oui, mais je vais être riche. Je veux dire… très riche. »

Connie a mis son bras autour de lui. « Ne rongez pas, Thomas. Je suis libre une semaine du jeudi. Ces œufs semblent délicieux. »

C'était le début. L'argent avait été important pour Thomas avant, mais maintenant c'est devenu une obsession. Il a eu besoin de lui pour Connie. Il ne pourrait pas l'obtenir hors de son esprit. La pensée de lui faisant l'amour avec l'autre fille était insupportable. Je dois l'avoir pour mes propres moyens.

De l'âge de douze, Thomas avait su qu'il était homme fort. Pendant un jour, son père l'avait attrapé caressant et embrassant une fille de son école, et Thomas avait soutenu le plein choc de la fureur de son père. « Je ne peux pas croire que j'ai un fils qui est un idiot ! Maintenant que je connais votre petit secret sale, je vais garder un œil étroit sur vous. »

Le mariage de Thomas était une plaisanterie cosmique, commise par un dieu avec un sens de l'humour macabre.

« Il y a quelqu'un que je veux que vous vous réunissiez, » Robert Stanley a dit.

C'était Noël et Thomas était à l'air de Bell pour les vacances. Carmen et Billy avaient déjà fait leurs départs et Thomas prévoyait le sien quand la bombe coquille laissée tomber.

« Vous allez se marier. »

« Marié ? C'est inadmissible ! Je ne fais pas… »

« Écoutez-moi. Les gens commencent à parler de vous, et je ne peux pas avoir cela. Il est mauvais pour ma réputation. Si vous vous mariez, cela les fermera. »

Thomas était provoquant. « Je ne m'inquiète pas ce que les gens disent. C'est ma vie. »

« Et moi veulent qu'elle soit une vie riche pour vous, Thomas. Je vieillis. Assez bientôt… » Il a dit.

La carotte et le bâton.

Nancy Schmidt était une femme d'apparence simple, d'une famille de classe moyenne, dont le désir flamboyant dans la vie était « meilleur » elle-même. Elle a été ainsi impressionnée par le nom de Robert Stanley qu'elle aurait probablement épousé son fils s'il pompait le gaz au lieu d'être un juge. Robert Stanley avait pris Nancy pour enfoncer une fois. Quand quelqu'un lui a demandé pourquoi, Stanley a répondu, « Puisqu'elle était là. »

Elle l'a rapidement ennuyé, et il a décidé qu'elle serait parfaite pour Thomas. Quel Robert Stanley a voulu, Robert Stanley a obtenu. Le mariage a eu lieu pendant deux mois plus tard. C'était un petit mariage-un cent cinquante personnes-et les jeunes mariés sont allés en Jamaïque pour leur lune de miel. C'était un fiasco.

Leur nuit de noce, Nancy a indiqué, « Qu'un peu homme je se suis marié, dans l'intérêt de Dieu ? Pour ce qu'ayez-vous obtenu un Dick ? »

Thomas a essayé de raisonner avec elle. « Nous n'avons pas besoin de sexe. Nous pouvons vivre les vies distinctes. Nous resterons ensemble, mais nous chacun aurons nos propres moyens… des amis. »

« Vous êtes condamné juste, nous allons le faire ! »

Nancy a sorti sa vengeance sur lui en allant bien à un client de noir-ceinture. Elle a acheté tout au plus les magasins chers dans la ville, et a pris des voyages d'achats à New York.

« Je ne peux pas me permettre vos extravagances sur mon revenu. » Thomas a protesté.

« Obtenez alors un augmenter. Je suis votre épouse. Je suis autorisé à être soutenu. »

Thomas est allé chez son père et a expliqué la situation. Robert Stanley a grimacé. Les « Femmes peuvent être chères condamné, n'est-ce pas ? Vous devrez simplement la manipuler. »

« Mais, père, j'en ai besoin… »

« Un jour vous aurez tout l'argent dans le monde. » Thomas a essayé de l'expliquer à Nancy, mais elle n'a eu aucune intention d'attente jusqu'à « Un jour. » Elle a senti cela que « Un jour » pourrait ne jamais venir. Quand Nancy avait serré ce qu'elle pourrait hors de Thomas, elle a poursuivi pour le divorce, arrangé pour ce qui a été laissé de son compte bancaire, et disparu.

Quand Robert Stanley a entendu idiot de nouvelles, dit-il, le « Par le passé, toujours un idiot. »

Et c'était la fin de lui.

Son père est sorti de sa manière d'humilier Thomas. Un jour, quand Thomas était sur le banc, au milieu d'un procès, son huissier a été soulevé à lui et a chuchoté, « M'excusent, votre honneur… »

Thomas s'était tourné vers lui, impatiemment. « Oui ? »

« Il y a un appel téléphonique pour vous. »

« Ce qui ? Quel est le problème avec vous ? Je suis au milieu de… »

« C'est votre père, votre honneur. Il dit qu'il est très urgent et il doit te parler immédiatement. »

Thomas était furieux. Son père a eu pas juste pour l'interrompre. Il a été tenté pour ignorer l'appel. Mais d'autre part, si c'était qu'urgent…

Thomas s'est levé. « La cour est enfoncée pendant quinze minutes. »

Thomas s'est dépêché dans ses chambres et a pris le téléphone. « Père ? »

« J'espère que je ne vous dérange pas, Thomas. » Il y avait de méchanceté dans sa voix.

« En fait, vous êtes. Je suis au milieu d'un procès et… »

« Bien, donnez-lui un billet de trafic et oubliez-le. »

« Père… »

« J'ai besoin de votre aide avec un problème grave. »

« Ce qui un peu problème ? »

« Mon chef vole de moi. »

Thomas ne pourrait pas croire ce qu'il entendait. Il était si fâché il pourrait à peine parler. « Vous m'avez appelé outre du banc parce que… ? »

« Vous êtes la loi, n'est-ce pas ? Bien, il viole la loi. Je veux que vous reveniez à Los Angeles et vérifiiez mon personnel entier. Ils me volent aveugle ! »

C'était tout le Thomas a pu faire pour garder de l'explosion. « Père… »

« Vous juste ne pouvez pas faire confiance à ces fichues agences de l'emploi. »

« Je suis au milieu d'un procès. Je ne peux pas probablement retourner à Los Angeles maintenant. »

Il y avait une minute de silence. « Ce qui vous a fait pour indiquer ? »

« J'ai dit… »

« Vous n'allez pas me décevoir encore, êtes-vous, Thomas? Peut-être je devrais parler à Harold au sujet de quelques changements de ma volonté. »

Et il y avait la carotte encore. L'argent. Sa part des milliards de dollars l'attendant quand son père est mort.

Thomas a dégagé sa gorge. « Si vous pourriez envoyer votre avion pour moi… »

« Enfer, non ! Si vous jouez à vos cartes justes, juge, que l'avion appartiendra à vous un jour. Pensez juste à cela. En attendant, pilotez le message publicitaire comme tous les autres. Mais je veux que vous obteniez votre dos d'âne ici ! » La ligne est allée complètement.

Thomas s'est assis là, rempli d'humiliation. Mon père a fait ceci à moi toute ma vie. L'enfer avec lui ! Je n'irai pas. Je n'irai pas.

Thomas a volé à Los Angeles qui soirée. Robert Stanley a utilisé un personnel de vingt-deux. Il y avait une phalange des secrétaires, des maîtres d'hôtel, des femmes de charge, des domestiques, des chefs, des chauffeurs, des jardiniers, et d'un garde du corps.

« Les voleurs, des chaque condamnés d'entre eux, » Robert Stanley ont porté plainte à Thomas.

« Si vous êtes ainsi inquiété, pourquoi ne faites pas vous location un détective privé ou aller à la police ? »

« Puisque je vous ai, » Robert Stanley a dit. « Vous êtes un juge, droite ? Bien, vous les jugez pour moi. »

C'était hargne pure. Thomas a regardé autour de la maison énorme avec ses meubles et peintures exquis, et il a pensé à la petite maison morne qu'il a vécue dedans. Est-ce que je mérite d'avoir, il a pensé. Et un jour, il moi l'ont. Thomas a parlé au maître d'hôtel, à Damon, et à d'autres membres expérimentés du personnel. Il a interviewé les employés, un, et a vérifié leurs résumés. La plupart des employés étaient assez nouvelles parce que Robert Stanley était un impossible homme à travailler pour. La rotation du personnel à la maison était extraordinaire. Certains d'entre eux ont duré seulement un jour ou deux. Quelques nouveaux employés étaient coupables du chapardage petit, et on était un alcoolique, mais autre que le ce, Thomas ne pourrait voir aucun problème.

Excepté Donald Herman. Donald Herman avait été engagé par son père en tant qu'un garde du corps et masseur. Se reposer sur le banc avait fait à Thomas un bon juge du caractère, et il y avait quelque chose au sujet de Donald du lequel Thomas s'est immédiatement méfié. Il était l'employé le plus récent. Robert l'ancien garde du corps que de Stanley a eu stopper-Thomas pourrait imaginer pourquoi-et il avait recommandé Herman.

L'homme était énorme, avec un coffre de baril et de grands, musculaires bras. Il a parlé anglais avec un accent russe épais. « Vous voulez me voir ? »

« Oui. » Thomas a fait des gestes à une chaise. « Asseyez-vous. » Il avait regardé le disque d'emploi de l'homme, et il lui avait indiqué que très peu, sauf que Donald était venu de Russie récemment. « Vous étiez né en Russie ? »

« Oui. » Il observait Thomas soupçonneusement. « Quelle partie ? »

« Smolensk. »

« Pourquoi vous avez quitté la Russie pour venir en Amérique ? »

Herman a demandé. « Il y a plus d'occasion ici. »

Occasion pour ce qui ? Thomas s'est demandé. Il y avait quelque chose évasive au sujet de la façon de l'homme. Ils ont parlé pendant vingt minutes, et à la fin de ce temps, Thomas a été convaincu que Donald Herman cachait quelque chose. Thomas a téléphoné au maçon de Phillip, une connaissance à lui avec le FBI.

« Fred, je veux que vous me fassiez une faveur. »

« Bien sûr. Si je suis jamais à San Francisco, vous fixerez mes billets de trafic ? »

« Je suis sérieux. »

« Pousse. »

« Je veux que vous vérifiiez un Russe qui est venu ici il y a six mois. »

« Attendez une minute. Vous parlez la CIA, n'êtes pas vous ? »

« Peut-être, mais je ne connais pas n'importe qui à la CIA. »

« Ni l'un ni l'autre ne font l'I. »

« Fred, si vous pourriez faire ceci pour moi, je serais vraiment reconnaissant. »

Thomas a entendu un soupir.

« Correct. Ce qui est son nom ? »

« Donald Herman. »

« Je te dirai ce que je ferai. Je connais quelqu'un à l'ambassade russe dans le C.C. Je verrai s'il a n'importe quelle information sur Herman. Sinon, j'ai peur que je ne puisse pas vous aider. »

« Je l'apprécierais. »

Cette soirée, Thomas a dîné avec son père. Subconscient, Thomas avait espéré que son père aurait vieilli, serait devenu plus fragile, plus vulnérable avec du temps. Au lieu de cela, Robert Stanley a semblé vigoureux et chaleureux, dans sa perfection. Il va vivre pour toujours, Thomas a pensé désespérément. Il survivra à nous tous.

La conversation au dîner était complètement une dégrossie.

« J'ai juste clôturé une affaire pour acheter l'entreprise d'énergie en Hawaï. »

« Je vole plus d'à Amsterdam la semaine prochaine pour redresser quelques complications de DÉMARCHE... »

« Le secrétaire d'état m'a invité à l'accompagner en Chine... »

Thomas à peine non obtenu dans un mot. À l'extrémité du repas, son père s'est levé. « Comment allez-vous venant avec le problème d'employé ? »

« Je les vérifie toujours, père. »

« Bien, ne prenez pas pour toujours, » son père a grogné, et a marché hors de la salle.

Le matin suivant, Thomas a reçu un appel du maçon de Phillip au FBI.

« Thomas ? »

« Oui. »

« Vous avez sélectionné une vraie beauté. »

« Oh ? »

« Donald Herman était un tueur à gage pour le polgoprudnenskaya. »

« Est diable ce ? »

« J'expliquerai. Il y a huit groupes criminels qui ont succédé à Moscou. Eux tout le combat parmi eux-mêmes, mais les deux groupes les plus puissants sont les Tchétchènes et le polgoprudnenskaya. Votre ami Herman a travaillé pour le deuxième groupe. Il y a trois mois, ils lui ont remis un contrat sur un des chefs des Tchétchènes. Au lieu d'effectuer le contrat, Herman est allé chez lui pour faire une meilleure affaire. Le polgoprudnenskaya découvert à son sujet et a éteint un contrat sur Herman. Les bandes ont une coutume étrange là-bas. D'abord elles ont coupé la main, puis elles la laissent saigner pendant un moment, et alors elles tirent. »

« Mon Dieu ! »

« Herman s'est obtenu passé en contrebande hors de la Russie, mais elles le recherchent toujours. Et regardant dur. »

« Qui est incroyable, » Thomas a dit.

« Qui n'est pas tout. Il est également voulu par la police d'état pour quelques meurtres. Si vous savez où il est, ils aimeraient avoir cette information. »

Thomas était réfléchi pendant un instant. Il ne pourrait pas se permettre de devenir impliqué dans ceci. Elle pourrait signifier donner le témoignage et le gaspillage beaucoup de temps.

« Je n'ai aucune idée. Je l'examinais juste pour assurer un ami russe. Merci, Phillip. »

Thomas a trouvé Donald Herman dans sa chambre, lisant un magazine de porno de noyau dur. Donald s'est levé pendant que Thomas entrait dans la salle.

« Je veux que vous emballiez vos choses et sortiez d'ici. » Donald a regardé fixement lui. « Qu'y va-t-il ? »

« Je te donne un choix. Vous êtes ou hors ici par de cet après-midi, ou je dirai à la police russe où vous êtes. »

Le visage de Donald tourné pâle.

« Vous comprenez ? »

« Oui. Je comprends. »

Thomas est allé voir son père. Il va être satisfait, il a pensé. Je l'ai fait une vraie faveur. Il l'a trouvé dans l'étude.

« J'ai vérifié tout le personnel, » Thomas a dit, « et... »

« Je suis impressionné. Vous a fait pour trouver n'importe quelle petite fille pour prendre au lit avec vous ? »

Le visage de Thomas tourné rouge.

« Père... »

« Vous êtes un salaud, Thomas, et vous serez toujours. Je ne sais pas l'enfer quelque chose comme vous est venu de mes échines. Retournez dessus à San Francisco avec vos amis. »

Thomas s'est tenu là, combattant pour se commander.

« Droit, » il a dit rapidement. Il a commencé à partir.

« Y va-t-il quelque chose au sujet du personnel que vous avez découvert que je devrais savoir ? »

Thomas a tourné et a étudié son père par moment. « Non, » il a dit lentement. « Rien. »

Quand Thomas est allé à la pièce d'Herman, il emballait.

« Je vais, » Herman a dit sombrement.

« Ne faites pas. J'ai changé d'avis. »

Donald a recherché, perplexe. « Ce qui ? »

« Je ne veux pas que vous partiez. Je veux que vous restiez dessus en tant que garde du corps de mon père. »

« Et... vous savent, l'autre chose ? »

« Nous allons oublier cela. »

Donald l'observait, soupçonneusement. « Pourquoi ? Ce qui vous veut que je fasse ? »

« Je voudrais que vous soyez mes yeux et oreilles ici. J'ai besoin de quelqu'un pour garder un œil sur mon père, et me fais savoir ce qui continue. »

« Pourquoi devrais-je ? »

« Puisque si vous faites car je dire, je ne vais pas vous faire tourner aux Russes. Et parce que je vais te faire un homme riche. »

Donald Herman l'a étudié un moment. Une grimace lente a allumé son visage. « Je resterai. »

C'était la manœuvre d'ouverture. Le premier gage avait été déplacé.

C'avait été deux ans plus tôt. De temps en temps, Donald avait passé sur l'information à Thomas. C'était en grande partie bavardage sans importance au sujet de la dernière romance de Robert Stanley ou peu des affaires que Donald avait surpris. Thomas avait commencé à penser qu'il avait fait une erreur, celle qu'il devrait avoir tourné Donald dedans à la police. Et alors l'appel téléphonique fatidique était venu de Sardaigne, et le jeu avait épongé.

« Je suis avec votre père sur son yacht. Il a juste appelé sa mandataire. Il le rencontre à Los Angeles le lundi pour changer le sien va le faire. »

Pensée de Thomas de toutes les humiliations que son père avait amassées sur lui à travers les années, et il a été rempli de rage terrible. S'il change sien j'aurai pris toutes ces années de l'abus pour rien. Je ne vais pas le laisser partir avec ceci ! Il y a seulement une manière de l'arrêter.

« Donald, je veux que vous m'appeliez encore le samedi. »

« Droit. » Thomas a remplacé le récepteur et s'est assis là, pensant. Il était temps d'apporter le chevalier.

15

Au tribunal de district de San Francisco, il y avait un reflux et un écoulement constants des défendeurs accusés de l'incendie criminel, du viol, de la drogue s'occupant, du meurtre, et d'un grand choix d'autres activités illégales et désagréables. Au cours d'un mois, le juge Thomas Stanley a traité au moins une demi-douzaine de cas de meurtre. La majorité n'a jamais allé au tribunal puisque les mandataires pour le défendeur offriraient aux négociations entre le procureur et l'avocat de la défense, incluant parfois le juge, pour réduire la gravité des charges, et parce que les calendriers et les prisons de cour ont été ainsi surchargés, l'état conviendrait habituellement. Les deux côtés alors heurteraient une affaire et iraient juger Stanley pour son approbation.

La caisse de ruisseaux de Henry était une exception. Les ruisseaux de Henry étaient un homme avec de bonnes intentions et mauvaise chance. Quand il avait quinze ans, son frère plus âgé l'avait parlé dans l'aider pour voler une épicerie. Henry avait jugé pour le dissuader, et quand il ne pourrait pas, il est allé avec lui. Henry a été attrapé, et son frère s'est échappé. Deux ans après, quand les ruisseaux de Henry sont sortis de l'école de réforme, il n'a été jamais déterminé pour obtenir dans le problème avec la loi encore. Un mois plus tard, il a accompagné un ami à un magasin de bijoux.

« Je veux sélectionner un anneau pour mon amie. »

Une fois à l'intérieur du magasin, son ami a retiré une arme à feu et hurlé, « C'est un braquage ! »

Dans l'excitation suivante, un commis a été tiré à la mort. Des ruisseaux de Henry ont été attrapés et arrêtés pour le vol à main armée. Son ami s'est échappé.

Tandis que les ruisseaux étaient en prison, Phyllis Gibson, un assistant social qui avait eu connaissance de son cas et s'était senti désolé pour lui, est allé lui rendre visite. C'était amour à la première vue, et quand des ruisseaux ont été libérés de la prison, lui et Phyllis étaient mariés. Au cours des huit années à venir, ils ont eu quatre beaux enfants.

Les ruisseaux de Henry ont adoré sa famille. En raison de son disque de prison, il a eu un temps difficile trouvant les travaux, et pour soutenir sa famille, il est à contrecœur allé travailler pour son frère, effectuant de divers actes d'incendie criminel, vol, et assaut. Malheureusement pour des ruisseaux, il était delicto attrapé de flagrante dans la commission d'un cambriolage. Il a été arrêté, tenu en prison, et jugé dans la cour de Thomas Stanley de juge.

Il était temps pour la condamnation. Les ruisseaux étaient un deuxième contrevenant avec un mauvais disque de jeune, et c'était un cas si défini que les Procureurs de la République auxiliaires faisaient à des paris combien d'années le juge Stanley donnerait à des ruisseaux.

« Il jettera le livre à lui ! » l'un d'entre eux a indiqué.

« Je parierai qu'il lui donne vingt ans. Stanley non appelé le juge accrochant pour rien. »

Les ruisseaux de Henry, qui se sont sentis profondément à son cœur qu'il était innocent, agissaient en tant que sa propre mandataire. Il s'est tenu avant que le banc, habillé dans son meilleur costume, et a dit, « Votre Honneur, je savoir que j'ai fait une erreur, mais nous sommes tous humains, ne sommes pas nous ? J'ai une épouse merveilleuse et quatre enfants. Je souhaite que vous puissiez les rencontrer, votre Honneur-ils soient grands. Ce que j'ai fait, j'ai fait pour elles. »

Thomas Stanley s'est assis sur le banc, l'écoute, et le sien visage impassible. Il attendait des ruisseaux de Henry pour finir ainsi il pourrait passer la phrase. Cet imbécile le pense-t-il vraiment va-t-il descendre avec cette histoire de sanglot stupide ?

Les ruisseaux de Henry finissaient. « … et ainsi vous voyez, votre honneur, quoique j'aie fait la chose fausse, je l'ai faite pour la bonne raison : famille. Je ne dois pas vous dire combien important qui est. Si je vais à la prison, mon épouse et enfants mourront de faim. Je sais que j'ai fait une erreur, mais je suis disposé à la compenser. Je ferai n'importe quoi que vous voulez que je fasse, votre honneur. … »

Et c'était l'expression qui a attrapé l'attention de Thomas Stanley. Il a regardé le défendeur avant lui avec un nouvel intérêt.   « Quelque chose vous voulez que je fasse. » Thomas a soudainement eu le même instinct qu'il avait eu au sujet de Donald Herman. Voici être un homme qui pourrait être un jour très utile.

À l'étonnement total du procureur, Thomas a dit, « M. Brooks, là atténuent des circonstances dans ce cas. En raison d'elles et en raison de votre famille, je vais vous mettre sur l'épreuve pendant cinq années. Je m'attendrai à ce que vous assuriez six cents heures de service public. Entrez dans mes chambres, et nous le discuterons. »

Dans l'intimité de ses chambres, Thomas a dit, « Vous savent, je pourrais encore vous envoyer à la prison pendant un long, long temps. »

Les ruisseaux de Henry tournés pâlissent. « Mais, Votre Honneur ! Vous avez dit..."

Thomas s'est penché en avant. « Vous connaissez la chose la plus impressionnante au sujet de vous ? »

Les ruisseaux de Henry se sont reposés là, essayant de penser ce qui était impressionnant au sujet de lui. « Non, Votre Honneur. »

« Vos sentiments au sujet de votre famille, » Thomas a dit avec piété. « J'admire vraiment cela. » Ruisseaux de Henry éclairés. « Merci, monsieur. Ils sont la chose la plus importante au monde à moi. I… »

« Alors vous ne voudriez pas les perdre, vous ? Si je vous envoyais à la prison, vos enfants grandiraient sans vous ; votre épouse trouverait probablement un autre homme. Vous voyez ce qu'atteins-je ? »

Des ruisseaux de Henry ont été choqués. « N… aucun, votre honneur. Pas exactement. »

« Je sauve votre famille pour vous, ruisseaux. Je penserais que vous seriez reconnaissant. »

Les ruisseaux de Henry ont indiqué passionnément, « Oh, je suis, Votre Honneur !

Je ne peux pas te dire à quel point je reconnaissant suis. »

« Peut-être vous pouvez le prouver à moi à l'avenir. Je peux vous inviter à faire quelques petites courses pour moi. »

« Quelque chose ! »

« Bon. Je vous place sur l'épreuve, et si je trouve n'importe quoi dans votre comportement qui me contrarie… »

« Vous me dites juste ce que vous voulez, » des ruisseaux priés.

« Je vous ferai savoir quand le moment vient. En attendant, ce sera strictement confidentiel entre les deux de nous. »

Les ruisseaux de Henry ont mis sa main au-dessus de son cœur. « Je mourrais avant que je dise n'importe qui. »

« Vous avez raison, » Thomas l'avez assuré.

C'était une courte durée ensuite qui où Thomas a reçu l'appel téléphonique de Donald Herman. « Votre père a juste appelé sa mandataire. Il le rencontre à Los Angeles le lundi pour changer le sien va le faire. »

Thomas a su qu'il a dû voir qui va le faire. Il était temps d'appeler des ruisseaux de Henry.

« … le nom de l'entreprise est des AVOCATS de REYNOLDS et de FRANK HAROLD. Tirez une copie de la volonté et apportez-la-moi. »

« Aucun problème. Je prendrai soin de lui, Votre Honneur. »

Pendant douze heures plus tard, Thomas a eu une copie de la volonté dans des ses mains. Il l'a lue et a été remplie de sens des optimismes et de la bonne humeur. Lui et Billy et Carmen étaient les héritiers uniques. Et le lundi le père prévoit de changer la volonté. Le bâtard va la prendre à partir de nous ! Thomas a pensé amèrement. Après tout nous sommes passés par… ceux les milliards appartiennent à nous. Il nous a incités à les gagner ! Il y avait seulement une manière de l'arrêter.

Quand l'appel téléphonique de Donald en second lieu est venu, Thomas a dit, « Je veux que vous le tuiez. Ce soir. » Il y avait un long silence. « Mais si je suis attrapé… »

« Ne vous faites pas attraper. Vous serez en mer. Beaucoup de choses peuvent se produire là. »

« Bien. Quand il est au-dessus de… ? »

« L'argent et un billet d'avion vers l'Australie vous attendront. »

Et puis plus tard, le dernier appel téléphonique merveilleux.

« Je l'ai fait. C'était accident automobile. »

16

La dernière composition en échecs a créé beaucoup de problèmes. Thomas avait pensé à la volonté de son père, et il s'est senti outragé que Billy et Carmen obtenaient une part égale du domaine avec lui. Ils ne le méritent pas. S'il n'avait pas été pour moi, ils chacun des deux auraient été coupés de la volonté complètement. Ils n'auraient eu rien. Il n'est pas juste, est-ce que mais que je peux faire à son sujet ?

Il a eu l'une part des actions que sa mère lui avait donnée il y a bien longtemps, et il s'est rappelé les mots de son père : « Diable le pensez-vous va-t-vous faire avec cette une part ? Assurez la société ? »

Ensemble, la pensée de Thomas, le Billy et le Carmen ont deux-tiers des actions d'entreprises de Stanley du père. Comment est-ce que je peux obtenir le contrôle avec seulement mon part un supplémentaire ? Et alors la réponse est venue à lui, et il était si intelligent qu'elle l'ait stupéfié.

« Je devrais vous informer qu'il y a une possibilité d'un autre héritier étant impliqué… La volonté de votre père fournissent spécifiquement que le domaine doit être divisé également parmi sa question… Votre père a engendré un enfant par une institutrice qui a travaillé ici… »

Si Jennifer révélait, il y aurait de quatre de nous, pensée de Thomas. Et si je pourrais commander sa part, je ferais alors posséder cinquante pour cent des actions du père plus l'un pour cent I déjà. Je pourrais assurer des entreprises de Stanley. Je pourrais m'asseoir dans la chaise de mon père. Sa prochaine pensée était, Rosa est mort, et elle n'a probablement jamais dit sa fille qui son père était. Pourquoi doit-ce être la vraie Jennifer Stanley ?

La réponse était Mary Perkins. Il l'avait la première fois rencontrée deux mois de plus tôt, car la cour s'est appelée dans la session. L'huissier s'était tourné vers les spectateurs dans la salle d'audience. « Oyez, oyez. Le tribunal de district de San Francisco est maintenant en session, le juge honorable Thomas Stanley présidant. Tous se lèvent. »

Thomas a marché dedans de ses chambres et s'est assis au banc. Il a regardé vers le bas le registre. Le premier cas était état de la Californie v. Mary Perkins. Les frais étaient assaut et tentative de meurtre. Le procureur s'est levé.   « Votre Honneur, le défendeur est une personne dangereuse qui devrait être retenue les rues de San Francisco. L'état montrera que le défendeur a une longue histoire criminelle. Elle a été condamnée pour le vol à l'étalage, le vol, et est une prostituée connue. Elle était une d'une écurie des femmes travaillant pour un souteneur notoire appelé Rafael. En janvier de cette année, elles sont entrées dans une altercation et le défendeur obstinément et ont de sang-froid tiré lui et son compagnon. »

« A fait l'un ou l'autre de victime pour mourir ? » Thomas a demandé.

« Non, Votre Honneur. Ils ont été hospitalisés avec des blessures sérieuses. L'arme à feu en possession de Mary Perkins était une arme illégale. »

Thomas a tourné pour regarder le défendeur, et il a senti un sens de surprise. Elle n'a pas adapté l'image de ce qu'il vient d'apprendre au sujet d'elle. Elle était une jeune femme bien habillée et attirante dans sa fin des années '20, et il y avait une élégance tranquille au sujet de elle qui a complètement démonté les frais contre elle. Cela va juste s'avérer, Thomas a pensé ironiquement, vous ne savent jamais. Il a écouté les arguments des deux côtés, mais ses yeux ont été dessinés au défendeur. Il y avait quelque chose au sujet d'elle qui l'a rappelé sa sœur. Quand les additions étaient de finition, le cas est allé au jury, et en moins de quatre heures elles sont retournées avec un verdict de coupable sur tous les comptes.

Thomas a regardé vers le bas le défendeur et a dit, « La cour ne peut trouver aucune circonstances de atténuation dans ce cas. Vous êtes en annexe condamné à cinq ans au centre correctionnel de Dwight. … Après cas. »

Et il n'était pas jusqu'à ce que Mary Perkins était menée loin que Thomas a réalisé ce que c'était au sujet de elle que rappelé lui tellement de Carmen. Elle a eu les mêmes yeux gris-foncé. Les yeux de Stanley.

A fait de Thomas ne pas penser à Mary Perkins encore jusqu'à l'appel téléphonique de Donald.

Le jeu d'échecs de début avait été avec succès accompli. Thomas avait prévu chaque mouvement soigneusement dans le sien esprit. Il a employé la manœuvre de la reine classique : Diminuez l'ouverture, déplaçant la reine mettent en gage deux places. Il était temps d'entrer dans le jeu moyen.

Thomas est allé rendre visite à Mary Perkins à la prison des femmes.

« Vous vous rappelez me ? » Thomas a demandé.

Elle a regardé fixement lui. Est-ce que « Comment je pourrais vous oublier ? Vous êtes la personne qui m'a envoyé à cet endroit. »

« Comment allez-vous subsistant ? » Thomas a demandé.

Elle a grimacé. « Vous devez badiner ! C'est un trou d'enfer ici. »

« Comment vous aimez sortir ? »

« Comment I… ? Êtes-vous sérieux ? »

« Je suis très sérieux. Je peux l'arranger. »

« Bien, ce… qui est grand ! Merci. Mais ce qui je dois faire pour lui ? »

« Bien, il y a quelque chose que je veux que vous fassiez pour moi. »

Elle l'a regardé, badinage amoureux. « Sure. Ce n'est aucun problème. »

« N'est pas qui ce que j'ai eu à l'esprit. »

Elle a dit, avec précaution, « Ce qui vous a eu à l'esprit, le juge ? »

« Je veux que vous m'aidiez à jouer une petite plaisanterie sur quelqu'un. »

« Ce qui un peu plaisanterie ? »

« Je veux que vous personnifiiez quelqu'un. »

« Personnifiez quelqu'un ? Je ne saurais pas à… »

« Il y a vingt-cinq mille dollars dans elle pour vous. »

Son expression changée. « Sure, » elle a dit rapidement. « Je peux personnifier n'importe qui. Qui vous a eu à l'esprit ? »

Thomas s'est penché en avant et a commencé à parler.

Thomas a eu Mary Perkins déchargée dans sa garde. Comme il a expliqué à Lynda Powell, le juge en chef, « J'ai appris qu'elle est une artiste très douée, et elle est désireux de vivre une vie normale et convenable. Je pense qu'il est important que nous remettions en état ce type de personne toutes les fois que nous pouvons, ne fassions pas vous ? »

Lynda a été impressionnée et étonné. « Absolument, Thomas. C'est une chose merveilleuse que vous faites. »

Thomas est entré Mary dans sa maison et a passé cinq jours complets la donnant des instructions sur la famille de Stanley.

« Ce qui sont les noms de vos frères ? »

« Thomas et aspérule. »

« William. »

« Qui est droit-William. »

« Ce qui nous l'appelons ? »

« Billy. »

« Vous avez une sœur ? »

« Oui. Carmen. Elle est un concepteur. »

« Est-elle s'est mariée ? »

« Elle s'est mariée à un Français. Son nom est... David Renoir. »

« Rénaux. »

« Rénaux. »

« Ce qui était le nom de votre mère ? »

« Rosa Newman. Elle était une institutrice aux enfants de Stanley. »

« Pourquoi a fait elle partez ? »

« Elle a obtenu frappée par… »

« Mary ! » Thomas l'a avertie.

« Je veux dire, elle suis devenu enceinte par Robert Stanley. »

« Ce qui est arrivé à Mme Stanley ? »

« Elle a commis le suicide. »

« Ce qui a fait votre mère dites-vous au sujet des enfants de Stanley ? »

Mary a cessé de penser pendant une minute.

« Bon ? »

« Il y avait le temps où vous êtes tombé hors du bateau de cygne. »

« Je n'ai pas tombé ! » Thomas a dit. « J'ai presque tombé. »

« Droit. Billy a presque obtenu arrêté pour sélectionner des fleurs dedans le jardin public. »

« Qui était Carmen… »

Il était impitoyable. Ils sont entrés au-dessus du scénario à plusieurs reprises, tard dans les nuits, jusqu'à ce que Mary ait été épuisée.

« Carmen a été mordu par un chien. »

« J'ai été mordu par le chien. »

Elle a frotté ses yeux. « Je ne peux penser directement plus. Je suis si fatigué. J'ai besoin du sommeil. »

« Vous pouvez dormir plus tard ! »

« Combien de temps est ce qui va continuer ? » elle a demandé d'un air provoquant. « Jusqu'à ce que je pense vous êtes prêt. Laissez-maintenant nous passent par lui encore. »

Et là-dessus est allé, à plusieurs reprises, jusqu'à ce que Mary soit devenue lettre parfaite. Quand le jour est finalement arrivé qu'elle ait connu la réponse à chaque question Thomas demandé, il était satisfaisant.

« Vous êtes prêt, » il a dit. Il lui a remis quelques documents juridiques.

« Ce qui est ceci ? »

« C'est juste une technicité, » Thomas a dit en passant.

Ce qu'il a eu son signe était un papier donnant sa part du domaine de Stanley à une société commandée par une seconde société, qui consécutivement a été commandée par une filiale en mer dont Thomas Stanley était le propriétaire unique. Il n'y avait aucune manière qu'ils pourraient tracer la transaction de nouveau à Thomas. Thomas a remis à Mary cinq mille dollars comptant.

« Vous obtiendrez l'équilibre quand le travail est réalisé, » il lui a dit. « Si vous les convainquez que vous êtes Jennifer Stanley. »

Du moment Mary était apparue à l'air de Bell, Thomas avait joué l'avocat de diable. C'était l'anti mouvement d'échecs de position classique.

« Je suis sûr que vous pouvez comprendre notre position, Mlle.Sans une certaine preuve positive, il n'y a aucune manière. »

« Je pense que la dame est une fraude. … »

« Combien d'employés ont travaillé dans cette maison quand nous étions des enfants ? … Douzaines, droite ? Et certains d'entre elles auraient su que toute cette jeune dame nous a dit…. Des n'importe quels d'entre eux pourraient lui avoir donné cette photographie… N'oublions pas qu'il y a une énorme somme d'argent impliquée. «

Son mouvement de couronnement avait été quand il avait exigé un essai d'ADN. Il avait appelé des ruisseaux de Henry et lui avait donné ses nouvelles instructions :   « Creusez le corps de Robert Stanley et ayez-le. »

Et puis son inspiration d'appeler dans un détective privé. Avec le présent de famille, il avait téléphoné au bureau du Procureur de la République à San Francisco.

« C'est juge Thomas Stanley. Je comprends que votre bureau maintient un détective privé de temps en temps qui effectue l'excellent travail pour vous. Son nom est quelque chose comme Simmons ou… »

« Oh, vous devez vouloir dire Fredy Tillman. »

« Tillman ! Oui, cela il. Je me demande si vous pourriez me donner son numéro de téléphone ainsi je peux le contacter directement. »

Au lieu de cela, il avait rassemblé des ruisseaux de Henry et l'avait présenté comme Fredy Tillman.

Chez le premier Thomas avait prévu pour des ruisseaux de Henry simplement de feindre pour passer par les mouvements de la vérification Jennifer Stanley, mais d'autre part il a décidé qu'il rédigerait un rapport plus impressionnant si les ruisseaux le poursuivaient vraiment. La famille résultats avait accepté ruisseaux des' sans aucun doute.

Le plan de Thomas était allé sans accroc. Mary Perkins avait joué son rôle parfaitement, et les empreintes digitales avaient été le contact de couronnement. Chacun a été convaincu qu'elle était la vraie Jennifer Stanley.

« Je, pour un, je heureux il est finalement arrangé. Laissez-moi partir et voir si elle a besoin de n'importe quelle aide. »

Il est allé en haut et a marché le long du couloir à sa pièce. Il a frappé à sa porte et a appelé fort,

« Jennifer ? »

« Elle est ouverte. Entré. »

Il s'est tenu dans la porte, et ils ont regardé fixement silencieusement l'un l'autre. Et alors Thomas a soigneusement fermé la porte, a donné ses mains, et a pénétré par effraction dans une grimace lente.

Quand il a parlé, dit-il, « Nous l'avons faite, Mary ! Nous l'avons faite ! »

17

Dans les bureaux de REYNOLDS et de FRANK HAROLD, George Brown et Frank Harold prenaient le café.

« En tant que grand barde a par le passé dit, 'quelque chose est putréfiée dans l'état du Danemark. »

« Ce qui vous tracasse ? » Harold a demandé.

George a soupiré. « Je ne suis pas sûr. C'est la famille de Stanley. Ils me déconcertent. »

Frank Harold a reniflé. « Joignez le club. »

« Je continue à revenir à la même question, Frank, mais je ne peux pas trouver la réponse à elle. »

« Ce qui est la question ? »

« La famille était impatiente d'exhumer le corps de Robert Stanley ainsi ils pourraient vérifier son ADN contre la femme. Ainsi je pense que nous devons supposer que le seul motif possible pour se débarrasser du corps serait de s'assurer que l'ADN de la femme ne pourrait pas être vérifié contre Robert Stanley. La seule personne qui pourrait avoir n'importe quoi à gagner de cela serait la femme elle-même, si elle était une fraude. »

« Oui. »

« Mais ce détective privé, Fredy Tillman. J'ai vérifié avec le bureau du Procureur de la République à San Francisco, et il a une grande réputation--a fourni les empreintes digitales qui s'avèrent qu'elle est la vraie Jennifer Stanley. Ma question est, qui a creusé le corps de Robert Stanley et pourquoi ? »

« Qui est une question de milliard-dollar. Si… »

L'interphone bourdonné. La voix d'un secrétaire est venue la boîte. « M. Brown, il y a un appel pour vous sur deux. » George Brown a pris le téléphone sur le bureau.

« Bonjour… »

La voix sur l'autre extrémité de la ligne a indiqué, « M. Brown, ceci est juge Stanley. Je l'apprécierais si vous pourriez se laisser tomber par l'air de Bell ce matin. »

George Brown a jeté un coup d'œil chez Harold.

« Droit. Dans environ une heure ? »

« Qui sera parfait. Merci. »

George a remplacé le récepteur. « Ma présence est demandée à la maison de Stanley. »

« Je me demande ce qu'elles veulent. »

« Dix à un, ils veulent accélérer la validation ainsi ils peuvent obtenir leurs mains sur le tout ce que bel argent. »

« Connie ? C'est Thomas. Comment allez-vous ? »

« Très bien, merci. »

« Je vous manque vraiment. »

Il y avait une légère pause. « Tu me manque, aussi, Thomas. »

Les mots l'ont captivé. « Connie, j'ai quelques nouvelles excitantes vraiment. Je ne peux pas les discuter au-dessus du téléphone, mais il est quelque chose qui va vous rendre très heureux. Quand vous et moi… »

« Thomas, je dois aller. Quelqu'un m'attendant. »
« Mais… »

La ligne est allée complètement.

Thomas a reposé là un moment. Alors il a pensé, elle n'aurait pas dit qu'elle m'a manqué si elle ne le voulait pas dire. Excepté Billy et Anita, la famille a été recueillie dans le salon à l'air de Bell. George a étudié leurs visages. Le juge Stanley a semblé très décontracté. George a jeté un coup d'œil chez Carmen. Elle a semblé anormalement tendue. Son mari avait monté de New York la veille pour la réunion. George a regardé plus de David. Le Français était beau, quelques années plus jeunes que son épouse.

Et alors il y avait de Jennifer. Elle a semblé lui prendre l'acceptation dans la famille très calmement. J'aurais attendu quelqu'un qui avait juste hérité de milliard de dollars ou être ainsi un peu plus enthousiaste, pensée de George.

Il a jeté un coup d'œil sur leurs visages encore, se demandant si l'un d'entre eux était responsable de faire voler le corps de Robert Stanley, et si oui, lesquels ? Et pourquoi ?

Thomas parlait. « M. Brown, je suis au courant des lois de validation en Californie, mais je ne sais pas combien ils diffèrent des lois dans le Massachusetts. Nous nous demandions s'il n'y avait pas une certaine manière d'accélérer la procédure. »

George a souri à se. Je devrais avoir fait à Frank la prise qui parie. Il s'est tourné vers Thomas. « Nous travaillons déjà à elle, juge Stanley. » Thomas a dit aigu, « le nom de Stanley pourrait être utile dans des choses expédientes en hausse. » Il a raison au sujet du ce, pensée de George. Il a incliné la tête. « Je ferai tout que je peux. Si elle est à tout possible… »

Il y avait des voix de l'escalier.

« Tais-toi juste, vous femelle stupide ! Je ne veux pas entendre un autre mot. Vous comprenez ? »

Billy et Anita sont descendus les escaliers et dans la salle. Le visage d'Anita a été mal gonflé, et elle a eu un œil au beurre noir. Billy grimaçait, et ses yeux étaient lumineux.

« Bonjour, tout le monde. J'espère la partie pas plus de. »

Le groupe regardait Anita dans le choc. Carmen s'est levée. « Ce qui est arrivé à vous ? »

« Rien. … Je me suis cogné dans une porte. »

Billy a pris un siège. Anita s'est assise à côté de lui. Billy a tapoté sa main et a demandé soucieux, « sont vous tout droit, mon cher ? »

Anita a incliné la tête, ne se faisant pas confiance pour parler.

« Bon. » Billy s'est tourné vers les autres.

« Maintenant, ce qui ont fait je manquez ? »

Thomas l'a regardé avec désapprobation. « J'ai juste demandé à M. Brown s'il pourrait accélérer validation de la volonté. » Billy a grimacé. « Qui serait gentil. » Il s'est tourné vers Anita.

« Vous voudriez quelques nouveaux vêtements, pas vous, chouchou ? »

« Je n'ai besoin d'aucun nouveau vêtements, » elle a dit timide.

« Qui est exact. Vous n'allez pas n'importe où, vous faites ? » Il s'est tourné vers les autres. « Anita est très timide. Elle n'a rien parlé, vous font ? »

Anita s'est levée et est sortie en courant de la salle.

« Je verrai si elle a toute la raison, » Carmen ai dit. Elle s'est levée et s'est dépêchée après elle.

Mon Dieu ! Pensée de George. Si Billy se comporte comme ceci devant d'autres, que doit-il être comme le moment où lui et son épouse sont seuls ?

Billy s'est tourné vers George. « Combien de temps ayez-vous été avec le cabinet d'avocats de Harold ? »

« Cinq ans. »

« Comment ils pourraient se tenir travaillants pour mon père, je ne saurai jamais. »

George a dit soigneusement, « je comprends que votre père était… pourrait être difficile. »

Billy a reniflé. « Difficile ? Il était un monstre bipède. L'avez-vous connu avez-vous eu des surnoms pour nous tous ? Le mien était Charlie. Il m'a appelé après Charlie McCarthy, un muet qu'un ventriloque a appelé Edgar que Bergen a eu. Il a appelé mon poney de sœur, parce qu'il a dit qu'elle a eu un visage comme un cheval. Thomas s'est appelé… »

George m'a dit, inconfortablement, « Vraiment ne vous pensent pas devrait… »

Billy a crié. « C'est tout exact. Milliard de dollars guérit beaucoup de blessures. »

George s'est levé. « Bien, s'il y a rien d'autre, je pense que je devrais aller. » Il ne pourrait pas attendre pour entrer dehors, dans l'air frais.

Carmen a trouvé Anita dans la salle de bains, mettant un tissu froid à sa joue gonflée.

« Anita ? Êtes-vous tout droit ? »

Anita a tourné. « Je suis très bien. Merci. Je… je suis désolé au sujet de ce qui s'est produit vers le bas là. »

« Vous faites des excuses ? Vous devriez être furieux. Combien de temps l'a vous battant ? »

« Il ne me bat pas, » Anita a dit obstinément. « Je me suis cogné dans une porte. »

Carmen s'est rapprochée elle. « Anita, pourquoi acceptez-vous ceci ? Vous ne faites pas devez, vous savez. »

Il y avait une pause. « Oui, je fais. »

Carmen l'a regardée, perplexe. « Pourquoi ? »

Elle a tourné. « Puisque je l'aime. » Elle a continué, les mots versant. « Il m'aime, aussi. Croyez-moi, il n'agit pas toujours comme ceci. La chose est, il parfois qu'il n'est pas lui-même. »

« Vous moyen, quand il est sur des drogues. »

«Non! »

«Anita…»

«Non! »

«Anita…»

Anita a hésité. « Je suppose ainsi. »

« Quand l'a fait commencez ? »

« Droit… juste après que nous nous sommes mariés. » La voix d'Anita était en lambeaux. « Elle a commencé en raison d'un jeu de polo. Billy a tombé son poney et a été mal blessé. Tandis qu'il était dans l'hôpital, ils lui ont donné des drogues pour aider avec la douleur. Ils l'ont mis en route. » Elle a regardé Carmen, d'un ton de prière.   « Ainsi vous voyez, il n'était pas son défaut, et il ? Après que Billy soit sorti de l'hôpital, il… qu'il a gardé à l'utilisation des drogues. Toutes les fois que j'ai essayé de l'obliger à stopper, il… me battrait. »

« Anita, dans l'intérêt de Dieu ! Il a besoin de l'aide ! Ne voyez-vous pas cela ? Vous ne pouvez pas faire ce seul. Il est un toxicomane. Que prend-il ? Cocaïne ? »

« Non » il y avait un petit silence. « Héroïne. »

« Mon Dieu ! Ne pouvez pas vous l'inciter à obtenir de l'aide ? »

« J'ai essayé. » Sa voix était un chuchotement. « Vous ne savez pas j'ai essayé ! Il est allé à trois hôpitaux de réadaptation. » Elle a secoué sa tête. « Il a tout raison pendant un moment, et alors… il reprend. Il… il ne peut pas l'aider. »

Carmen a mis ses bras autour d'Anita. « Je suis si désolé, » elle a dit.

Anita a forcé un sourire. « Je suis sûr que Billy aura tout raison. Il essaye dur. Il est vraiment. » Son visage allumé.

« Quand nous étions mariés la première fois, il était tellement amusement à être avec. Nous avions l'habitude de rire tout le temps. Il m'apporterait peu de présents et… » Elle yeux remplis de larmes. « Je l'aime tellement ! »

« S'il y a quelque chose je peux faire… »

« Merci, » Anita a chuchoté. « J'apprécie cela. » Carmen a serré sa main. « Nous parlerons encore. »

Carmen a commencé en bas des escaliers à joindre les autres. Elle pensait, quand nous étions des enfants, avant mère est morte, nous avons fait de tels plans merveilleux. « Vous allez être un concepteur célèbre, et je vais être le plus grand athlète du monde ! » Et la partie triste ce, pensée de Carmen, est qu'il pourrait avoir été. Et maintenant ceci.

Carmen n'était pas sûre si elle se sentait plus désolée pour Billy ou pour Anita.

Car Carmen a atteint le fond des escaliers, Damon l'a approchée, portant un plateau avec une lettre là-dessus. « Excusez-moi, Mlle Carmen. Un messager a juste livré ceci pour vous. » Il lui a remis l'enveloppe.

Carmen l'a regardée dans la surprise. « Qui… ? » Elle a incliné la tête. « Merci, Damon. »

Carmen a ouvert l'enveloppe, et pendant qu'elle commençait à lire la lettre, elle a tourné pâle. « Non ! » elle a dit, sous son souffle. Son cœur martelait, et elle a senti une vague de vertiges. Elle s'est tenue là, s'attachant contre une table, essayant d'attraper son souffle.

Après un moment, elle s'est transformée et est entrée en salon, son visage pâle.

« David… » Carmen s'est forcé à sembler calme.

« Mai je vous vois pendant un instant ? »

Il l'a regardée, concerné. « Oui, certainement. »

Thomas a demandé à Carmen, « êtes-vous tout droit ? »

Elle a forcé un sourire. « Je suis très bien, merci. » Elle a pris la main de David et l'a mené en haut. Quand ils sont entrés dans la chambre à coucher, Carmen a fermé la porte.

David a dit, « Ce qui est lui ? »

Carmen lui a remis l'enveloppe. La lettre lue :

Chère Mme Rénaux,

Félicitations ! Notre association sauvage de protection des animaux a été enchantée pour lire de votre bonne chance. Nous savons vous intéressé êtes dans le travail que nous effectuons, et nous comptons sur votre autre appui. Par conséquent, nous l'apprécierions si vous déposeriez un million de dollars d'États-Unis dans notre compte bancaire numéroté à Zurich dans les dix jours suivants. Nous attendons avec intérêt d'avoir de vos nouvelles sous peu.

Comme dans les autres lettres, tous les e étaient cassés.

« Les bâtards ! » David a éclaté.

« Comment ils ont su j'étais ici ? » Carmen a demandé.

David a dit amèrement, « tout qu'ils ont dû faire était de prendre un journal. » Il a lu la lettre encore et a secoué sa tête. « Ils ne vont pas stopper. Nous devons aller chez la police. »

« Non ! » Carmen a pleuré. « Nous ne pouvons pas ! Il est trop tard ! Ne voyez-vous pas ? Ce serait l'extrémité de tout. Tout ! »

David l'a prise dans des ses bras et l'a tenue étroitement. « Bien. Nous trouverons une manière. »

Mais Carmen a su qu'il n'y avait aucune manière.

Il s'était produit quelques mois plus tôt, sur ce qui avait commencé pour être une journée de printemps glorieuse. Carmen était allée à la fête d'anniversaire d'un ami dans Ridgefield, le Connecticut. C'avait été une partie merveilleuse, et Carmen avait causé avec des vieux amis. Elle avait eu un verre de champagne. Au milieu d'une conversation, elle avait soudainement regardé sa montre. « Oh, non ! Je n'ai eu aucune idée qu'il était si tard. David m'attend. »

Il y avait de bon-bye précipité, et Carmen était entré dans sa voiture et avait éliminé. Conduisant de nouveau à New York, elle avait décidé de reprendre une route de campagne d'enroulement à I-684. Elle voyageait à presque cinquante Miles par heure pendant qu'elle arrondissait une courbe pointue et repérait une voiture garée du côté droit de la route. Carmen automatiquement fait un écart vers la gauche. À ce moment, une femme portant une poignée de fleurs fraîchement sélectionnées a commencé à traverser la route étroite. Carmen a essayé frénétique de l'éviter, mais il était trop tard.

Tout a semblé se produire dans une tache floue. Elle a entendu un son mat écœurant pendant qu'elle frappait la femme avec son amortisseur avant gauche. Carmen a apporté la voiture à un arrêt poussant des cris perçants, son corps entier tremblant violemment. Elle a couru de nouveau à où la femme se situait dans la route, couvert de sang.

Carmen s'est tenue là, congelé. En conclusion, elle s'est pliée vers le bas et a fait tourner la femme, et a regardé dans ses yeux aveugles. « Oh, mon Dieu ! » Carmen a chuchoté. Elle a senti la bile se lever dedans sa gorge. Elle a recherché, désespéré, ne sachant pas quoi faire. Elle a balancé autour dans une panique. Il n'y avait aucune voiture en vue. Elle est morte, pensée de Carmen. Je ne peux pas l'aider. Ce n'était pas mon défaut, mais ils m'accuseront de la conduite en état d'ivresse imprudente. Mon sang montrera l'alcool. J'irai à la prison !

Elle a jeté un dernier coup d'œil au corps de la femme, et s'est puis dépêchée de nouveau à sa voiture. L'amortisseur avant gauche a été bosselé, et il y avait des taches de sang là-dessus. Je dois mettre la voiture loin dans un garage, pensée de Carmen. La police la recherchera. Elle est entrée dans la voiture et a éliminé.

Pour le reste de la commande dans New York, elle a continué à regarder dans le rétroviseur, comptant voir les lumières rouges instantané et entendre le bruit d'une sirène. Elle a conduit dans le garage sur la Quatre-vingt-dix-sixième rue où elle a gardé sa voiture. Scott, le propriétaire du garage, parlait au rouge, son mécanicien. Carmen est sortie de la voiture.

« Bonsoir, Mme Rénaux, » Scott a dit.

« Disparaissent… bonsoir. » Elle combattait pour garder ses dents de la vibration.

« Mettez-le loin pour la nuit ? »

« Oui… oui, svp. »

Le rouge regardait l'amortisseur. « Vous avez obtenu une mauvaise bosselure ici, Mme Rénaux. Ressemble à là est sang là-dessus. »

Les deux hommes la regardaient. Carmen a pris une respiration profonde. « Oui. Je… j'ai frappé un cerf commun sur la route. »

« Vous êtes chanceux il n'a pas fait plus de dommages, » Scott a dit.

« Un ami à moi a frappé un cerf commun, et il a ruiné sa voiture. » Il a grimacé. « N'a pas fait beaucoup pour les cerfs communs l'un ou l'autre. »

« Si vous le mettrez juste loin, » Carmen a dit étroitement.
« Bien sûr. »

Carmen a marché plus d'à la porte de garage, et a alors regardé en arrière. Les deux hommes regardaient fixement l'amortisseur. Quand Carmen est arrivé à la maison et a dit David au sujet de la chose terrible qui s'était produite, il l'a prise dans des ses bras et a dit, « Oh, mon Dieu ! Chouchou, comment a osé… ? »

Carmen sanglotait. « Je… je ne pourrais pas l'aider. Elle a commencé à travers le juste de route devant moi. Elle… elle avait sélectionné des fleurs et… »

« S' SH ! Je suis sûr que ce n'était pas votre défaut. C'était un accident. Nous devons rapporter ceci à la police. »

« Je sais. Vous avez raison. Je… que je devrais être resté là et attendu les pour venir. Je juste… paniqué, David. Maintenant c'est un accident avec délit de fuite. Mais il n'y avait pas quelque chose que je pourrais faire pour elle. Elle était morte. Vous devriez avoir vu son visage. Il était terrible. »

Il l'a tenue pendant longtemps, jusqu'à ce qu'elle ait apaisé vers le bas.

Quand Carmen a parlé, elle a dit à titre d'essai, « David… nous devons aller chez la police ? »

Il a froncé les sourcils. « Ce qui vous voulez dire ? »
Elle combattait l'hystérie. « Bien, elle est terminée, n'est-ce pas?

Rien ne peut la rapporter. Quel bon serait-il pour que me punissent-ils ? Je n'ai pas voulu dire pour le faire. Pourquoi ne pourrions pas nous juste feindre il ne s'est jamais produit ? »

« Carmen, s'ils traçaient jamais… »

« Comment osent-ils ? Il n'y avait personne autour. »
« Que diriez-vous de votre voiture ? Était-elle a
endommagé ? »

« Il y a une bosselure. J'ai dit le préposé de garage que j'ai
frappé un cerf commun. » Elle luttait pour le contrôle.
« David, aucun a vu l'accident…. Savez-vous ce qui
arriverait à moi si elles m'arrêtaient et envoient m'à la
prison ? Je perdrais mes affaires, est-ce que tout j'ai
accumulé toutes ces années, et pour ce qui ? Pour quelque
chose qui est déjà faite ! Elle est terminée ! » Elle a
commencé à sangloter encore.

Il l'a tenue étroitement. « S'sh ! Nous verrons. Nous
verrons. »

Les journaux du matin ont donné à l'histoire un grand jeu.
Ce qui a donné il a ajouté le drame était le fait que la femme
morte avait été sur son chemin à Manhattan d'être marié.
New York Times l'a couvert comme article droit, mais les
nouvelles et le Newsday quotidiens l'ont joué comme drame
de cœur-traction.

Carmen a acheté une copie de chaque journal, et elle est
devenue de plus en plus horrifiée à ce qu'elle avait fait. Son
esprit a été rempli de toutes les Statistiques financière
internationale terribles.

Si je n'étais pas allé au Connecticut pour l'anniversaire de
mon ami….

Si j'étais resté à la maison ce jour…

Si je n'avais eu rien boire. …

Si la femme avait sélectionné les fleurs quelques secondes
plus tôt ou quelques secondes plus tard…

Je suis responsable d'assassiner un autre être humain !
Pensée de Carmen de la peine terrible elle avait causé la
famille de la femme, et la famille de ses fiancés, et elle s'est
sentie malade à son estomac encore.

Selon les journaux, la police demandait l'information de
n'importe qui qui pourrait avoir un indice au sujet de
l'accident avec délit de fuite.

Elle n'a aucune manière de me trouver, pensée de Carmen.
Tout que je dois faire est d'agir comme si rien ne s'est
produit.

Quand Carmen est allée au garage pour sélectionner sa
voiture le lendemain matin, le rouge était là.
« J'ai essuyé le sang outre de la voiture, » il a dit. « Vous
voulez que je fixe la bosselure ? »

Naturellement ! Je devrais avoir pensé à elle plus tôt.
« Oui, svp. »

Le rouge la regardait étrangement. Ou était-ce son
imagination ?

« Scott et moi avons parlé de lui la nuit dernière, » il a dit.

« Elle est drôle, vous savez. Un cerf commun devrait avoir
fait beaucoup plus des dommages. »

Le cœur de Carmen a commencé à battre d'une manière
extravagante. Sa bouche était soudainement si sèche elle a
pu à peine parler. « Elle était… un petit cerf commun. »

Le rouge a incliné la tête laconique. « Doit avoir été vrai
petit. »

Carmen pourrait sentir ses yeux sur elle pendant qu'elle
conduisait hors du garage. Quand Carmen est entrée dans
son bureau, son secrétaire, Cristina, a jeté un coup d'œil à ell
e et a dit, « ce qui est arrivé à vous ? »Carmen a gelé. « Ce
qui… ce qui vous signifient ? »

« Vous semblez chancelant. Laissez-moi t'obtenir du café. »

« Mercis. »

Carmen a marché plus d'au miroir. Son visage a semblé pâle et tiré. Ils vont savoir juste en me regardant ! Cristina est entrée dans le bureau avec une tasse de café chaud.

« Ici. Ceci vous incitera à se sentir mieux. » Elle a regardé Carmen curieusement. « Est tout droit ? »

« Je… j'ai eu un petit accident hier, » Carmen a dit.

« Oh? Était n'importe qui a blessé ? »

Dans son esprit, elle pourrait voir le visage de la femme morte. « Non. Je… j'ai frappé un cerf commun. »

« Que diriez-vous de votre voiture ? »

« Elle est réparée. »

« J'appellerai votre compagnie d'assurance. »

« Oh, non, Cristina, veuillez ne pas faire. »

Carmen a vu le regard étonné en yeux de Cristina. Il était deux jours plus tard que la première lettre est venue :

Chère Mme Rénaux,

Je suis le Président de l'association sauvage de protection des animaux, qui est dans le besoin désespéré. Je suis sûr que vous voudriez nous dépanner. L'organisation a besoin d'argent pour préserver les animaux sauvages. Nous sommes particulièrement intéressés par les cerfs communs. Vous pouvez câbler $50,000 au numéro de compte 804072-A à la banque de Crédit Suisse à Zurich. Je proposerais fortement que l'argent soit là dans les cinq jours suivants.

Il était non signé. Tous les e dans la lettre étaient cassés. Ci-jointe dans l'enveloppe une coupure de journal au sujet de l'accident. Carmen lit la lettre deux fois. La menace était indubitable. Elle était au martyre au-dessus de quoi faire. David avait raison, elle a pensé. Je devrais être allé chez la police. Mais maintenant tout était plus mauvais. Elle était une fugitive. S'ils la trouvaient maintenant, il signifierait la prison et le déshonneur, aussi bien que la fin de ses affaires.

À l'heure du déjeuner, elle est allée à sa banque. « Je veux câbler cinquante mille dollars en Suisse … »

Quand Carmen est arrivé à la maison que soirée, elle a montrée à la lettre à David.

Il était stupéfiez. « Mon Dieu ! » il a dit. « Qui pourrait avoir envoyé ceci ? »

« Personne… personne ne sait. » Elle était tremblement.

« Carmen, quelqu'un sait. »

Son corps contractait. « Il n'y avait personne autour, David ! Je… »

« Attendez une minute. Essayons de figurer ceci. Exactement ce qui s'est produit quand vous êtes revenu à la ville ? »

« Rien. Je… j'ai mis la voiture dans le garage, et… » Elle s'est arrêtée. « Vous avez obtenu une mauvaise bosselure ici, Mme Rénaux. Ressemble à là est sang là-dessus. »

David a vu l'expression sur son visage. « Ce qui ? »

Elle a dit lentement, « Le propriétaire du garage et son mécanicien étaient là. Ils ont vu le sang sur l'amortisseur. Je leur ai dit moi frapper un cerf commun, et eux avons dit qu'il devrait y avoir eu beaucoup plus des dommages. » Elle s'est rappelée autre chose.

« David… »

« Oui ? »

« Cristina, ma secrétaire. Je lui ai dit la même chose. Je pourrais voir qu'elle ne m'a pas cru non plus. Ainsi elle a dû être l'un des trois d'entre eux. »

« Non, » David a dit lentement.

Elle a regardé fixement lui. « Ce qui vous voulez dire ? »

« Asseyez-vous, Carmen, et écoutez moi. Si l'un d'entre eux était méfiant de vous, ils pourraient avoir raconté votre histoire à douzaine personnes. Le rapport de l'accident a été dans tous les journaux. Quelqu'un a remonté deux et deux. Je pense que la lettre était un bluff, vous examinant. C'était une erreur terrible pour envoyer cet argent. »

« Mais pourquoi ? »

« Puisque maintenant ils savent vous êtes-vous coupable, ne voyez-vous pas ? Vous leur avez fourni les preuves qu'ils ont eues besoin. »

« Oh, Dieu ! Ce qui devrais-je fait ? » Carmen a demandé.

David Rénaux était réfléchi pendant un instant. « J'ai une idée comment nous pouvons découvrir qui ces bâtards sont. »

À dix heures le matin suivant, Carmen et David ont été assis dans le bureau de Richard Ginsburg, Vice-Président de la première banque de sécurité de Manhattan.

« Et ce qui peut je faire pour vous, aujourd'hui ? » M. Ginsburg a demandé.

David a dit, « Nous voudrions vérifier un compte bancaire numéroté à Zurich. »

« Oui ? »

« Nous voulons savoir quel compte c'est. »

Ginsburg a frotté ses mains à travers son menton. « Y va-t-il un crime impliqué ? »

David a dit rapidement, « Non ! Pourquoi vous demandez ? »

« Bien, à moins qu'il y ait un certain genre d'activité criminelle, telle que l'argent de blanchissage ou violer les lois de la Suisse ou des Etats-Unis, la Suisse ne violera pas le secret de ses comptes bancaires numérotés. Leur réputation est établie sur la confidentialité. »

« Sûrement, il y a une certaine manière… ? »

« Je suis désolé. J'ai peur pas. »

Carmen et David regardés l'un l'autre. Le visage de Carmen a été rempli avec désespoir.

David s'est levé. « Merci de votre temps. »

« Je suis désolé que je ne pourrais pas vous aider. » Il les a escortés hors de son bureau.

Quand Carmen a conduit dans le garage autour du lequel soirée, ni Scott ni le rouge n'était. Carmen a garé sa voiture, et pendant qu'elle passait le petit bureau, par la fenêtre qu'elle a vu une machine à écrire sur un support. Elle s'est arrêtée, regardant fixement lui, se demandant s'il avait une lettre cassée E. Je dois découvrir, elle a pensé.

Elle a marché plus d'au bureau, a hésité un moment, puis a ouvert la porte et a fait un pas intérieur… pendant qu'elle se déplaçait vers la machine à écrire, Scott soudainement est apparue de nulle part.

« Bonsoir, Mme Rénaux, » il a dit. « Peux je vous aide ? » Elle a tourné autour, effrayé. « Non. Je… j'ai juste laissé ma voiture. Bonne nuit. » Elle s'est dépêchée vers la porte.

« Bonne nuit, Mme Rénaux. »

Pendant le matin, quand Carmen a passé le bureau de garage, la machine à écrire a été allée. Dans son endroit était un PC.

Scott l'a vue regarder fixement lui. « Nice, huh ? J'ai décidé d'introduire cet endroit dans le 20ème siècle. »
Maintenant qu'il peut se permettre le ?

Quand Carmen a dit David à son sujet qu'égalisant, il a dit pensivement, « C'est une possibilité, mais nous avons besoin de preuve. »

Lundi matin, quand Carmen est allée à son bureau, Cristina l'attendait.

« Êtes-vous se sentant mieux, Mme Rénaux ? »

« Oui. Merci. »

« Était hier mon anniversaire. Regardez ce que mon mari m'a obtenu ! » Elle a marché plus d'à un cabinet et a retiré un manteau de vison luxueux. « N'est pas il beau ? »

18

Jennifer Stanley a eu plaisir à avoir Susan en tant que compagne de chambre. Elle était toujours optimiste et amusement et gaie. Elle avait eu un mauvais mariage et n'avait jamais juré pour devenir impliquée avec un homme encore. Jennifer n'était pas sûre la définition de quelle Susan de jamais était, parce qu'elle a semblé être avec un homme différent chaque semaine.

« Les hommes mariés sont le meilleur. » Susan a philosophé.

« Ils se sentent coupables, ainsi ils vous achètent toujours des présents. Avec un homme simple, vous devez se demander que, pourquoi est toujours il choisit ? »

Elle a dit à Jennifer, « Vous ne datent pas n'importe qui, êtes-vous ? »

« Non » Jennifer a pensé aux hommes qui ont eu ont voulu la sortir. « Je ne veux pas sortir juste dans l'intérêt de l'extinction, Susan. Je dois être avec quelqu'un soin d'I vraiment environ. »

« Bien, ayez-moi a obtenu un homme pour vous ! » Susan a dit.

« Vous allez l'aimer ! Son nom est Tom Vogel. Je lui ai dit que tout au sujet de vous, et de lui meurt d'envie de vous rencontrer. »

« Je vraiment ne pense pas… »

« Il vous prendra demain soir à huit heures. »

Tom Vogel était grand, très grand, dans en appeler, manière gauche. Ses cheveux étaient épais et foncés, et son sourire éclaté de manière désarmante car il a regardé Jennifer.

« Susan n'exagérait pas. Vous êtes un coup de grâce ! »

« Merci, » Jennifer a dit. Elle a senti un peu de frisson du plaisir.

« Ayez-vous jamais été à Houston ? »
Il était l'un des restaurants les plus fins à Miami.

« Non » la vérité était qu'elle ne pourrait pas se permettre de manger à Houston. Pas même avec l'augmenter elle avait été donnée.

« Bien, c'est où nous avons une réservation. »

Au dîner, élégant parlé en grande partie au sujet de se, mais Jennifer ne s'est pas occupé. Il était amusant et avec du charme. « Il est vachement magnifique, » Susan avait dit. Et il était.

Le dîner était délicieux. Pour le dessert, Jennifer avait commandé le soufflé de chocolat et Tom a eu la crème glacée. Car ils étaient prolongés au-dessus du café, est-ce que pensée de Jennifer, il va-t-il me demander à son appartement, et s'il fait, j'irai ? Non.

Je ne peux pas faire cela. Pas la première date. Il pensera que je suis bon marché. Quand nous sortons la prochaine fois...

Le contrôle est arrivé. Élégant balayé lui et a indiqué, « Il semble exact. » Il a fait tic tac les articles sur le contrôle. « Vous avez eu le pâté et le homard.... »

« Oui. »

« Et vous ont pris les pommes frites et la salade, et le soufflé, droite ? »

Elle l'a regardé, perplexe. « Qui est exact. ... »

« Correct. » Il a fait une certaine addition rapide. « Votre part de la facture est de cinquante dollars et de quarante cents. »

 Jennifer s'est assise là dans le choc. « Je vous demande pardon ? »

Tom a grimacé. « Je sais l'indépendant vous des femmes sont aujourd'hui. Vous ne laisserez pas des types faites n'importe quoi pour vous, vous ? Là, » il a dit avec magnanimité, « Je prendrai soin de votre part du bout. »

« Je suis désolé qu'il n'ait pas établi. » Susan a fait des excuses. « Il est vraiment un miel. Êtes-vous allant le revoir ? »

« Je ne peux pas me permettre le, » Jennifer a dit amèrement.

« Bien, j'ai quelqu'un d'autre pour vous. Vous aimerez... »

« Non Susan, je vraiment ne veux pas... »

« Faites-confiance moi. »

Paul Raley était un homme à sa fin des années trente et, Jennifer a dû admettre, tout à fait attrayant. Il l'a portée au restaurant de Jennie sur la colline historique de fraise, célèbre pour sa nourriture croate authentique.

« Susan m'a vraiment fait une faveur, » Raley a dit. « Vous êtes très beau. »

« Merci. »

« A fait Susan vous disent que j'ai une agence de publicité ? »

« Non. Elle n'a pas fait. »

« Oh, oui. J'ai une des plus grandes entreprises dans la ville de la Floride. Tout le monde me connaît. »

« Qui est gentil. Je… »

« Nous manipulons certains des plus grands clients dans le pays. »

« Vous faites ? Je ne suis pas… »

« Oh, oui. Nous manipulons des célébrités, banques, importantes affaires, magasins à succursales multiples… »

« Bien, Je… »

« … supermarchés. Vous l'appelez, nous les représentons tous. »

« Qui est… »

« Laissez-moi te dire que j'ai obtenu commencé…. »

Il n'a jamais cessé de parler pendant le dîner, et le seul sujet était Paul Raley.

« Il était probablement simplement nerveux. » Susan a fait des excuses.

« Je peux vous dire, il m'a bien rendu nerveux. S'il y a quelque chose que vous voulez savoir la vie de Paul Raley depuis le jour il était né, demandez-juste moi ! »

« Milles de JIM. »

« Ce qui ? »

« Milles de JIM. Je me suis juste rappelé. Il a employé jusqu'à présent une amie du mien. Elle était absolument folle au sujet de lui. »

« Mercis, Susan, mais non… »

« Je vais l'appeler. »

La nuit suivante, milles de JIM est apparue. Il était regard gentil, et il a eu un bonbon et une personnalité s'engageante. Quand il a marché dans la porte et a regardé Jennifer, dit-il, « Je sachez que les rendez-vous avec une personne inconnue sont toujours difficiles. Je suis plutôt timide moi-même, ainsi je sais vous devez se sentir, Jennifer. »

 Elle l'a aimé immédiatement.

Ils sont allés au restaurant chinois à feuilles persistantes sur l'avenue d'état pour le dîner.

« Vous travaillez pour un cabinet d'architectes. Cela doit exciter. Je ne pense pas que les gens se rendent compte à quel point les architectes importants sont. »

Il est sensible, Jennifer a pensé heureusement. Elle a souri. « Je ne pourrais pas être d'accord avec vous davantage. »

La soirée était délicieuse, et plus qu'ils parlaient, plus la Jennifer l'a aimé. Elle a décidé d'être audacieuse.

« Vous aiment revenir à l'appartement pour un bonnet de nuit ? » elle a demandé.

« Non. Partons de retour à mon endroit. »

« Votre endroit ? »

Il s'est penché en avant et a serré sa main. « Qui est où je garde les fouets et les chaînes. »

Le marcheur d'Alan a possédé un cabinet comptable dans le bâtiment où John, marque et Thomson ont été divisés. Deux ou trois matins par semaine, Jennifer se trouveraient dans l'ascenseur avec lui. Il a semblé un agréable-asse 'homme. Il était dans ses années '30, tranquillement d'une chevelure à l'air intelligent et arénacé, et il a porté les lunettes bordées par noir.

La connaissance a commencé par des signes d'assentiment polis, puis « bonjour, » alors « vous regardez très bien aujourd'hui, » et après quelques mois, « Je me demande si vous voudriez dîner avec moi une certaine soirée ? » Il l'observait passionnément, attendant une réponse.

Jennifer a souri. « Bien. »

C'était amour instantané sur la cloison d'Alan. Leur première date, il a porté Jennifer à EBT, un des restaurants supérieurs à Miami. Il a été évidemment captivé pour être avec elle.

Il lui a dit au sujet de se. « J'étais né juste ici à bon vieux Miami. Mon père était né ici, aussi. Le gland ne tombe pas loin du chêne. Vous savez ce que veux dire je ? »

Jennifer a su ce qu'a voulu dire il.

« J'ai toujours su que j'ai voulu être un comptable. Quand je suis devenu extrascolaire, je suis allé travailler pour Biden & Benson Financial Corporation. Maintenant j'ai ma propre entreprise. »

« Qui est gentil, » Jennifer a dit.

« Qui est au sujet de tous il y a de dire au sujet de moi. Dites-moi au sujet de vous. »

Jennifer était silencieuse pendant un instant. Je suis la fille illégitime d'un des hommes les plus riches au monde. Vous avez probablement entendu parler de lui. Il vient de mourir dans un accident. Je suis une héritière à son domaine. Elle a regardé autour de la salle élégante. Je pourrais acheter ce restaurant, si je voulais à. Je pourrais acheter probablement cette ville entière, si je voulais à.

Henry regardait fixement elle. « Jennifer ? »

« Oh ! Je… je suis désolé. J'étais né à Milwaukee. Mon… mon père est mort quand j'étais jeune. Ma mère et moi avons voyagé dans le pays beaucoup. Quand elle a disparu, j'ai décidé de rester ici et d'obtenir un travail. » J'espère que mon nez ne se développe pas.

Le marcheur d'Alan a mis une remise sien. « Ainsi vous n'avez jamais eu un homme pour prendre soin de vous. » Il s'est penché en avant et a dit sincèrement, « Je voudrais prendre soin de vous pour le reste de votre vie. »

Jennifer l'a regardé dans la surprise. « Je ne veux pas dire pour ressembler à du jour de Doris, mais nous nous connaissons à peine. »

« Je veux changer cela. »

Quand Jennifer est arrivée à la maison, Susan l'attendait. « Bon ? » elle a demandé. « Comment a fait votre date allez ? » Jennifer l'a dit, pensivement, « Est très douce, et… »

« Il est fou au sujet de vous ! »

Jennifer a souri. « Je pense qu'il a proposé. »

Les yeux de Susan élargis. « Vous pensez qu'il a proposé? Mon Dieu ! Vous ne savez pas si l'homme proposé ou pas ? »

« Bien, il a dit qu'il a voulu prendre soin de moi pour le reste de ma vie. »

« Qui est une proposition ! » Susan a hurlé. « Qui est une proposition ! Épousez-le ! Vite ! Épousez-le avant qu'il change d'avis ! »

Jennifer a ri. « Ce qui est la hâte ? »

« Écoutez-moi. Invitez-le ici pour le dîner. Je le ferai cuire, et vous lui dites que vous l'avez fait. »

Jennifer a ri. « Merci. Non. Quand je trouve l'homme que je veux épouser, nous pouvons manger de la nourriture chinoise hors des cartons, mais me croyons, la table de dîner sera admirablement mise avec des fleurs et la lueur d'une bougie. »

La leur date prochaine, Alan a dit, « Vous savez, Miami est un grand endroit à apporter badine. »

« Oui, il est. » Le seul problème de Jennifer était qu'elle n'était pas sûre qu'elle ait voulu élever ses enfants. Il était digne de confiance, convenable, sobre, mais. …

Elle l'a discuté avec Susan.

« Il continue la demande de moi que pour l'épouser, » Jennifer a dit. « À quoi ressemble-t-il ? »

Elle a pensé pendant un instant, essayant de penser aux choses les plus romantiques et les plus passionnantes elle pourrait dire au sujet du marcheur d'Alan. « Il est digne de confiance, sobre, convenable… »

Susan l'a regardée un moment. « En d'autres termes, il est mat. »

Jennifer a dit défensif, « Il n'est pas exactement mat… » Susan a incliné la tête, sciemment. « Il est mat. Épousez-le. »

« Ce qui ? »

« Épousez-le. Il est difficile de trouver de bons maris mats. »

L'obtention d'un jour de paie au prochain était un champ de mines financier. Il y avait des déductions de chèque de règlement, et loyer, et des dépenses d'automobile, et des épiceries, et des vêtements à acheter. Jennifer a possédé

Toyota, et il lui a semblé qu'elle a dépensé plus là-dessus qu'elle a fait sur elle-même. Elle empruntait constamment l'argent à Susan.

Pendant une soirée, quand Jennifer obtenait habillée, Susan a dit,

« C'est une autre grande nuit d'Alan, huh ? Là où est-il vous prenant ce soir ? »

« Nous allons au symphonie Hall. Cleo Laine exécute. »

« Fait proposer vieil Alan encore ? »

Jennifer a hésité. La vérité était qu'Alan a proposé que chaque fois ils aient été ensemble. Elle s'est sentie faite pression sur, mais elle ne pourrait pas s'amener dire oui.

« Ne le perdez pas, » Susan a averti.

Susan a probablement raison, pensée de Jennifer. Le marcheur d'Alan ferait un bon mari. Il est… elle a hésité. Il est digne de confiance, sobre, convenable… est qu'assez ?

Pendant que Jennifer sortait la porte, Susan a appelé, « Peut j'emprunte vos chaussures noires ? »

« Bien sûr. » Et Jennifer a été allée.

Susan est entrée dans la chambre à coucher de Jennifer et a ouvert la porte de cabinet. La paire de chaussures qu'elle a voulues était sur l'étagère supérieure. Pendant qu'elle atteignait pour elles, une boîte en carton qui se reposait périlleux sur l'étagère est tombée vers le bas, et son contenu s'est renversé partout dans le plancher.

« Fichu ! » Susan s'est pliée vers le bas pour recueillir les papiers.

Ils se sont composés des douzaines de coupures de journal, de photographies, et d'articles, et ils étaient tout au sujet de la famille de Robert Stanley. Il a semblé y avoir des centaines d'eux.

Soudainement, Jennifer est venue se dépêchant de nouveau dans la salle. « J'ai oublié le mon... » Elle s'est arrêtée pendant qu'elle voyait les papiers sur le plancher.   « Ce qui sont vous faisant ? »

« Je suis désolé. » Susan a fait des excuses. « La boîte est tombée vers le bas. » Le rougissement, Jennifer s'est pliée vers le bas et a commencé à remettre les papiers dans la boîte.

« Je n'ai eu aucune idée que vous étiez si intéressé par le riche et célèbre, » Susan a dit.
Silencieusement, Jennifer a continué à pousser les papiers dans la boîte.

Car elle a recueilli une poignée de photographies, elle a trouvé un pendentif en forme de cœur de petit or que sa mère lui avait donné avant qu'elle soit morte. Jennifer a mis le pendentif de côté.
Susan l'étudiait, perplexe. « Jennifer ? » « Oui. »

« Pourquoi êtes-vous ainsi intéressé à Robert Stanley ? » « Je ne suis pas. Je... ceci était ma mère. »

Susan a gesticulé. « Correct. » Elle a atteint pour un papier. Il était d'un magazine de scandale, et le titre a attiré son attention : LE BRASSEUR D'AFFAIRES OBTIENT L'INSTITUTRICE PREG DES ENFANTS HORS DE LA MÈRE DE MARIAGE SOUTENUS PAR INSTITUTRICE BÉBÉ ET BÉBÉ DISPARAISSENT !
Susan regardait fixement chez Jennifer, à bouche ouverte.

« Mon Dieu ! Vous êtes fille de Robert Stanley ! »

La bouche de Jennifer serrée. Elle a secoué sa tête et a continué de remettre les papiers.

« N'êtes pas vous ? »

Jennifer s'est arrêtée. « Svp, je ne parlerais plutôt pas de elle, si vous ne vous occupez pas. »

Susan a sauté à ses pieds. « Vous ne parleriez plutôt pas de elle ? Vous êtes la fille d'un des hommes les plus riches au monde, et ne parleriez-vous plutôt pas de lui ? Êtes-vous aliéné ? »

« Susan… »

« Savez-vous combien il a valu ? Milliards. »

« Qui n'a rien à faire avec moi. »

« Si vous êtes sa fille, il a tout à faire avec vous. Vous êtes une héritière ! Tout que vous devez faire est de dire la famille qui vous êtes, et… »

« Non »

« Aucun… ce qui ? »

« Vous ne comprenez pas. » Jennifer s'est levée et est puis descendue vers le bas sur le lit. « Robert Stanley était un homme terrible. Il a abandonné ma mère, elle l'a détesté, et je le déteste. »

« Vous ne détestez pas n'importe qui avec cet beaucoup d'argent. Vous les comprenez. »

Jennifer a secoué sa tête. « Je ne veux pas toute partie de eux. »

« Jennifer, héritières ne vivent pas dans les appartements moches et n'achètent pas des vêtements à la remise, et l'emprunt pour payer le loyer. Votre famille détesterait savoir que vous vivez comme ceci. Ils seraient humiliés. »

« Ils ne savent pas même que je suis vivant. »

« Alors vous devez leur dire. »

« Susan… »

« Oui ? »

« Laissez tomber le sujet. » Susan l'a regardée pendant longtemps. « Sure. Par la manière, vous ne pourriez pas me prêter million ou deux jusqu'au jour de paie, pourraient vous ? »

19

Thomas a continué à être désespéré. Sa commande d'humeur était hors du contrôle. Pour les vingt-quatre dernières heures, il avait composé le numéro à la maison de Connie, et il y avait eu pas de réponse. Avec qui est-elle ? Thomas était au martyre. Que fait-elle ?
Il a pris le téléphone et a composé de nouveau.

Le téléphone a sonné pendant longtemps, et juste comme Thomas était sur le point de raccrocher, il a entendu la voix de Connie.

« Bonjour. »

« Connie ! Comment allez-vous ? »

« Qui est ceci ? »

« C'est Thomas. »

« Thomas ? » Il y avait une pause. « Oh, oui. »

Thomas a senti un élancement de déception.

« Comment allez-vous ? »

« Je vais bien, merci, » Connie a dit.

« Je vous ai dit que j'allais avoir une surprise merveilleuse pour vous. »

« Oui ? » Elle a semblé ennuyeuse.

« Vous vous rappelez ce que vous avez dit à moi au sujet d'aller à St Tropez sur un bel yacht blanc ? »

« Et lui ? »

« Comment vous aimez partir le mois prochain ? »

« Êtes-vous sérieux ? »

« Vous avez parié que je suis. »

« Bien, je ne sais pas. Vous avez un ami avec un yacht ? »

« Je suis sur le point d'acheter un yacht. »

« Vous n'êtes pas sur quelque chose, êtes-vous, juge ? »

« Sur… ? Non, non ! Je suis juste entré dans une certaine somme d'argent. Beaucoup d'argent. »

« St Tropez, huh ? Ouais, cela semble grand. Sure, j'aimerais aller avec vous. »

Thomas a senti un sens de soulagement profond. « Merveilleux ! En attendant, ne font pas… « Il ne pourrait pas s'apporter même penser cela. « Je serai en contact avec vous, Connie. » Il a remplacé le récepteur et s'est assis au bord de son lit. « J'aimerais aller avec vous. » Il pourrait visualiser les deux d'entre eux sur un bel yacht, croisant autour du monde ensemble. Ensemble.

Thomas a pris l'annuaire et s'est tourné vers les Yellow Pages.

Les bureaux de John Alden Yachts, Inc., sont situés sur le quai de message publicitaire de Los Angeles. Le directeur commercial a monté à Thomas pendant qu'il entrait.

« Ce qui peuvent je faire pour vous aujourd'hui, monsieur ? »

Thomas l'a regardé, et a dit en passant, « Je voudrais acheter un yacht. » Les mots ont tombé sa langue.

Le yacht de son père ferait partie probablement du domaine, mais Thomas n'a eu aucune intention de partager un bateau avec son frère et sœur.

« Moteur ou voile ? »

« Je… heu… je ne suis pas sûr. Je veux pouvoir circuler le monde dans lui. »

« Nous parlons probablement le moteur. »

« Il doit être blanc. »

Le directeur commercial regardé lui étrangement.

« Oui, naturellement. Combien grand un bateau vous a eu à l'esprit ? »

Les cieux bleus est de cent quatre-vingts pieds.

« Deux cents pieds. »

Le directeur commercial clignoté.

« Oh. Je vois. Naturellement, un yacht aiment qui serait très cher, M..... heu… »

« Juge Stanley. Mon père était Robert Stanley. »

Le visage de l'homme allumé.

« Le argent n'ai aucun objet, » Thomas a dit.

« Certainement pas ! Bien, juge Stanley, nous allons vous trouver un yacht que chacun enviera. Blanc, naturellement. En attendant, voici un dossier de quelques yachts disponibles. Appelez-moi quand vous décidez par lesquels vous êtes intéressé. »

Billy Stanley pensait aux poneys de polo. Toute sa vie il avait dû monter les poneys de ses amis, mais maintenant il pourrait se permettre d'acheter la ficelle la plus fine au monde. Il était au téléphone, parlant à Nicole Carson.

« Je veux acheter vos poneys, » Billy a dit. Sa voix a été remplie d'excitation. Il a écouté un moment.

« Qui est exact, l'écurie de totalité. Je suis très sérieux. Droite. ... »

La conversation a duré une demi-heure, et quand Billy a remplacé le récepteur, il grimaçait. Il est allé trouver Anita. Elle seul a été assise sur la véranda. Billy pourrait encore voir les contusions sur son visage où il l'avait frappée.

« Anita... »

Elle a recherché, confus. « Oui ? »

« Je dois te parler. Je... je ne sais pas où commencer. » Elle s'est assise là, attendant. Il a pris une respiration profonde.

« Je sais que j'ai été un mari putréfié. Certaines des choses que j'ai faites sont inexcusables. Mais, chouchou, tout ce qui va changer maintenant. Ne voyez-vous pas ? Nous sommes riches. Vraiment riche. Je veux faire tout jusqu'à vous. » Il a pris sa main. « Je vais pour obtenir outre des drogues cette fois. Je suis vraiment. Nous allons avoir toute une vie différente. »

Elle a regardé dans ses yeux, et a dit sans toute tonne, « sont nous, Billy ? »

« Oui. Je promets. Je sais que j'ai dit elle avant, mais cette fois où elle va vraiment fonctionner. J'ai composé mon esprit. Je vais à une clinique quelque part où ils peuvent me guérir. Je veux sortir de cet enfer que j'ai été dedans.

«Anita... » Il y avait de désespoir dans sa voix. « Je ne peux pas la faire sans vous. Vous savez que je ne peux pas.... »

Elle l'a regardé un long temps, et l'a alors bercé dans des ses bras. « Pauvre bébé. Je sais, » elle a chuchoté. « Je sais. Je vous aiderai... »

Il était temps pour Mary Perkins de partir.

Thomas l'a trouvée dans l'étude. Il a fermé la porte.

« J'ai juste voulu vous remercier encore, Mary. »

Elle a souri. « C'a été amusement. J'ai vraiment profité d'un agréable moment. »

Elle a regardé lui malicieusement. « Peut-être je devrais devenir une actrice. »

Il a souri. « Vous seriez bon à lui. Vous avez certainement dupé cette assistance. »

« J'ai fait, n'ai pas fait je ? »

« Voici le reste de votre argent. » Il a pris une enveloppe hors de sa poche. « Et votre billet d'avion de nouveau à San Francisco. »

« Merci. »

Il a regardé sa montre. « Vous devriez obtenir allant. »

« Droit. Je veux juste que vous sachiez que j'apprécie tout. Je veux dire, vous m'obtenez hors de la prison et de toutes. »

Il a souri. « Qui est tout exact. Ayez un bon voyage. »

« Mercis. »

Il l'a observée aller en haut emballer. Le jeu était terminé. Contrôle et échec et mat.

Mary Perkins était en son emballage de finissage de chambre à coucher quand Carmen a marché dedans.

« Salut, Jennifer. J'ai juste voulu… » Elle s'est arrêtée. « Ce qui sont vous faisant ? »

« Je rentre à la maison. »

Carmen l'a regardée dans la surprise. « Tellement bientôt? Pourquoi ? J'étais espérant nous pourrais passer une certaine heure ensemble et devenir au courant. Nous avons tant d'années à rattraper dessus. »

« Bien, une autre fois. »

Carmen s'est assise au bord du lit. « Il est comme un miracle, n'est-ce pas? Se trouvant après tous ces années ? »

Mary est allée dessus de pair avec son emballage. « Ouais. C'est un miracle, bien. »

« Vous devez se sentir comme Cendrillon. Je veux dire, une minute où vous vivez une vie parfaitement moyenne et la minute suivante quelqu'un te remet milliard de dollars. »

Mary a arrêté son emballage. « Ce qui ? »

« J'ai dit… »

« Milliard de dollars ? »

« Oui. Selon la volonté du père, est ce de ce que nous chacun héritons. »

Mary regardait Carmen, stupéfait. « Nous chacun obtenons milliard de dollars ? »

« Ils ne vous ont pas indiqué ? »

« Non, » Mary a dit lentement. « Ils ne m'ont pas indiqué. » Il y avait une expression réfléchie sur son visage. « Vous savez, Carmen, vous avez raison. Peut-être nous devrions devenir mieux au courant. »

Thomas était dans le solarium, regardant des photographies des yachts, quand Damon l'a approché.

« Excusez-moi, juge Stanley. Il y a un appel téléphonique pour vous. »

« Je le prendrai dedans ici. »

C'était Lynda Powell à San Francisco. « Thomas ? »

« Oui. »

« J'ai quelques nouvelles vraiment grandes pour vous ! »

« Oh ? »

« Maintenant que je me retire tôt, comment vous aimez être nommé juge en chef ? »

C'était tout le Thomas a pu faire pour garder de rire nerveusement. « Qui serait merveilleux, Lynda. »

« Bien, il est à vous ! »

« Je… je ne sais pas quoi dire. » Qu'est-ce que je devrais dire ? « Les milliardaires ne s'asseyent pas sur le banc dans un petit salle d'audience à San Francisco, distribuant des phrases aux vêtements manqués du monde » ? Ou « Je serai navigation trop occupée autour du monde sur mon yacht » ?

« Quand pouvez-vous arriver de retour à San Francisco ? »

« Ce sera un moment, » Thomas a dit. « J'ai beaucoup pour faire ici. »

« Bien, nous vous attendrons tout. »

Ne retenez pas votre souffle. « Au revoir. » Il a remplacé le récepteur et a jeté un coup d'œil sur sa montre. Il était temps pour que Mary parte pour l'aéroport. Thomas est allé en haut voir si elle était prête.

Quand il est entré dans la chambre à coucher de Mary, elle déballait sa valise.

Il l'a regardée dans la surprise. « Vous n'êtes pas prêt. »

Elle a regardé lui et a souri. « Non. Je déballe. J'avais pensé, je l'aime ici. Peut-être je devrais rester pendant quelque temps. »

Il a froncé les sourcils. « De que parlez-vous ? Vous attrapez un avion à San Francisco. »

« Il y aura un autre avion le long, juge. » Elle a grimacé. « Peut-être j'achèterai même mes propres moyens. »

« Ce qui sont vous disant ? »

« Vous m'avez dit vous avez voulu que je vous aidasse à jouer une petite plaisanterie sur quelqu'un. »

« Oui ? »

« Bien, la plaisanterie semble être sur moi. Je vaux milliard de dollars. »

L'expression de Thomas durcie. « Je veux que vous sortiez d'ici. Maintenant ! »

« Faites-vous ? Je pense que j'irai quand je suis prêt, » Mary ai dit. « Et moi ne suis pas prêts. »

Thomas s'est tenu là, l'étudiant. « Ce qui… ce qui est lui vous voulez ? »

Elle a incliné la tête : « Qui est meilleur. Milliard de dollars que je suis censé obtenir. Vous prévoyiez de le garder pour vous-même, droit ? J'ai figuré que vous tiriez une petite escroquerie pour reprendre une certaine somme d'argent supplémentaire, mais milliard de dollars ! C'est un jeu de boule différente. Je pense que je mérite une part de cela. »
Il y avait un coup à la porte de chambre à coucher. « Excusez-moi, » Damon a dit. « Le déjeuner est servi. » Mary s'est tournée vers Thomas.

« Vous allez le long. Je ne vous joindrai pas. J'ai quelques courses importantes à la course. »

Plus tard que l'après-midi, paquets a commencé à arriver à la colline de Rose. Il y avait des boîtes des robes d'Armani, des vêtements de sport de la boutique de Stacy, de la lingerie du marais de la Jordanie, d'un manteau de sable de Newman David, et d'un bracelet de diamant de Cartier. Tous les paquets ont été adressés à Mlle Jennifer Stanley.

Quand Mary a marché dans la porte à quatre trente, Thomas attendait pour la confronter, furieux.

« Ce qui vous pensent vous faites ? » il a exigé. Elle a souri. « J'ai eu besoin de quelques choses. Après tout, votre sœur doit être bien habillée, n'est-ce pas ? Elle stupéfie combien de crédit un magasin te donnera quand vous êtes Stanley. Vous prendrez soin des factures, pas vous ? »

« Jennifer… »

« Mary. » Elle l'a rappelé. « Par la manière, j'ai vu les images des yachts sur la table. Êtes-vous planification pour acheter un ? »

« Qui est rien vos affaires. »

« Ne soyez pas trop sûr. Peut-être vous et moi prendrez une croisière. Nous appellerons le yacht Mary. Ou devrions-nous l'appeler Jennifer ? Nous pouvons circuler le monde ensemble. Je n'aime pas être seul. »

Thomas a pensé pendant un instant. « Il semble que je vous ai sous-estimé. Vous êtes une jeune femme très intelligente. »

« Venir de vous, celui est un grand compliment. »

« J'espère que vous êtes également une jeune femme raisonnable. »

« Qui dépend. Ce qui vous appelle raisonnable ? »

« Un million de dollars. Argent liquide. »

Son cœur a commencé à battre plus rapidement. « Et je peux garder les choses que j'ai achetées aujourd'hui ? »

« Tous. »

Elle a pris une respiration profonde. « Vous avez une affaire. »

« Bon. Je t'obtiendrai l'argent aussi rapidement que je peux. Je retournerai à San Francisco pendant les prochains jours. » Il a pris une clé de sa poche et la lui a remise. « Voici la clé à ma maison. Je veux que vous restiez là et m'attendiez. Et ne parlez pas : à n'importe qui. »

« Bien. » Elle a essayé de cacher son excitation. Peut-être je devrais avoir demandé plus, elle a pensé.

« Je vous réserverai sur le prochain avion hors d'ici. »

« Que diriez-vous des choses j'ai acheté… ? »

253

« Je les aurai envoyées dessus à vous. »

« Bon. Hé, nous chacun des deux sommes sortis de ce grand, n'avons pas fait nous ? »

Il a incliné la tête. « Oui. Nous avons fait. »

Thomas a porté Mary à l'aéroport international pour la voir autre de.

À l'aéroport, elle a dit, « Qu'allez-vous dire aux autres ? Au sujet de mon partir, je veux dire. »

« Je leur dirai que vous avez dû aller visite un ami très bon qui est devenus malade, un ami en Amérique du Sud. »

Elle l'a regardé d'un air triste et rêveur. « Voulez-vous connaître quelque chose, juge ? Que le voyage de plaisance aurait été amusement. »

Au-dessus du haut-parleur, son vol s'appelait.

« Qui est moi, je devine. »

« Ayez un vol gentil. »

« Mercis. Je vous verrai à San Francisco. »

Thomas l'a observée entrer dans le terminal de départs et s'est tenue là, attendant jusqu'à ce que l'avion ait décollé. Alors il a retourné à la limousine et a dit au chauffeur, « air de Bell. »

Quand Thomas est arrivé de retour à la maison, il est allé directement à sa pièce et a appelé Chief Judge Lynda Powell.

« Nous sommes tous qui vous attendent, Thomas. Quand revenez-vous ? Nous prévoyons une petite célébration dans votre honneur. »

« Très bientôt, Lyn, » Thomas a dit. « En attendant, je pourrais employer votre aide avec un problème que j'ai couru dans. »

« Certainement. Ce qui peux-je faire pour vous ? »

« Il est au sujet d'un criminel que j'ai essayé d'aider. Mary Perkins. Je crois que je vous ai dit au sujet d'elle. »

« Je me rappelle. Quel est le problème ? »

« La pauvre femme s'est trompée dans croyant elle est ma sœur. Elle m'a suivi à Los Angeles et a essayé de m'assassiner. »

« Mon Dieu ! C'est terrible ! »

« Elle est sur son chemin de nouveau à San Francisco maintenant, Lynn. Elle a volé la clé à ma maison, et je ne sais pas ce qu'elle prévoit de faire après. La femme est une folle dangereuse. Elle a menacé de tuer ma famille entière. Je la veux ai investi dans San Francisco l'installation sanitaire mentale. Si vous m'enverrez les papiers d'engagement, je la signerai. J'assurerai ses examens psychiatriques moi-même. »

« Naturellement. Je prendrai soin de lui immédiatement, Thomas. »

« Je l'apprécierai. Elle est sur le vol 307 d'United Airlines. Il arrive à huit quinze ce soir. Je propose que vous ayez des personnes là à l'aéroport pour la prendre. Dites-leur d'être soigneux. Elle devrait être mise dans la sécurité maximum à San Francisco, et n'être permise aucun visiteur. »

« J'y veillerai. Je suis désolé que vous ayez dû passer par ceci, Thomas. »

Il y avait un haussement d'épaules en voix de Thomas. « Vous savez ce qu'ils disent, Lyn : « Aucun bon contrat, n'importe comment petit, va impuni. » «

Au dîner que la soirée, Carmen à demandé, « n'est pas Jennifer nous joignant ce soir ? »

Thomas a dit avec regrets, « malheureusement, non. Elle m'a demandée de dire au revoir à tout le vous. Elle est allée

255

prendre soin d'un ami en Amérique du Sud qui a eu une course. Elle était plutôt soudaine. »

« Mais la volonté n'a pas été… »

« Jennifer m'a donné son mandat et veut que j'assure sa part pour entrer dans un fonds en fidéicommis. »

Un employé a placé un bol de ragout de palourde de Los Angeles devant Thomas.

« Ab, » il a dit. « Ce semblé délicieux ! Je suis ce soir affamé. »

Le vol 307 d'United Airlines faisait son approche finale à l'aéroport international de LAX dans les délais. Une voix métallique est venue le haut-parleur. « Mesdames et messieurs, vous attacheriez vos ceintures de sécurité, svp ? »

Mary Perkins avait apprécié le vol énormément. Elle avait dépensé le plus souvent rêver de ce qu'était-elle allé faire avec million de dollars et tous les vêtements et bijoux elle avait acheté. Et tous parce que j'ai été éclaté ! N'est pas qu'un coup-de-pied !

Quand l'avion a débarqué, Mary a recueilli les choses qu'elle avait continué le conseil et avait commencé à descendre la rampe. Un steward (hôtesse de l'air) resté directement derrière elle. Près de l'avion étaient une ambulance, flanquée de deux infirmiers dans des vestes blanches, et un docteur. Le steward (hôtesse de l'air) les a vus et a indiqué Mary. Pendant que Mary faisait un pas outre de la rampe, un des hommes l'a approchée.

« Excusez-moi, » il a dit.

Mary a regardé lui. « Oui ? »

« Êtes-vous Mary Perkins ? »

« Pourquoi, oui. Ce qui est… ? »

« Je suis Dr. Zimmerman. » Il a pris son bras. « Nous voudrions que vous veniez avec nous, svp. » Il a commencé à la mener vers l'ambulance.

Mary a essayé de lancer loin. « Attendez une minute ! Ce qui est vous faisant ? »

Les deux autres hommes s'étaient déplacés à l'un ou l'autre de côté d'elle pour tenir ses bras.

« Juste venu le long tranquillement, Mlle Perkins, » le docteur a dit. « Aide ! » Mary a crié. « Aidez-moi ! »

Les autres passagers se tenaient là, baillant.

« Quel est le problème avec tout le vous ? » Mary a hurlé. « Êtes-vous aveugle ? Je suis enlevé ! Je suis Jennifer Stanley ! Je suis fille de Robert Stanley ! »

« Naturellement, vous êtes, » Dr. Zimmerman a dit avec douceur. « Calmez juste vers le bas. »

Les observateurs observés dans l'étonnement comme Mary ont été portés dans le dos de l'ambulance, donnant un coup de pied et criant.

À l'intérieur de l'ambulance, le docteur a sorti une seringue et a pressé l'aiguille dans le bras de Mary.   « Détend, » il a dit. « Tout va être tout exact. »

« Vous devez être fou ! » Mary a dit. « Vous devez être… » Elle des yeux a commencé à tomber.

Les portes d'ambulance fermées, et l'ambulance ont expédié loin.

Quand Thomas a obtenu le rapport, il a ri fort. Il pourrait visualiser le salaud étant porté. Il assurerait elle à maintenir dans une installation sanitaire mentale pour le reste de sa vie. Maintenant le jeu est vraiment plus de, il a pensé. Je l'ai fait !

Le vieil homme se retournerait dans sa tombe s'il avait toujours un, s'il savait que j'obtenais le contrôle des entreprises de Stanley. Je donnerai à Connie tout qu'elle a jamais rêvé de. Parfait. Tout était parfait. Les événements du jour avait rempli Thomas d'excitation sexuelle. J'ai besoin du soulagement. Il a ouvert sa valise et, de derrière de elle, a sorti une copie du carnet d'adresses de quetsche. Il y avait beaucoup de barres énumérées à Los Angeles. Il a choisi la bande de coucher du soleil. Je sauterai le dîner. J'irai directement au club. Et alors il a pensé ce qui une surprise !

Jennifer et Susan obtenaient habillées pour aller travailler. Susan a demandé,

« Allait comment votre date avec Henry la nuit dernière ? »

« Scott. »

« Qui le mauvais, huh ? Les bans de mariage ont été signalés encore ? »

« Dieu, interdisent ! » Jennifer a dit. « Henry est doux, mais… »

Elle a soupiré. « Il n'est pas pour moi. »

« Il ne pourrait pas être, » Susan a dit, « mais ceux-ci sont pour vous. » Elle a remis à Jennifer cinq enveloppes.

Elles étaient toutes les factures. Jennifer les a ouvertes. Trois d'entre eux étaient EN RETARD divisé et un autre était le TROISIÈME AVIS divisé. Jennifer les a étudiés un moment.

« Susan, je me demande si vous pourriez me prêter…. »

Susan l'a regardée dans la stupéfaction. « Je ne vous comprends pas. »

« Ce qui vous voulez dire ? »

« Vous travaillez comme 'un esclave d'office, vous ne pouvez pas payer vos factures, et tout que vous devez faire est de soulever votre auriculaire et vous pourriez fournir quelques million de dollars, plus ou moins certains changez. »

« Ce n'est pas mon argent. »

« Naturellement c'est votre argent ! » Susan s'est cassée. « Robert Stanley était votre père, n'est-ce pas ? Ergo, vous avez droit à une part de son domaine. Et je n'emploie pas le mot ergo très souvent. »

« Oubliez-le. Je t'ai dit qu'il a traité ma mère. Il ne m'aurait pas laissé un dixième de dollar. »

Susan a soupiré. « Fichu ! Et j'attendais avec intérêt de vivre avec un millionnaire ! »

Ils ont marché vers le bas au parking où ils ont gardé leurs voitures. L'espace de Jennifer était vide. Elle a regardé fixement lui dans le choc. « Il a disparu ! »

« Êtes-vous sure que vous avez garé votre voiture ici la nuit dernière ? » Susan a demandé.

« Oui. »

« Quelqu'un l'a volée ! »

Jennifer a secoué sa tête. « Non, » elle a dit lentement.

« Ce qui vous voulez dire ? »

Elle a tourné pour regarder Susan. « Ils doivent l'avoir acquise à nouveau. Je suis trois paiements derrière. »

« Merveilleux, » Susan a dit blanc. « Qui est simplement merveilleux. »

Susan ne pouvait pas obtenir la situation de son compagnon de chambre hors de son esprit. Il est comme un conte de fées, pensée de Susan. Une princesse qui ne la connaît pas est une princesse. Seulement dans ce cas, elle le connaît, mais elle est trop fière de faire n'importe quoi à son sujet. Il n'est pas juste ! La famille a tous ce que l'argent, et elle n'a rien. Bien, si elle ne fera pas quelque chose à son sujet, le puits de rien d'I va le faire. Elle me remerciera de lui.

Qu'égalisant, après que Jennifer soit sortie, Susan a examiné la boîte de coupures encore. Elle a sorti un article de journal récent mentionnant que les héritiers de Stanley avaient retourné à l'air de Bell pour les funérailles.

Si la princesse n'ira pas chez elles, pensée de Susan, elles vont venir chez la princesse.

Elle s'est assise et a commencé à écrire une lettre. Elle a été adressée pour juger Thomas Stanley.

20

Thomas Stanley a signé les papiers d'engagement mis-teintez Mary Perkins à l'installation sanitaire mentale de San Francisco. Trois psychiatres ont été requis d'être d'accord sur l'engagement, mais Thomas a connu c'il serait facile pour lui manipuler que.

Il a passé en revue tout ce qu'il avait fait dès le début, et décidé qu'il n'y avait eu aucune faille dans sa stratégie. Donald avait disparu en Australie, et Mary Perkins avait été débarrassée. Cela a laissé des ruisseaux de Henry, mais il ne serait aucun problème. Chacun a eu un talon d'Achille, et sienne était sa famille stupide. Non, ruisseaux ne parlera jamais parce qu'il ne pourrait pas soutenir la pensée de passer sa vie en prison, à partir de son cher.

La volonté minutieuse validation, je reviendrai à San Francisco et prendrai Connie. Peut-être nous achèterons même une maison dans le de St Tropez. Il a commencé à obtenir réveillé à la pensée. Nous naviguerons autour du monde dans mon yacht. J'ai ai toujours voulu voir Venise… et Positano… et Capri…Nous irons sur le safari au Kenya, et voyons le Taj Mahal ensemble dans le clair de lune. Et est-ce qu'qui je dois tout ceci ? Au papa. Cher vieux papa.

« Vous êtes un salaud, Thomas, et vous serez toujours. Je ne sais pas l'enfer quelque chose comme vous est venu de mes échines… »

Bien, qui a le dernier rire maintenant, père ?

Thomas est allé en bas joindre son frère et sœur pour le déjeuner. Il avait faim encore.

« C'est vraiment dommage Jennifer ait dû laisser tellement rapidement, » Carmen a dit. « Je voudrais avoir dû connaître son meilleur. »

« Je suis sûr qu'elle prévoit de retourner dès qu'elle pourra, » David a dit.

C'est certainement vrai, pensé de Thomas. Il s'assurerait qu'elle n'est jamais sortie.

L'entretien tourné à l'avenir.

Anita a dit, avec précaution, « Billy va acheter un groupe de poneys de polo. »

« Ce n'est pas un groupe ! » Billy s'est cassé. « C'est une ficelle. Une ficelle des poneys de polo. »

« Je suis désolé, chouchou. I juste… »

« Oubliez-la ! »

Thomas a dit à Carmen, « ce qui sont vos plans ? »

« … nous comptons sur votre autre appui…. Nous l'apprécierions si vous déposeriez 1 million de dollars d'États-Unis… dans les dix jours suivants. »

« Carmen ? »

« Oh. Je vais… augmenter les affaires. Je les ateliers ouverts à Londres et à Paris. »

« Cela semble passionnant, » Anita a dit.

« J'ai une exposition à New York en deux semaines. Je dois courir vers le bas là et l'obtenir prêt. »

Carmen a regardé plus de Thomas. « Ce qui sont vous allant faire avec votre part du domaine ? »

Thomas a dit avec piété, « Charité, en grande partie. Il y a tant de dignes organismes qui ont besoin de l'aide. »

Il était écouter seulement demi la conversation à la table. Il a regardé autour de la table son frère et sœur. Si elle n'était pas pour moi, vous n'obtiendriez rien. Rien !

Il a tourné pour regarder Billy. Son frère était devenu un intoxiqué de dopant, gâchant sa vie. L'argent ne l'aidera pas, pensée de Thomas. Il l'achètera seulement plus de dopant. Il s'est demandé où Billy obtenait la substance.

Thomas s'est tourné vers sa sœur. Carmen était intelligente et réussi, et elle avait tiré le meilleur de ses talents. David a été assis à côté d'elle, disant une anecdote d'une manière amusante à Anita. Il est attirant et avec du charme. Et alors il y avait d'Anita. Il a pensé à elle en tant que pauvres Anita. Pourquoi elle a accepté Billy était au delà de lui. Elle doit l'aimer beaucoup. Elle certainement n'a rien hors de son mariage. Il s'est demandé ce que les expressions sur leurs visages seraient s'il se levait et disait,   « Moi commandent des entreprises de Stanley. J'ai eu notre père assassiné, son corps a creusé, et j'ai engagé quelqu'un pour personnifier notre demi-sœur. » Il a souri à la pensée. C'était participation difficile par secret aussi délicieux que celui qu'il a eu.

Après le déjeuner, Thomas est allé à sa pièce d'appeler Connie encore. Il n'y avait pas de réponse. Elle est avec quelqu'un, pensée de Thomas, désespérément. Elle ne me croit pas au sujet du yacht. Bien, je le prouverai à elle !

Quand ce rien aller va-t-il lieu validation ? Je devrai appeler Harold, ou ce jeune avocat, George Brown.

Il y avait un coup à la porte. Damon s'est tenu là. « Excusez-moi, juge Stanley. Une lettre est arrivée pour vous. » Probablement de Lynda Powell, me félicitant.

« Merci, Damon. » Il a pris l'enveloppe. Elle a eu une adresse de retour de Miami. Il a regardé elle un moment, a déconcerté fixement, puis ouvert lui et a commencé à lire la lettre.

Cher juge Stanley :

  Je pense que vous devriez savoir que vous avez une demi-sœur appelée Jennifer. Elle est la fille de Rosa Newman et votre père. Elle habite ici à Miami. Son adresse est 45Nw le 25ème l'avenue, Appartement # 3A, Miami, la Floride.

  Je suis sûr que Jennifer serait la plus heureuse d'avoir de vos nouvelles.

  Bien à vous,

    Un ami

Thomas a regardé fixement la lettre incroyable, et il a senti un froid. « Non ! » il a pleuré à haute voix. « Non ! » Je ne l'aurai pas ! Pas maintenant ! Peut-être elle est un faux. Mais il a eu un sentiment terrible que cette Jennifer était véritable. Et maintenant la femelle vient en avant pour réclamer sa part du domaine ! Ma part. Thomas s'est corrigé. Elle n'appartient pas à elle. Je ne peux pas la laisser venir ici. Elle ruinerait tout. Je devrais expliquer l'autre Jennifer, et… il a frissonné. « Non ! » Je dois l'avoir en considération pris. Rapide. Il a atteint pour le téléphone et a composé le numéro des ruisseaux de Henry.

21

Il avait gardé la sortie curieuse tandis que le docteur faisait son examen. Maintenant il regarde le docteur. Le dermatologue a secoué sa tête. « Je n'ai vu des cas semblables au vôtre, mais jamais un ce mauvais. »

Les ruisseaux de Henry se sont grattés la main et ont incliné la tête.

« Vous voyez, M. Brooks, nous avez été confronté avec trois possibilités. Votre démanger pourrait avoir été provoqué par un champignon, une allergie, ou ce pourrait être neuro- dermatite. La peau éraflant que j'ai prise de votre main et ai mis sous le microscope m'ai prouvé que ce n'était pas un champignon. Et vous avez dit que vous n'avez pas manipulé des produits chimiques sur le travail... »

« Qui est exact. »

« Ainsi, nous l'avons rétréci vers le bas. Ce que vous avez est chroniques recto de lichen, ou neuro- dermatite localisé. »

« Cela semble terrible. Y a-t-il quelque chose que vous pouvez faire à son sujet ? »

« Heureusement, il y a. » Le docteur a pris un tube d'un coffret dans un coin du bureau et l'a ouvert. « Est votre main démangeant maintenant ? »

Ruisseaux de Henry rayés encore. « Oui. Elle se sent comme elle est sur le feu. »

« Je veux que vous frottiez une partie de cette crème sur votre main. »

Les ruisseaux de Henry ont serré une partie de la crème et ont commencé à la frotter dans sa main. Elle était comme un miracle.

« Démanger s'est arrêté ! » Brooks a dit.

« Bon. Employez cela, et vous n'aurez plus de problèmes. »

« Merci, docteur. Je ne peux pas te dire ce qu'est un soulagement ceci. »

« Je te donnerai une prescription. Vous pouvez prendre le métro avec vous. »

« Merci. »

Conduisant à la maison, les ruisseaux de Henry chantaient à haute voix. Il était la première fois puisqu'il avait rencontré le juge Thomas Stanley que sa main n'avait pas démangé. C'était un sentiment merveilleux de libre• les DOM. Sifflant toujours, il a tiré dans le garage et est entré dans la cuisine. Hélène l'attendait.

« Vous avez eu un appel téléphonique, » elle a dit.

« M. Jones. Il a dit qu'il était urgent. »

Sa main a commencé à démanger.

Il avait blessé certains, mais il l'avait faite pour l'amour de ses enfants. Il avait commis quelques crimes, mais il était pour la famille. Les ruisseaux de Henry n'ont pas cru qu'il a vraiment eu été fautif. C'était différent. C'était un froid meurtre sang.

Quand il avait renvoyé l'appel téléphonique, il avait protesté. « Je ne peux pas faire cela, juge. Vous devrez trouver quelqu'un d'autre. »

Il y avait eu un silence. Et puis,

« Va comment la famille ? »

Le vol vers Miami était calme. Le juge Stanley lui avait donné des instructions détaillées. « Son nom est Jennifer Stanley. Vous avez son adresse et nombre d'appartement. Elle ne vous attendra pas. Tout que vous devez faire est d'aller là et de la manipuler. »

Il a pris un taxi de l'aéroport de Miami à Miami du centre.

« Beau jour, » le chauffeur de taxi a dit. « Ouais. »

« Où a fait vous entrez de ? »

« New York. Je vis ici. »

« Endroit agréable à vivre. »

« Est Sure. J'ai un petit travail de réparation à faire autour de la maison. Vous me laisseriez tomber à un magasin de matériel ? »

« Droit. »

Cinq minutes plus tard, les ruisseaux de Henry indiquaient à un commis dans le magasin, « J'ai besoin d'un couteau de chasse. »

« Nous avons juste la chose, monsieur. Vous venez de cette façon, svp ? »

Le couteau était une chose de beauté, environ six pouces de long, avec une extrémité aiguë pointue et des bords dentelés.

« Ceci font ? »

« Je suis sûr qu'il, » Henry Brooks a dit.

« Qui soit argent liquide ou charge ? »

« Argent liquide. »

Son prochain arrêt était à un magasin de papeterie. Les ruisseaux de Henry ont étudié l'immeuble 45 à l'avenue de nano watt 25èmes, à l'Appartement # au 3A à Miami pour cinq minutes, sorties de examen et entrées. Il est parti et est retourné à huit P.M., quand il a commencé à obtenir l'obscurité. Il a voulu s'assurer que si Jennifer Stanley avait un travail, elle serait à la maison du travail. Il avait noté que l'immeuble n'a eu aucun portier. Il y avait un ascenseur, mais il a pris les escaliers. Il n'était pas futé pour être dans de petits endroits inclus. Ils étaient des pièges. Il a atteint le troisième plancher. L'appartement 3B était en bas du hall du côté gauche. Le couteau a été attaché du ruban adhésif dans la poche intérieure de sa veste. Il a sonné la sonnette. Un moment plus tard, la porte s'est ouverte, et il s'est trouvé faire face à une femme attirante.

« Bonjour. » Elle a eu un sourire gentil. « Peux je vous aide ? »

Elle était plus jeune qu'il avait prévu, et il s'est demandé pourquoi le juge que Stanley l'a voulue a tué.

Bien, c'est rien mes affaires. Il a sorti une carte et la lui a remise.

« Je suis avec le C.A. Nielsen Company, » il a dit sans à-coup. « Nous n'avons pas la famille l'une des de Nielsen dans ce secteur, et nous recherchons les personnes qui pourraient être intéressées. »

Elle a secoué sa tête. « Non, merci. » Elle a commencé à fermer la porte.

« Nous payons cent dollars par semaine. » La porte restée demi s'ouvre.

« Cent dollars par semaine ? »

« Oui, Madame. »

 La porte était grande ouverte maintenant.

« Tout que vous devez faire est record les noms des programmes vous observez. Nous te donnerons un contrat pendant une année. »

Cinq mille dollars ! « Entré, » elle a dit. Il est entré dans l'appartement.

« Asseyez-vous, M..... »

« John. John Kimbal. »

« M. John. Comment vous vous êtes avéré justement me choisir ? »

« Notre société fait la vérification aléatoire. Nous devons nous assurer que rien les personnes est impliquée dans la télévision de quelque façon, ainsi nous pouvons maintenir notre enquête précise. Vous n'avez pas n'importe quelle connexion avec tous les programmes ou réseaux de production de télévision, vous font ? »

Elle a ri. « Ça alors, non. Ce qui je devrais faire exactement ? »

« Il est vraiment très simple. Nous te donnerons un diagramme avec tous les programmes télévisés énumérés là-dessus, et tout que vous devez faire est de faire un contrôle chaque fois que vous observez un programme. De cette façon notre ordinateur peut figurer combien de visionneuses chaque programme a. La famille de Nielsen est dispersée autour des Etats-Unis, ainsi nous obtenons une image claire dont les expositions sont populaires dans quels secteurs et avec qui. Vous seriez intéressé ? »

« Oh, oui. »

Il a sorti quelques formes imprimées et un stylo. « Combien d'heures par jour vous font pour regarder la télévision ? »

« Pas un grand nombre. Je travaille toute la journée. »

« Mais vous regardez une certaine télévision ? »

« Oh, certainement. J'observe les nouvelles la nuit, et parfois un vieux film. J'aime Larry King. »

Il a fait une note. « Vous regardez la télévision beaucoup éducative ? »

« J'observe PBS le dimanche. »

« Par la manière, vous seul vivez ici ? »

« J'ai un compagnon de chambre, mais elle n'est pas ici. » Ainsi ils étaient seuls.

Sa main a commencé à démanger. Il a commencé à atteindre dans le sien la poche d'intérieur à inexploité le couteau. Il a entendu des pas dans le hall dehors. Il s'est arrêté.

« Vous a fait pour me dire obtiennent cinq mille dollars par an juste pour faire ceci ? »

« Qui est exact. Ah, j'ai oublié de mentionner. Nous te donnons également une nouvelle couleur le poste TV. »

« Qui est fantastique ! »

Les pas ont été allés. Il a atteint à l'intérieur de sa poche encore et a senti la poignée du couteau. Est-ce que « je pourrais avoir un verre de l'eau, svp ? C'a été une longue journée. »

« Certainement. » Il l'a observée se lever et fait un saut à la petite barre dans l'arrivant. Il a glissé le couteau hors de sa gaine et s'est relevé derrière elle.

Elle disait, « Mes montres PBS de compagnon de chambre davantage que moi fais. »

Il a soulevé le couteau, préparent pour frapper.

« Mais Jennifer plus intellectuelle que moi suis. » La main de Baker congelée dans l'entre le ciel et la terre. « Jennifer ? »

« Mon compagnon de chambre. Ou elle était. Elle est allée. J'ai trouvé qu'une note quand je suis arrivé à la maison disant qu'elle avait laissé et n'a pas su quand elle serait... » Elle a tourné autour, tenant le verre de l'eau, et ai vu le couteau levé dans sa main. « Ce qui... ? »

Elle a crié.

Ruisseaux de Henry tournés et sauvés. Les ruisseaux de Henry ont téléphoné à Thomas Stanley.

« Je suis dans la ville de la Floride, mais la fille est allée. »

« Ce qui vous signifient, allé ? »

« Son compagnon de chambre dit qu'elle est partie. »

Il était silencieux pendant un instant. « J'ai un sentiment qu'elle s'est dirigé pour Los Angeles. Je veux que vous vous leviez ici immédiatement. »

« Oui, monsieur. »

Thomas Stanley a claqué en bas du récepteur et a commencé à arpenter. Tout était allé tellement parfaitement ! La fille a dû être trouvée et débarrassée. Elle était un danger public. Même après qu'il a reçu le contrôle du domaine, Thomas a su qu'il ne reposerait pas facile tant que elle était vivante. Je dois la trouver, pensée de Thomas. Je dois ! Mais où ?

Damon est entré dans la salle. Il a semblé perplexe. « Excusez-moi, juge Stanley. Il y a une Mlle Jennifer Stanley ici pour vous voir. »

22

C'était en raison de Carmen que Jennifer a décidé d'aller à Los Angeles. Retournait du déjeuner pendant un jour, Jennifer a passé des boutiques de robes exclusives, et dans la fenêtre une conception originale par Carmen. Jennifer l'a regardée pendant longtemps. C'est ma sœur, pensée de Jennifer. Je ne peux pas la blâmer de ce qui est arrivé à ma mère. Et je ne peux pas blâmer mes frères. Et soudainement elle a été remplie de désir maîtrisant de les voir, pour les rencontrer, pour leur parler, pour avoir une famille enfin.

Quand Jennifer est revenue au bureau, elle a dit à Thomson qu'elle serait allée pendant quelques jours. Gênée, elle a dit, « Je me demande si je pourrais avoir une avance sur mon salaire ? » Thomson a souri. « Sûr. Vous avez venir avance de vacances. Ici. Profitez d'un agréable moment. »

Est-ce que je profiterai d'un agréable moment ? Jennifer s'est demandée. Ou est-ce que je suis faisant une erreur terrible ?

Quand Jennifer est retournée à la maison, Susan n'était pas arrivée encore. Je ne peux pas l'attendre, Jennifer ai décidé. Si je ne vais pas maintenant, je n'irai jamais. Elle a emballé sa valise et a laissé une note. Sur le chemin vers le terminus de bus, Jennifer a eu des doutes.

Qu'est-ce que je fais ? Pourquoi est-ce que j'ai pris cette décision soudaine ? Alors elle a pensé ironiquement, soudain ? Cela m'a pris quatorze ans ! Elle a été remplie d'énorme sens d'excitation. À quoi ressemblait sa famille allant être ? Elle a su qu'un de ses frères était un juge, l'autre était une joueuse célèbre de polo, et sa sœur était un concepteur célèbre. C'est une famille des accomplisses, pensée de Jennifer, et qui suis-je ? J'espère qu'ils ne regardent pas vers le bas sur moi. Simplement pensant à ce qu'étendu en avant a fait le cœur de Jennifer sauter un battement. Elle a monté à bord d'un autobus de lévrier et était sur son chemin.

Quand l'autobus est arrivé à la station du sud à Los Angeles, Jennifer a trouvé un taxi.

«À où, dame ? » le conducteur demandé.

Et Jennifer a complètement perdu son nerf. Elle avait eu l'intention de dire, « Air de Bell. » Au lieu de cela, elle a dit, « Je ne sais pas. »

Le chauffeur de taxi a tourné autour pour la regarder. « Gee, je ne sais pas, non plus. »

« Pourriez-vous juste conduire autour ? Je n'ai jamais été à Los Angeles avant. »

Il a incliné la tête. « Sûr. »

Ils ont conduit à l'ouest le long de la rue principale jusqu'à ce qu'ils aient atteint le centre ville de Los Angeles.

Le conducteur a dit, « C'est le parc public le plus ancien aux Etats-Unis. Ils l'employaient pour des suspendez. »

Et Jennifer pourrait entendre la voix de sa mère. « J'avais l'habitude de porter les enfants au parc pendant l'hiver au patin de glace. Billy était un athlète naturel. Je souhaite que vous puissiez l'avoir rencontré, Jennifer. Il était un garçon si beau. J'ai toujours pensé qu'il allait être le réussi dans la famille. » Il était comme si sa mère étaient avec elle, partageant ce moment.

Ils avaient atteint la rue de Charles, l'entrée au jardin public. Le conducteur a dit, « Voir les ces canetons en bronze? Croyez-le ou pas, ils ont tous les noms obtenus. »

« Nous avions l'habitude d'avoir des pique-niques dans le jardin public. Il y a les canetons en bronze mignons à l'entrée. Ils sont appelés Jack, Kack ; Manque, caoutchouc, Nack, Ouack, paquet, et charlatan. » Jennifer avait pensé qui était si drôle qu'elle ait incité sa mère à répéter les noms maintes et maintes fois.

Jennifer a regardé le mètre. La commande devenait chère. « Pourriez-vous recommander un hôtel peu coûteux ? »

« Sûr. Que diriez-vous de l'hôtel grand ? »

« Vous me prendriez là, svp ? »

« Droit. »

 Cinq minutes plus tard, ils ont tiré vers le haut devant l'hôtel.

 « Appréciez Los Angeles, dame. »

« Merci. » Est-ce que j'aller suis l'apprécier, ou serait-ce une catastrophe ? Jennifer a payé le conducteur et est entrée dans l'hôtel. Elle a approché le jeune commis derrière le bureau.

« Bonjour, » il a dit. « Mai je vous aide ? »

« Je voudrais une salle, svp. »

« Choisissez ? »

« Oui. »

« Combien de temps vous resterez ? »

Elle a hésité. Une heure ? Dix ans ? « Je ne sais pas. »

« Droit. » Il a vérifié le support principal. « J'ai un gentil choisis pour vous sur le quatrième plancher. »

« Merci. » Elle a signé le registre dans une main ordonnée. Jennifer Stanley.

Le commis lui a remis une clé.

« Là vous êtes. Appréciez votre séjour. »

La salle était petite, mais ordonnée et propre. Dès que Jennifer a déballé, elle a téléphoné à Susan.

« Jennifer ? Mon Dieu ! Là où êtes-vous ? »

« Je suis à Los Angeles. »

« Êtes-vous tout droit ? » Elle a semblé hystérique.

« Oui. Pourquoi ? »

« Quelqu'un est venu à l'appartement, vous recherchant, et je pense qu'il a voulu vous tuer ! »

« Ce qui sont vous parlant ? »

« Il a eu un couteau et… vous devriez avoir vu le regard sur son visage… » Elle haletait pour le souffle.

« Quand il à découvert je n'étais pas vous, il à couru ! »

« Je ne le crois pas ! »

« Il a dit qu'il était avec le C.A. Nielsen, mais j'ai appelé leur bureau, et eux n'ont jamais entendu parler de lui ! Vous connaissez n'importe qui qui voudrait te nuire ? »

« Naturellement pas, Susan ! Ne soyez pas ridicule ! Vous avez appelé la police ? »

« J'ai fait. Mais il n'y avait pas beaucoup qu'ils pourraient faire excepté pour m'indiquer faire attention. »

« Bien, je vais simplement bien, ainsi ne m'inquiète pas. »

Elle a entendu Susan prendre une respiration profonde.

« Bien. Tant que vous êtes bien. Jennifer ? »

« Oui. »

« Faites attention, vous ? »

« Naturellement. » Susan et son imagination ! Qui voudrait me tuer ?

« Vous savez quand vous revenez ? » Le genre de question le commis lui avait demandé. « Non »

« Vous êtes là pour voir votre famille, n'êtes pas vous ? »

« Oui. »

« Bonne chance. »

« Mercis, Susan. »

« Restez en contact. »

« Je vais le faire. »

Jennifer a remplacé le récepteur. Elle s'est tenue là, se demandant quoi faire après. Si j'avais des cerveaux, je monterais de retour dans l'autobus et rentrerais à la maison. J'avais calé. Est-ce que je suis venu à Los Angeles pour voir les vues ? Non. Je suis venu ici pour rencontrer ma famille. Est-ce que j'aller suis les rencontrer ? Aucun... oui.... Elle s'est assise au bord du lit, son esprit dans l'agitation.

Ce qui s'ils me détestent ? Je ne dois pas penser cela. Ils vont m'aimer, et je vais les aimer. Elle a regardé le téléphone et pensée, peut-être il serait meilleur si je les appelais. Non. Alors ils ne pourraient pas vouloir me voir. Elle est allée au cabinet et a choisi sa meilleure robe. Si je ne la fais pas maintenant, je ne la ferai jamais, Jennifer ai décidé. Trente minutes plus tard, elle était dans un taxi sur son chemin à l'air de Bell de rencontrer sa famille.

23

Thomas regardait fixement chez Damon dans l'incrédulité. « Jennifer Stanley… est ici ? »

« Oui, monsieur. » Il y avait un ton perplexe dans la voix du maître d'hôtel. « Mais ce n'est pas la Mlle Stanley qui était ici première. »

Thomas a forcé un sourire. « Naturellement pas. J'ai peur que ce soit un imposteur. »

« Un imposteur, monsieur ? »

« Oui. Ils sortiront du boisage, Damon, revendiquant tout un droit à la fortune de famille. »

« Qui est terrible, monsieur. J'appelle la police ? »

« Non, » Thomas a dit rapidement. C'était la dernière chose qu'il a voulue. « Je la manipulerai. Envoyez-la dans la bibliothèque. »

« Oui, monsieur. »

L'esprit de Thomas emballait. Ainsi la vraie Jennifer Stanley avait finalement révélé. Il était chanceux qu'aucun des autres membres de la famille n'ait été maison à l'heure actuelle. Il devrait se débarrasser d'elle immédiatement.

Thomas est entré dans la bibliothèque. Jennifer se tenait au milieu de la salle, regardant un portrait de Robert Stanley. Thomas a tenu là un moment, étudiant la femme. Elle était belle. Il était trop mauvais que…

Jennifer l'a tourné autour et a vu. « Bonjour. »

« Bonjour. »

« Vous êtes Thomas. »

« Qui est exact. Qui sont vous ? »

Son sourire s'est fané. « N'a pas fait… ? Je suis Jennifer Stanley. »

« Vraiment ? Vous en pardonnerez mon demander, mais vous avez preuve de celle ? »

« Preuve ? Bien, oui…. Je… qui n'est… aucune preuve je juste a supposé… »

Il s'est rapproché elle. « Comment vous vous êtes avéré justement venir ici ? »

« J'ai décidé qu'il était temps de rencontrer ma famille. »

« Après vingt-six ans ? »

« Oui. »

La regarder, écoutant elle parle, là n'étaient aucune question en esprit de Thomas. Elle était véritable, dangereuse, et devrait être débarrassée rapidement.

Thomas a forcé un sourire. « Bien, vous pouvez imaginer ce qu'est un choc ceci à moi. Je veux dire, pour que vous apparaissiez ici sans crier gare et… »

« Je sais. Je suis désolé. Je devrais avoir appelé probablement d'abord. »

Thomas a demandé en passant, « Vous êtes venu seule à Los Angeles ? »

« Oui. »

Son esprit emballait. « Fait n'importe qui d'autre savent que vous êtes ici ? »

« Non. Bien, mon compagnon de chambre, Susan, à Miami…. »

« Où êtes-vous restant ? »

« À l'hôtel Grand. »

« Qui est un hôtel gentil. Quelle pièce est vous dedans ? »

« Quatre quinze. »

« Bien. Pourquoi est-ce que vous ne retournez pas à votre hôtel et n'attendez pas là nous ? Je veux préparer Billy et Carmen pour ceci. Ils vont être comme étonné comme j'étais. »

« Je suis désolé. Je devrais avoir… »

« Aucun problème. Maintenant que nous nous sommes réunis, je sais que tout va aller simplement bien. »

« Merci, Thomas. »

« Vous êtes bienvenu. » Il a presque obstrué sur le mot. « Jennifer. Laissez-moi appeler un taxi pour vous. »
Cinq minutes plus tard, elle a été allée.

Les ruisseaux de Henry étaient juste revenus à sa chambre d'hôtel à Los Angeles du centre quand l'appel téléphonique est venu. Il l'a pris.

« Henry ? »

« Je suis désolé. Je n'ai aucune nouvelles encore, juge. J'ai peigné cette ville entière. Je suis allé à l'aéroport et… »

« Elle est ici, stupide ! »

« Ce qui ? »

« Elle est ici à Los Angeles. Elle reste à l'hôtel grand, la pièce quatre quinze. Je veux son soin pris de ce soir. Et je ne veux pas plus le gâchage, vous comprends ? »

« Ce qui s'est produit n'était pas mon... »

« Vous comprenez ? »

« Oui, monsieur. »

« Faites-alors le ! » Thomas a claqué en bas du récepteur. Il est allé trouver Damon.

« Damon, au sujet de cette jeune femme qui était ici prétendant elle était ma sœur ? »

« Oui, monsieur ? »

« Je ne dirais rien à son sujet aux autres membres de la famille. Il les dérangerait juste. »

« Je comprends, monsieur. Vous êtes très réfléchi. »

Jennifer a marché plus d'à Ritz-Carlton pour le dîner. L'hôtel était beau, juste comme sa mère l'avait décrit. Le dimanche, j'avais l'habitude de prendre les enfants là pour le brunch. Jennifer s'est assise dans la salle à manger et a visualisé sa mère là à une table avec jeune Thomas, Billy, et Carmen. Je souhaite que je puisse avoir grandi avec eux, pensée de Jennifer. Mais au moins je vais les rencontrer maintenant. Elle s'est demandé si sa mère aurait approuvé ce qu'elle faisait. Jennifer avait été confuse par la réception de Thomas. Il a eu... le rhume semblé. Mais c'est seulement naturel. Pensée de Jennifer. Un étranger marche dedans et dit, « Je suis votre sœur. » Naturellement il serait méfiant. Mais je suis sûr que je peux les convaincre.

Quand le contrôle est venu, Jennifer a regardé fixement lui dans le choc. Je dois faire attention, elle a pensé. Je dois faire laisser assez d'argent pour ramener l'autobus à la Floride.

Pendant qu'elle sortait de Ritz-Carlton, un bus touristique était prêt pour partir. Sur une impulsion, elle l'a embarquée. Elle a voulu voir autant de la ville de sa mère qu'elle pourrait.

Les ruisseaux de Henry ont progressé dans le lobby de l'hôtel grand comme s'il a appartenu là et a pris les escaliers au quatrième plancher. Ce temps-là ne serait aucune erreur. Pièce 415 étaient au milieu du couloir. Les ruisseaux de Henry ont balayé le couloir pour s'assurer que personne n'était autour, et frappé sur la porte. Il n'y avait pas de réponse. Il a frappé encore. « Mlle Stanley ? » Pas de réponse toujours.

Il a pris un petit cas de sa poche et a choisi une sélection. Cela lui a pris seulement des secondes pour ouvrir la porte. Ruisseaux de Henry fait un pas à l'intérieur, fermant la porte derrière lui. La salle était vide.

« Mlle Stanley ? »

Il est entré dans la salle de bains. Vide. Il est allé de nouveau dans la chambre à coucher. Il a pris un couteau hors de sa poche, a déplacé une chaise derrière la porte, et s'est assis dans le foncé, attendant. Il était une heure plus tard quand il a entendu quelqu'un s'approcher.

Les ruisseaux de Henry se sont levés rapidement et se sont tenus derrière la porte, le couteau dans des ses mains. Il a entendu le tour principal dans la serrure, et la porte a commencé à balancer ouvert. Il a soulevé la haute de couteau au-dessus de sa tête, préparent pour frapper. Jennifer Stanley a intervenu et a appuyé sur l'interrupteur de lampe dessus. Il l'a entendue dire, « Très bien. Entré. »

Une foule des journalistes a versé dans la salle.

24

C'était les ponceuses de Robert, le directeur de nuit à l'hôtel grand, qui a par distraction sauvé la vie de Jennifer. Il a eu en service venu à six heures que la soirée, et avait automatiquement vérifié le registre d'hôtel. Quand il a trouvé le nom de Jennifer Stanley, il a regardé fixement lui dans la surprise. Depuis que Robert Stanley était mort, les journaux avaient été pleins des histoires au sujet de la famille de Stanley. Ils avaient dragué le scandale antique de l'affaire de Stanley avec l'institutrice des enfants et le suicide de l'épouse de Stanley. Robert Stanley a eu une fille illégitime appelée Jennifer. Il y avait des rumeurs qu'elle était venue à Los Angeles dans le secret. Peu de temps après aller sur un coup de filet, elle était, semble-t-il, partie pour l'Amérique du Sud. Maintenant, il a semblé qu'elle était de retour. Et elle reste à mon hôtel ! Ponceuses de Robert pensées avec agitation.

Il s'est tourné vers le commis d'avant-bureau. « Vous savez combien de publicité ceci pourrait signifier pour l'hôtel ? » Une minute plus tard, il était au téléphone à la presse.

Quand Jennifer est arrivée de retour à l'hôtel après sa visite guidée, le lobby a été rempli de journalistes, l'attendant ardemment. Dès qu'elle est entrée dans le lobby, ils ont sauté. « Mlle Stanley ! Je suis du Globe de Los Angeles. Nous vous avions recherché, mais nous avons entendu que vous aviez quitté la ville. Pourriez-vous nous dire… ? »

Une caméra de télévision était aiguë à elle. « Mlle Stanley, je suis avec WCVB-TV. Nous voudrions obtenir une déclaration de vous.... »

« Mlle Stanley, je suis de Los Angeles Phoenix. Nous voulons connaître votre réaction… »

« Regardez de cette façon, Mlle Stanley ! Sourire ! Merci. » Les flashes sautaient.

Jennifer s'est tenue là, rempli de confusion. Ah, mon Dieu, elle a pensé. La famille va penser que je suis un certain genre de chien de publicité. Elle s'est tournée vers les journalistes.

« Je suis désolé. Je n'ai rien à dire. »

Elle s'est sauvée dans l'ascenseur. Ils ont empilé dedans après elle. « Le magazine de personnes veut faire une histoire votre vie, et comme ce qu'il se sent pour être aliéné de votre famille pendant plus de vingt-cinq années.... »

« Nous avons entendu que vous étiez allé en Amérique du Sud.... »

« Êtes-vous planification à habiter à Los Angeles ? » « Pourquoi n'êtes pas vous restant à l'air de Bell ? »

Elle est sortie de l'ascenseur au quatrième plancher et s'est dépêchée en bas du couloir. Ils étaient à ses talons. Il n'y avait aucune manière de leur échapper.

Jennifer a sorti sa clé et a ouvert la porte à sa pièce. Elle a fait un pas à l'intérieur et a allumé la lumière. « Très bien. Entré. »

Caché derrière la porte, des ruisseaux de Henry ont été attrapés par la surprise, le couteau dans sa main augmentée. En tant que journalistes poussés après lui, il a rapidement remis le couteau dans sa poche et s'est mélangé avec le groupe.

Jennifer s'est tournée vers les journalistes. « Bien. Une question à la fois, svp. »

Frustrant, ruisseaux soutenus vers la porte et échappés. Le juge Stanley n'allait pas être satisfait.

Pour les trente minutes suivantes, Jennifer a répondu à des questions car le meilleur elle pourrait. En conclusion, elles ont été allées.

Jennifer a fermé à clef la porte et est allée au lit. Pendant le matin, les stations et les journaux de télévision ont comporté des histoires au sujet de Jennifer Stanley. Thomas a lu les journaux et était furieux. Billy et Carmen l'ont joint à la table de petit déjeuner.

« Ce qui est toute cette absurdité au sujet d'une certaine femme s'appelle Jennifer Stanley ? » Billy a demandé.

« Elle est une fausse, » Thomas a dit avec aisance. « Elle est venue à la porte hier, argent exigeant, et je l'ai envoyée loin. Je ne me suis pas attendu à ce qu'elle tire un coup de pub bon marché comme ceci. Ne vous inquiétez pas. Je prendrai soin d'elle. »

Il a mis dans un appel à Frank Harold. « Ayez-vous vu les journaux du matin ? »

« Oui. »

« Cet escroc circule la ville réclamant qu'elle est notre sœur. »

Harold a dit, « Vous voulez que je la fasse arrêter ? »

« Non ! Cela créerait seulement plus de publicité. Je veux que vous l'obteniez hors de la ville. »

« Bien. Je prendrai soin de lui, juge Stanley. »

« Merci. »

Frank Harold envoy pour George Brown. « Il y a un problème, » il a dit.

George a incliné la tête. « Je sais. J'ai entendu les nouvelles de matin et ai vu les papiers. Qui est-elle ? »

« Évidemment quelqu'un qui la pense peut klaxon dedans sur la fortune de famille. Le juge Stanley a proposé que nous l'obtenions hors de la ville. Vous la manipulerez ? »

« Mon plaisir, » George a dit sinistrement.

Pendant une heure plus tard, George frappait sur la porte de chambre d'hôtel de Jennifer.

Quand Jennifer a ouvert la porte et l'a vu se tenir là, elle a dit, « Je suis désolé. Je ne parle pas à plus de journalistes. Je… »

« Je ne suis pas un journaliste. Peux j'entre ? »

« Qui sont vous ? »

« Mon nom est George Brown. Je suis avec le cabinet d'avocats représentant le domaine de Robert Stanley. »

« Oh. Je vois. Oui. Entré. » George est entré dans la salle.

« Vous avez dit à la presse que vous êtes Jennifer Stanley ? »

« J'ai peur que j'aie été attrapé outre de la garde. Je ne les ai pas attendus, vous voyez, et… »

« Mais vous avez prétendu être fille de Robert Stanley ? »
« Oui. Je suis sa fille. »

Il l'a regardée et a dit cynique, « Naturellement, vous avez la preuve de cela. »

« Bien, non, » Jennifer a dit lentement. « Je ne fais pas. »

« Avancé, » George a insisté. « Vous devez avoir une certaine preuve. » Il a eu l'intention de la clouer avec ses propres mensonges.

« Je n'ai rien, » elle a dit.

Il l'a étudiée, étonné. N'était pas elle ce qu'il avait compté. Il y avait une franchise de désarmement au sujet d'elle. Elle semble intelligente. Comment il pourrait-il avoir été assez stupide venir ici prétendant être fille de Robert Stanley sans une preuve ?

« Qui est trop mauvais, » George a dit. « Le juge Stanley veut que vous sortiez de la ville. »

 Les yeux de Jennifer élargis. « Ce qui ? »

« Qui est exact. »

« Mais… je ne comprends pas. Je n'ai pas même rencontré mon autre frère ou sœur. »

Ainsi elle a déterminé à maintenir le bluff, pensée de George. « Regardez, je ne sais pas qui vous êtes, ou ce qui est votre jeu, mais vous pourriez aller emprisonner pour ceci. Nous te donnons une coupure. Ce que vous faites est contre la loi. Vous avez un choix. Vous ou boîte sortez de la ville et cessez de tracasser la famille, ou nous pouvons vous faire arrêter. »

Jennifer s'est tenue là dans le choc. « Arrêté ? Je… je ne sais pas quoi dire. »

« C'est votre décision. »

« Ils ne veulent pas même me voir ? » Jennifer a demandé sans n'importe quel sentiment.

« Qui le met modérément. »

Elle a pris une respiration profonde. « Bien. Si est ce qu'elles veulent, je retournerai à la Floride. Je vous promets, elles n'auront encore des nouvelles jamais de moi. »

« Vous êtes venu de loin tirer votre petite escroquerie. »

« Qui est très sage. » Il a tenu là un moment, l'observant, perplexe. « Bien, au revoir. »

Elle n'a pas répondu.

George était en bureau de Frank Harold. « Vous avez vu la femme, George ? »

« Oui. Elle va de retour maison. » Il a semblé distrait. « Bon. Je dirai le juge Stanley. Il sera heureux. »

« Vous savez ce qui me branche sur table d'écoute, Frank ? »

« Ce qui ? »

« Le chien n'a pas aboyé. »

« Je vous demande pardon ? »

« L'histoire de Sherlock Holmes. L'indice était dans ce qui ne s'est pas produit. »

« George, ce qui fait cela doivent faire avec… ? »

« Elle est venue ici sans n'importe quelle preuve. »

Harold l'a regardé, perplexe. « Je ne comprends pas. Cela devrait vous avoir convaincu. »

« Au contraire. Pourquoi elle vient ici, complètement de la Floride, prétendant être la fille de Robert Stanley, et ne pas avoir une chose simple pour la soutenir ? »

« Il y a beaucoup de le déversoir fait là, George. »

« Elle n'est pas un original. Vous devriez l'avoir vue. Et il y a quelques autres choses qui me tracassent, Frank. »

« Oui ? »

« Le corps de Robert Stanley a disparu… Quand je suis allé parler à Donald Herman, le seul témoin de l'accident de Stanley, il avait disparu…Et personne ne semble savoir où la première Jennifer Stanley soudainement a disparu aussi. »

Frank Harold fronçait les sourcils. « Ce qui sont vous disant ? »

George a dit, lentement, « Là est quelque chose allant sur celle doit être expliqué. Je vais avoir un autre entretien avec la dame. »

George Brown est entré dans le lobby de l'hôtel grand et a approché le commis de bureau. « Vous sonneriez Mlle Jennifer Stanley, svp ? »

Le commis a recherché. « Oh, je suis désolé. Mlle Stanley a vérifié. »

« A fait elle laissent une adresse d'expédition ? »

« Non, monsieur. J'ai peur pas. »

George s'est tenu là, frustré. Il n'y avait rien davantage qu'il pourrait faire. Bien, peut-être j'avais tort, il a pensé philosophiquement. Peut-être elle est vraiment un imposteur. Nous ne saurons maintenant jamais. Il s'est transformé et est sorti en rue. Le portier conduisait un couple dans un taxi.

« Excusez-moi, » George a dit.

Le portier tourné. « Taxi, monsieur ? »

« Non. Je veux te poser une question. Vous avez vu Mlle Stanley sortir de l'hôtel ce matin ? »

« J'ai certainement fait. Tout le monde regardait fixement elle. Elle est tout à fait une célébrité. J'ai pris un taxi pour elle. »

« Je ne suppose pas que vous savez où elle est allée ? » Il a constaté qu'il retenait son souffle.

« Sure. J'ai dit au chauffeur de taxi où la prendre. »

« Et où était ce ? » George a demandé impatiemment.

« Au terminus de bus de lévrier à la station du sud. J'ai pensé qu'il était étrange que quelqu'un aussi riche que qui… »

« Je veux un taxi. »

George est entré dans le terminus de bus serré de lévrier et a regardé autour. Jennifer n'était nulle part pour être vue. Elle est allée, George a pensé désespérément. Une voix sur un haut-parleur bruyant exigeait les autobus de départ. Il a entendu que la voix indiquent, « … et Miami, » et George dépêché à la plate-forme de chargement.

Jennifer commençait juste à monter dans l'autobus.

« Tenez-le ! » il a appelé.

Elle a tourné, effrayé.

George s'est dépêché jusqu'à elle. « Je veux te parler. »

Elle l'a regardé, fâché. « Je n'ai rien à davantage dire à vous. » Elle a tourné pour aller.

Il a saisi son bras. « Attendez une minute ! Nous vraiment devons parler. »

« Mon autobus part. »

« Il y aura un autre. »

« Ma valise est là-dessus. »

George s'est tourné vers un portier. « Cette femme est sur le point d'avoir un bébé. Obtenez sa valise hors de là. Vite ! »

La Jennifer regardée par portier dans la surprise. « Droit. » Il a à la hâte ouvert le compartiment de bagage. « Qui est à vous, la dame ? »

Jennifer s'est tournée vers George, perplexe. « Vous savez ce que vous faites ? »

« Non, » George a dit.

Elle l'a étudié un moment, puis a pris une décision. Elle a indiqué sa valise. « Celui-là. »

Le portier l'a tiré. « Vous voulez que je t'obtienne une ambulance ou n'importe quoi ? »

« Merci. J'irai bien. »

George a pris la valise, et ils se sont dirigés pour la sortie. « Ayez-vous a pris le petit déjeuner ? »

« Je n'ai pas faim, » elle a dit froidement.

« Vous devriez avoir quelque chose. Vous mangez pour deux maintenant, vous savez. »

Ils ont pris le petit déjeuner chez Julien. Elle s'est assise à travers de George, son corps rigide avec colère.

Quand ils avaient passé commande, George a dit, « Je suis curieux au sujet de quelque chose. Ce qui vous a incité à penser vous pourriez réclamer une partie du domaine de Stanley sans n'importe quelle preuve du tout de votre identité ? »

Jennifer l'a regardé avec indignation. « Je ne suis pas allé là réclamer une partie du domaine de Stanley. Mon père ne m'aurait laissé rien. J'ai voulu rencontrer ma famille. Évidemment ils n'ont pas voulu me rencontrer. »

« Vous avez tous les documents… n'importe quel genre de preuve du tout de qui vous êtes ? »

Elle a pensé à toutes les coupures empilées en son appartement et a secoué sa tête. « Non. Rien. »

« Il y a quelqu'un que je veux que vous parliez à. »

« C'est Frank Harold. » George a hésité.

« Heu… »

« Jennifer Stanley. »

Harold a dit avec scepticisme, « S'asseyent, coup manqué. »

Jennifer s'est assise au bord d'une chaise, prépare pour se lever et marcher.

Harold l'étudiait. Elle a eu les yeux gris profonds de Stanley, mais ainsi a fait un bon nombre d'autres gens. « Vous vous réclamez êtes fille de Rosa Newman. »

« Je ne réclame rien. Je suis fille de Rosa Newman. »

« Et où est votre mère ? »

« Elle est morte il y a un certain nombre d'années. »

« Oh, je suis désolé d'entendre cela. Pourriez-vous nous dire au sujet d'elle ? »

« Non, » Jennifer a dit. « Je pas vraiment plutôt. » Elle s'est levée. « Je veux sortir d'ici. »

« Regardez, nous essayons de vous aider, » George a dit.

Elle s'est tournée vers lui. « Êtes-vous ? Ma famille ne veut pas me voir. Vous voulez me faire tourner à la police. Je n'ai pas besoin de ce genre d'aide. » Elle a commencé vers la porte.

George a dit, « Attente ! Si vous êtes qui vous dites-vous êtes, vous devez avoir quelque chose qui vous prouvera que sont la fille de Robert Stanley. »

« Je vous ai dit que, je ne fais pas, » Jennifer a dit. « Ma mère et moi avons fermé Robert Stanley hors de nos vies. »

« À ce qu'a fait votre ressembler de mère ? » Frank Harold a demandé.

« Elle était belle, » Jennifer a dit. Sa voix s'est ramollie. « Elle était la plus belle... » Elle s'est rappelée quelque chose.

« J'ai une image de elle. » Elle a pris au petit or le pendentif en forme de cœur de autour de son cou et l'a remis à Harold.

Il a regardé elle un moment, puis a ouvert le pendentif. D'un côté était une image de Robert Stanley, et de l'autre côté une image de Rosa Newman. L'inscription a lu À R.N. WITH LOVE, R.S. La date était 1969.

Frank Harold a regardé fixement pendant longtemps le pendentif. Quand il a recherché, sa voix était enrouée.

« Nous te devons des excuses, mon cher. » Il s'est tourné vers George. « C'est Jennifer Stanley. »

25

Carmen avait ne pu pas obtenir la conversation avec Anita hors de son esprit. Anita a semblé incapable de faire face à la situation seule. « Billy essayant dur. Il est vraiment…. Ah, je l'aime tellement ! » Il a besoin de beaucoup d'aide, pensée de Carmen. Je dois faire quelque chose. Il est mon frère. Je dois lui parler. Carmen est allée trouver Damon.

« Est M. William à la maison ? »

« Oui, Madame. Je crois qu'il est dans sa chambre. »
« Merci. »

Elle a pensé à la scène à la table, avec le visage meurtri d'Anita. « Ce qui s'est produit ? »

« Je me suis cogné dans une porte…. » Comment pourrait-elle l'avoir acceptée toute cette fois ? Carmen est allée en haut et a frappé sur la porte à la pièce de Billy. Il n'y avait pas de réponse. « Billy ? »

Elle a ouvert la porte et a fait un pas à l'intérieur. Une odeur d'amande amère a imprégné la salle. Carmen a tenu là un moment, et s'est alors déplacé vers la salle de bains. Elle pourrait voir Billy par la porte ouverte. Il chauffait l'héroïne sur un morceau de papier d'aluminium. Comme il a commencé à liquéfier et évaporez-vous, elle a observé Billy inhaler la fumée de l'roulé vers le haut de la paille qu'il s'est tenue dans sa bouche. Carmen a fait un pas dans la salle de bains. « Billy… ? »

Il a regardé autour et a grimacé. « Salut, sœur ! » Il a tourné et a inhalé profondément encore.

« Dans l'intérêt de Dieu ! Arrêtez cela ! »

« Hé, détendez. Vous savez ce que ceci s'appelle ? Chasse du dragon. Voyez le petit dragon se courber dans la fumée ? » Il souriait heureusement.

« Billy, svp me laissent te parler. »

« Sure, sœur. Qu'est-ce que je peux faire pour vous ? Je sais que ce n'est pas un problème d'argent. Nous sommes des milliardaires ! Que regard êtes-vous ainsi enfoncé environ ? Le soleil est, et c'est un beau jour ! » Ses yeux scintillaient.

Carmen s'est tenue là le regardant, rempli de compassion. « Billy, j'ai eu un entretien avec Anita. Elle m'a dit que vous avez obtenu commencé sur des drogues à l'hôpital. »

Il a incliné la tête. « Ouais. La meilleure chose qui n'est jamais arrivée à moi. »

« Non. C'est la chose la plus terrible qui est jamais arrivée à vous. Vous avez n'importe quelle idée ce que vous faites avec votre vie ? »

« Sure je fais. Elle lui a appelé la vie, sœur ! »

Elle a pris sa main et vous a dit, sincèrement, « a besoin de l'aide. »

« Je ? Je n'ai besoin d'aucune aide. Je suis très bien ! »

« Non, vous n'êtes pas. Écoutez-moi, Billy. C'est votre vie où nous parlons, et c'est non seulement votre vie. Pensez à Anita. Pendant des années vous l'avez mise par un enfer, et elle a représenté lui parce qu'elle vous aime tellement. Vous détruisez non seulement votre vie, vous détruisez le sien. Vous devez faire quelque chose au sujet de ceci maintenant, avant qu'il soit trop tard. Il n'est pas important comment vous avez obtenu commencé sur des drogues. La chose importante est que vous obtenez outre d'elles. »

Le sourire de Billy s'est fané. Il a regardé dans les yeux de Carmen et a commencé à dire, quelque chose, puis s'est arrêté. « Carmen… »

« Oui ? »

Il a léché ses lèvres. « Je… que je connais que vous avez raison. Je veux m'arrêter.
J'ai essayé. Dieu, comment j'ai essayé. Mais je ne peux pas. »

« Naturellement, vous pouvez, » elle a dit violemment. « Vous pouvez le faire. Nous allons battre ceci ensemble. Anita et moi sont derrière vous. Qui vous fournit l'héroïne, Billy ? »

Il s'est tenu là, la regardant dans l'étonnement.

« Mon Dieu ! Vous ne savez pas ? »

Carmen a secoué sa tête. « Non »

« Anita. »

26

Frank Harold regardé le pendentif d'or pendant longtemps. « J'ai su que votre mère, Jennifer, et moi l'ai aimée. Elle était merveilleuse avec les enfants de Stanley, et ils l'ont adorée. »

« Elle les a adorés, aussi, » Jennifer a dit. « Elle avait l'habitude de me parler au sujet de eux tout le temps. »

« Ce qui est arrivé à votre mère était terrible. Vous ne pouvez pas imaginer ce qu'un scandale il a créé. Los Angeles peut être très une petite ville. Robert Stanley comporté très mal. Votre mère n'a eu aucun choix mais pour partir. » Il a secoué sa tête. « La vie doit avoir été très difficile pour les deux de vous. »

« La mère a eu une difficulté. La chose terrible était que je pense qu'elle aimait toujours Robert Stanley, malgré tout. » Elle a regardé George. « Je ne comprends pas ce qui se produit. Pourquoi ma famille ne veut pas me voir ? »

Les deux hommes ont échangé un regard. « Laissez-moi expliquer, » George a dit. Il a hésité, choisissant ses mots soigneusement. « Il y a peu de temps, une femme a révélé ici, prétendant être Jennifer Stanley. »

« Mais c'est impossible ! » Jennifer a dit. « Je suis… »

George a retardé une main. « Je sais. La famille a engagé un détective privé pour s'assurer qu'elle était authentique. »

« Et ils ont découvert qu'elle n'était pas. »

« Non. Ils ont découvert qu'elle était. »

Jennifer l'a regardé, déconcertant. « Ce qui ? »

« Ce détective a dit qu'il a trouvé les empreintes digitales que la femme avait prises quand elle a obtenu un permis de conduire à San Francisco quand elle avait dix-sept ans et elles ont assorti les copies de la femme s'appelle Jennifer Stanley. »

Jennifer était plus perplexe que jamais. « Mais Je… je n'ai jamais été en Californie. »

Harold a dit, « Jennifer, il peut y a une conspiration élaborée continuant pour obtenir une partie du domaine de Stanley. J'ai peur que vous soyez attrapé au milieu de lui. »

« Je ne peux pas le croire ! »

« Celui qui est derrière ceci ne peut pas se permettre d'avoir deux Jennifer Stanley autour. »

George a ajouté, « La seule manière que le plan peut fonctionner avec succès est de vous obtenir à l'écart. »

« Quand vous dites 'à l'écart… » Elle s'est arrêtée, se rappelant quelque chose. « Oh, non ! »

« Ce qui est lui ? » Harold a demandé.

« Il y a deux nuits j'ai parlé à mon compagnon de chambre, et elle était hystérique. Elle a dit qu'un homme est venu à notre appartement avec a couteau et essayé de l'attaquer. Il a pensé qu'elle était moi ! » Il était difficile que Jennifer trouve sa voix. « Qui... qui fait ceci ? »

« Si je devais deviner, je dirais que c'est probablement un membre de la famille, » George lui a dit.

« Mais... pourquoi ? »

« Il y a une grande fortune en jeu, et la volonté va validation en quelques jours. »

«Est-ce que que cela doit faire avec moi ? Mon père ne m'a jamais même reconnu. Il ne m'aurait pas laissé quelque chose. »

Harold a dit, « En fait, si nous pouvons prouver votre identité, votre part du domaine global est plus que milliard de dollars. »

Elle s'est assise, choqué. Quand elle a trouvé sa voix, elle a dit, « Milliard de dollars ? »

« Qui est exact. Mais quelqu'un d'autre est ensuite cet argent. C'est pourquoi vous êtes en danger. »

« Je vois. » Elle s'est tenue là les regardant, sentant une panique en hausse. « Ce qui suis moi allant faire ? »

« Je te dirai que ce que vous n'allez pas faire, » George lui a dit. « Vous ne retournez pas à un hôtel. Je veux que vous restiez hors de la vue jusqu'à nous découvre que se passet il. »

« Je pourrais retourner à la Floride jusqu'à... »

Harold a dit, « Je pense qu'il serait meilleur si vous restiez ici, Jennifer. Nous trouverons un endroit pour vous cacher. »

« Elle pourrait rester à ma maison, » George a proposé.

« Personne ne pensera à la rechercher là. »

Les deux hommes tournés à Jennifer.

Elle a hésité. « Bon... oui. Ce sera parfait. »

« Bon. »

Jennifer a dit lentement, « Aucune de ceci ne se produirait si mon père était vivant. »

« Oh, je n'aime pas la totalité, » George lui a dit. « Je pense qu'il a un accident automobile. »

Ils ont pris l'ascenseur de service au garage d'immeuble de bureaux et sont entrés dans la voiture de George.

« Je ne veux pas que n'importe qui vous voie, » George a dit. « Nous devons vous garder hors de la vue pour les prochains jours. »

Ils ont commencé à entraîner une réduction State Street.

« Que diriez-vous d'un certain déjeuner ? »

Jennifer a regardé plus de lui et a souri. « Vous semblez toujours m'alimenter. »

« Je connais un restaurant qui est outre du chemin battu. Il est dans une vieille maison sur la rue de Gloucester. Je ne pense pas que n'importe qui nous verra là. »

L'Espalier était une maison de ville du 19ème siècle élégante avec une des vues les plus fines à Los Angeles. Pendant que George et Jennifer marchaient dedans, ils ont été salués par le capitaine.

« Bon après-midi, » il a dit. « Viendrez-vous de cette façon, svp ? J'ai une table gentille pour vous par la fenêtre. »

« Si vous ne vous occupez pas, » George a dit, « nous préférerions quelque chose contre le mur. »

Le capitaine a clignoté. « Contre le mur ? »

« Oui. Nous aimons l'intimité. »

« Naturellement. » Il les a menés à une table dans un arrivant. « J'enverrai votre droit de serveur plus de. » Il regardait fixement Jennifer, et son visage soudainement allumé. « Oh ! Mlle Stanley. C'est un plaisir de vous avoir ici. J'ai vu votre image dans le journal. »

Jennifer a regardé George, ne sachant pas quoi dire. George a hurlé, « Mon Dieu ! Nous avons laissé les enfants dans la voiture ! Partons les obtiennent ! » Et au capitaine, « Nous voudrions deux martini, très secs. Tenez les olives. Nous serons justes de retour. »

« Oui, monsieur. » Le capitaine a observé les deux d'entre eux hâte hors du restaurant.

« Ce qui sont vous faisant ? » Jennifer a demandé.

« Sortir d'ici. Tout qu'il doit faire est d'appeler la presse, et nous avons des ennuis. Nous irons ailleurs. »

Ils ont trouvé un petit restaurant sur la rue de Dalton et ont commandé le déjeuner.

George s'est assis là, l'étudiant. « Comment il se sent pour être une célébrité ? » il à demandé.

« Veuillez ne pas plaisanter à ce sujet. Je me sens terrible. »

« Je sais, » il a dit contrairement. « Je suis désolé. » Il le trouvait très facile à être avec elle. Il a pensé à la façon dont grossier il avait été quand ils se sont réunis la première fois.

« Faites-vous… vous font pensent vraiment que je suis en danger, M. Brown ? » Jennifer a demandé.

« Appelez-moi George. Oui. J'ai peur que vous soyez. Mais il sera pour seulement un peu de temps. Avant que la volonté validation, nous saurons qui est derrière ceci. Dans le même temps, je vais veiller à ce que vous êtes sûr. »

« Merci. Je… je l'apprécie. »

Ils regardaient fixement l'un l'autre, et quand un serveur d'approche a vu les regards sur leurs visages, il a décidé de ne pas les interrompre.

Dans la voiture, George à demandé, « Est cette votre première fois à Los Angeles ? »

« Oui. »

« C'est une ville intéressante. » Ils passaient le vieux bâtiment de John Hancock. George a indiqué la tour.

« Vous voyez cette balise ? ».

« Oui. »

« Elle annonce le temps. »

« Comment ose une balise… ? »

« Je suis heureux vous ai demandé. Quand la lumière est un bleu régulier, il signifie que le temps est clair. S'il est un clignotant bleu, vous pouvez s'attendre à ce que les nuages presque soient. Un rouge régulier signifie la pluie en avant, et clignotant rouge, neige à la place. »

Jennifer a rii. George a ralenti. « C'est un petit pont à Los Angeles. »
Jennifer s'est tournée vers le regard fixe à lui. « Je vous demande pardon ? » George a grimacé. « C'est vrai. »

« Ce qui est un Smoot ? »

« Un Smoot est une mesure utilisant le corps d'Oliver San Francisco Smoot, qui était de cinq pieds sept pouces. Il a commencé comme plaisanterie, mais quand la ville a reconstruit le pont, ils ont gardé le David. Le Smoot est devenu un niveau de longueur dans 1958. »

Elle a ri. « Qui est incroyable ! »

Car ils ont passé le monument de colline de soute, Jennifer a hurlé, « Oh ! C'est où la bataille de la colline de soute a eu lieu, n'est-ce pas ? »

« Non, » George a dit. « Ce qui vous voulez dire ? »

« La bataille de la colline de soute a été combattue sur la colline de San Francisco. »

La maison de George était dans la région de rue de Newbury de Los Angeles, une maison à deux étages avec du charme avec les meubles confortables et les copies colorées accrochant sur les murs.

« Vous seul vivez ici ? » Jennifer a demandé.

« Oui. J'ai une femme de charge qui entre deux fois par semaine. Je vais lui dire de ne pas entrer pour les prochains jours. Je ne veux pas que n'importe qui sache vous êtes ici. »

Jennifer a regardé George et a dit chaudement, « Je veux que vous sachiez j'apprécie vraiment ce que vous faites pour moi. »

« Mon plaisir. Allons, je te montrerai votre chambre à coucher. »

Il l'a menée en haut à la chambre d'amis. « C'est lui. J'espère que vous serez confortable. »

« Oh, oui. Il est beau, » Jennifer a dit.

« J'apporterai quelques épiceries. Je mange habituellement. »

« Je pourrais… » Elle s'est arrêtée. « À la réflexion, je ne devrais pas. Mon compagnon de chambre dit que ma cuisson est mortelle. »

« Je pense que je suis… une main juste à un fourneau, » George a dit. « J'en ferai faisant cuire pour nous. » Il l'a regardée et a dit lentement. « Je pas ai eu n'importe qui à faire cuire pendant un moment. »

Dégagez, il s'est dit. Vous êtes manière outre de base. Vous ne pourriez pas la maintenir dans les mouchoirs.

« Je veux que vous vous fassiez à la maison. Vous serez complètement sûr ici. »

Elle l'a regardé un long temps, et a alors souri. « Merci. »

Ils ont retourné en bas. George a précisé les agréments. « Télévision ; Magnétoscope, radio, lecteur de CD … Vous serez confortable. »

« Il est merveilleux. » Elle a voulu dire, « Juste comme je me sens avec vous. »

« Bien, s'il y a rien d'autre, » il a dit maladroitement. Jennifer lui a donné un sourire chaud. « Je ne peux pas penser à n'importe quoi. »

« Alors j'arriverai de retour au bureau. J'ai beaucoup de questions sans réponses. »

Elle l'a observé marcher vers la porte. « George ? »

Il a tourné autour. « Oui ? »

« Est-ce tout le juste si j'appelle mon compagnon de chambre ? Elle sera s'est inquiétée de moi. »

Il a secoué sa tête. « Absolument pas. Je ne veux pas que vous ne fassiez aucun appel téléphonique ou quittiez cette maison. Votre vie peut dépendre d'elle. »

27

« Je suis Dr. Weissman.   Vous comprenez que cette conversation va être enregistrée ? »

« Oui, docteur. »

« Êtes-vous se sentant plus calme maintenant ? »

« Je suis calme, mais je suis fâché. »

« Ce qui sont vous fâché environ ? »

« Je ne devrais pas être dans cet endroit. Je ne suis pas fou. J'ai été encadré. »

« Oh ? Qui vous a encadré ? »

« Thomas Stanley. »

« Juge Thomas Stanley ? »

« Qui est exact. »

« Pourquoi il voudrait faire cela ? »

« Pour l'argent. »

« Vous avez l'argent ? »

« Non. Je veux dire, oui… qu'est… je pourrais l'avoir eu. Il a promis me million de dollars, et à un manteau de sable, et à des bijoux. »

« Pourquoi jugerait la promesse de Stanley vous cela ? »

« Laissez-moi commencer au début. Je ne suis pas vraiment Jennifer Stanley. Mon nom est Mary Perkins. »

« Quand vous êtes entré ici, vous avez insisté que vous étiez Jennifer Stanley. »

« Oubliez cela. Je ne suis vraiment pas. Regardez… voici ce qui s'est produit. Jugez Stanley m'a engagé pour poser en tant que sa sœur. »

« Pourquoi a fait il faites cela ? »

« Ainsi je pourrais obtenir une part du domaine de Stanley et la faire tourner à lui. »

« Et pour faire ce il t'a promis million de dollars, un manteau de sable ; et quelques bijoux ? »

« Vous ne me croyez pas, n'est-ce pas ? Bien, je peux les prouver. Il m'a porté à l'air de Bell. C'est où les vies de famille de Stanley à Los Angeles. Je peux décrire la maison à vous, et je peux vous dire tout au sujet de la famille. »

« Vous vous rendez compte que ce soient très des graves accusations que vous faites ? »

« Vous avez parié que je suis. Mais je suppose que vous ne ferez rien à son sujet parce qu'il s'avère justement être un juge. »

« Vous avez tout à fait tort. Je vous assure que vos frais seront très à fond étudiés. »

« Bon ! Je veux le bâtard ai fermé à clef loin la manière qu'il me fait fermer à clef loin. Je veux hors d'ici ! »

« Vous comprenez que sans compter que mon examen, deux de mes collègues également devront évaluer votre état mental ? »

« Laissez-les. Je suis aussi raisonnable que vous êtes. »

« Dr. Clifton sera dans cet après-midi, et alors nous déciderons comment nous allons procéder. »

« Plus tôt, le meilleur. Je ne peux pas tenir cet endroit condamné ! »

Quand l'infirmière a apporté à Mary son déjeuner, l'infirmière a dit, « J'ai juste parlé à Dr. Clifton. Il sera ici dans une heure. »

« Merci. » Mary était prête pour lui. Elle était prête pour tous. Elle allait leur dire que tout qu'elle a su, dès le début. Et quand je suis, pensée de Mary, ils vont l'enfermer et me laissent partir. La pensée l'a remplie avec satisfaction. Je serai libre ! Et puis pensée de Mary, libre pour faire ce qui ? Je serai sur les rues encore. Peut-être elles même retireront ma liberté conditionnelle et me mettront de retour dans le joint !

Elle a jeté son plateau de déjeuner contre le mur. Condamnez-les !

Ils ne peuvent pas faire ceci à moi ! Hier j'ai valu million de dollars, et aujourd'hui… Attente ! Attente ! Une idée a clignoté par l'esprit de Mary qui excitait ainsi qu'il a envoyé un froid par elle. Dieu saint ! Qu'est-ce que je fais ? J'ai déjà montré que je suis Jennifer Stanley. J'ai des témoins. La famille entière Fredy entendu Tillman dire que mes empreintes digitales ont prouvé que j'étais Jennifer Stanley. Pourquoi est-ce que je voudrais jamais être Mary Perkins quand je peux être Jennifer Stanley ? Aucune merveille ils me font enfermer dedans ici. Je dois avoir été hors de mon esprit ! Elle a sonné la cloche pour l'infirmière.

Quand l'infirmière est entrée, Mary a dit avec agitation,

« Je veux voir le docteur immédiatement ! »

« Je sais. Vous avez un rendez-vous avec lui dans... »

« Maintenant. En ce moment ! »

L'infirmière a jeté un coup d'œil à l'expression de Mary et a dit, « Calmez vers le bas. Je l'obtiendrai. »

Dix minutes plus tard, Dr. Frank Clifton est entré dans la salle de Mary. « Vous avez demandé à me voir ? »

« Oui. » Elle a souri en s'excusant. « J'ai peur que j'aie joué un petit jeu, docteur. »

« Vraiment ? »

« Oui. Il est très embarrassant. Vous voyez, la vérité est que j'étais très bouleversé avec mon frère, Thomas, et j'ai voulu le punir. Mais je réalise maintenant que c'était erroné. Je ne suis plus dérangé, et je veux rentrer à la maison à la colline de Rose. »

« J'ai lu la transcription de votre entrevue ce matin. Vous avez dit que votre nom était Mary Perkins et que vous avez été encadré... »

Mary a ri. « Qui était vilain de moi. J'ai juste dit cela pour déranger Thomas. Non. Je suis Jennifer Stanley. » Il l'a regardée. « Pouvez-vous prouver cela ? »

C'était le moment Mary avait attendu.

« Oh, oui ! » elle a dit triomphante ment. « Thomas l'a prouvé lui-même. Il a engagé un détective privé appelé Fredy Tillman, qui a assorti mes empreintes digitales avec des copies que j'avais faites pour un permis de conduire quand j'étais plus jeune. Elles sont vraies. Il n'y a aucune question à son sujet. »

« Détective Fredy Tillman, vous dites ? »

« Qui est exact. Il travaille pour le bureau du Procureur de la République ici à San Francisco. »

Il l'a étudiée un moment. « Maintenant, vous êtes certain de ceci ? Vous n'êtes pas, Mary que Perkins-vous êtes Jennifer Stanley ? »

« Absolument. »

« Et ce détective privé, Fredy Tillman, peut vérifier cela ? »

Elle a souri. « Il a déjà. Tout que vous devez faire est d'appeler le bureau du Procureur de la République et de mettre la main sur lui. »

Dr. Clifton a incliné la tête. « Bien. Je ferai cela. »

À dix heures le matin suivant, Dr. Clifton, accompagné de l'infirmière, est revenu à la pièce de Mary.

« Bonjour. »

« Bonjour, docteur. » Elle l'a regardé ardemment.

« Vous avez parlé à Fredy Tillman ? »

« Oui. Je veux être sûr que je comprends ceci. Votre histoire au sujet de juge Stanley vous faisant participer dans un certain genre de conspiration était fausse ? »

« Complètement. J'ai dit cela parce que j'ai voulu punir pour mon frère. Mais tout est tout en ce moment. Je suis prêt à rentrer à la maison. »

« Fredy Tillman peut montrer que vous êtes Jennifer Stanley ? »

« Absolument. »

Dr. Clifton tourné à l'infirmière et incliné la tête. Elle a signalé à quelqu'un. Un homme de couleur grand et maigre est entré dans la salle.

Il a regardé Mary et a dit, « Je suis Fredy Tillman. Peux je vous aide ? »

Il était un parfait étranger.

28

Et au moins elle était à New York, centre de l'industrie de la mode américaine. La salle d'exposition a été décorée aux nuances amorties de l'aubergine qui n'amoindriraient pas les vêtements. Le défilé de mode allait bien. Les modèles se sont déplacés avec élégance le long de la piste, et chaque nouvelle conception a reçu des applaudissements enthousiastes. La salle de bal a été emballée. Chaque siège a été occupé, et il y avait des voyageurs debout à l'arrière.

Il y avait à l'arrière plan un émoi, et Carmen a tourné pour voir ce qui se produisait. Deux policiers en uniforme faisaient leur manière vers elle.

Le cœur de Carmen a commencé à emballer.

Un des policiers a indiqué, « êtes-vous Carmen Stanley Rénaux ? »

« Oui. »

« Je vous place en état de l'arrestation pour le meurtre d'Amy Nelson. »

« Non ! » elle a crié. « Je n'ai pas voulu dire pour le faire ! C'était un accident ! Svp ! Svp ! Svp… ! »

Elle s'est réveillée dans une panique, son corps tremblant.

C'était un cauchemar de reproduction. Je ne peux pas continuer comme ceci, pensée de Carmen. Je ne peux pas ! Je dois faire quelque chose.

Elle a voulu désespérément parler à David. Il était à contrecœur revenu à New York. « J'ai un travail de faire, chouchou. Ils ne me laisseront prendre plus de repos. »

« Je comprends, David. Je serai de retour là dans quelques jours. Je dois obtenir une exposition prête. »

Carmen partait pour New York qu'après-midi, mais avant qu'elle est allé, il y avait quelque chose qu'elle s'est sentie qu'elle a dû faire. La conversation avec Billy avait très dérangé. Il blâme ses problèmes sur Anita.

Carmen a trouvé Anita sur la véranda.

« Bonjour, » Carmen a dit.

« Bonjour. »

Carmen a pris un siège vis-à-vis d'elle. « Je dois te parler. »

« Oui ? »

Il était maladroit. « J'ai eu un entretien avec Billy. Il est dans la mauvaise forme. Il… il pense que vous êtes la personne qui l'avait fourni l'héroïne. »

« Il t'a dit cela ? »

« Oui. »

Il y avait une longue pause. « Bien, c'est vrai. »

Carmen a regardé fixement elle dans l'incrédulité. « Ce qui? Je… que je ne comprends pas. Vous m'avez dit que vous essayiez de l'obtenir outre des drogues. Pourquoi vous voudriez le maintenir dépendant ? »

« Vous vraiment ne vous comprenez pas, ne faites pas ? »
Son ton était amer. « Vous vivez en votre propre petit sacré
monde. Bien, laissez-moi te disent quelque chose, Mlle
Célèbre Designer ! J'étais une serveuse quand Billy m'a
obtenu enceinte. Je ne me suis jamais attendu à ce que
William Stanley m'épouse. Et savez-vous pourquoi il a fait ?
Ainsi il pourrait se sentir qu'il était meilleur que son père.
Bien, Billy m'a épousé, bien. Et tout le monde m'a traité
comme la saleté. Quand mon frère, Harold, est descendu
pour le mariage, ils ont agi comme il était un certain genre
de déchets. »

« Anita… »

« Pour te dire la vérité, j'ai été abasourdi quand votre frère
a dit qu'il a voulu m'épouser. Je n'ai pas même su si c'était
son bébé. Je pourrais avoir été une bonne épouse à Billy,
mais personne ne m'a même donné une occasion. À eux
j'étais toujours une serveuse. Je n'ai pas perdu le bébé, j'ai eu
un avortement. J'ai pensé que peut-être Billy me divorcerait,
mais il n'a pas fait. J'étais son symbole symbolique d'à quel
point il démocratique était. Bien, laissez-moi te disent
quelque chose, dame. Je n'ai pas besoin de cela. Je suis aussi
bon que vous ou n'importe qui d'autre. »

 Chaque mot était un coup. « Vous a fait jamais amour
Billy ? »

Anita a gesticulé. « Il était beau et amusement, mais d'autre
part il a eu que mauvais tombez pendant le jeu de polo, et
tout a changé. L'hôpital lui a donné des drogues, et quand il
est sorti, ils se sont attendus à ce qu'il cesse de les prendre.
Une nuit, il était en douleur, et j'ai dit, « je prends un peu de
festin pour vous. « Et après celui, toutes les fois qu'il était en

douleur, je lui ai donné son petit festin. Assez bientôt il a eu besoin de lui, qu'il ait été dans la douleur ou pas. Mon frère est un fournisseur, et je pouvais obtenir l'héroïne entière I nécessaire. J'ai incité Billy à me prier pour elle. Et parfois je lui dirais que j'étais hors de elle juste pour l'observer suer et cri-oh, comment M. William Stanley a eu besoin de moi ! Il n'était pas aussi arrogant alors ! Je l'ai aiguillonné dans me frapper, et alors il se sentirait terrible au sujet de ce qu'il avait fait, et il viendrait rampant de nouveau à moi avec des cadeaux. Vous voyez, quand Billy est outre de dopant, je ne suis rien. Quand il est là-dessus, je suis la personne qui a la puissance. Il peut être Stanley, et peut-être j'étais seulement une serveuse, mais je le commande. »

Carmen regardait fixement elle dans l'horreur.

« Votre frère jugé pour stopper, bien. Quand elle a obtenu le vrai mauvais, ses amis l'entreraient dans un centre de detox, et j'irais lui rends visite et observe grand Stanley souffrir les agonies de l'enfer. Et chaque fois qu'il a sorti, je l'attendrais avec mon petit festin. Il était temps de remboursement. »

Carmen avait du mal à respirer. « Vous êtes un monstre, » elle a dit lentement. « Je veux que vous partiez. »

« Certainement ! Je ne peux pas attendre pour sortir de cet endroit. » Elle a grimacé. « Naturellement, je ne pars pas pour rien. Quelle quantité de règlement j'obtiendrai ? »

« Celui qui il soit, » Carmen a dit, « Il sera trop. Sortez maintenant d'ici. »

« Droit. » Alors elle a ajouté avec un ton affecté, « Je ferai appeler à mon avocat votre avocat. »

« Elle me laisse vraiment ? »

« Oui. »

« Ce signifie… »

« Je sais ce que signifie il, Billy. Pouvez-vous le manipuler ? » Il a regardé sa sœur et a souri. « Je pense ainsi. Oui. Je pense que je peux. »

« Je suis sûr de lui. »

Il a pris une respiration profonde. « Mercis, Carmen. Je n'aurais jamais eu le courage de se débarrasser d'elle. »
Elle a souri. « Pour ce que sont les sœurs ? »

Cet après-midi, Carmen est partie pour New York. L'apparence de mode aurait lieu dans une semaine.

 L'habillement est les plus grandes affaires simples à New York.

Un couturier réussi peut exercer un effet sur l'économie tout autour du monde. Le caprice d'un concepteur a un impact vaste sur chacun des récolteuses de Blackburn en Inde aux tisserands écossais aux vers à soie en Chine et au Japon. Il exerce un effet sur l'industrie de laine et l'industrie en soie. La Donna Karan et Calvin Klein et Ralph Laurens sont une influence économique importante, et Carmen était arrivée dans cette catégorie. On l'a répandu qu'elle était sur le point d'être appelée le concepteur de l'usage de femmes de l'année par le Conseil de
Couturiers de l'Amérique, la récompense la plus prestigieuse qu'un concepteur pourrait recevoir.

Carmen Stanley Rénaux a mené une vie occupée. En septembre, elle a regardé de grands assortiments des tissus, et en octobre, elle a choisi ceux qu'elle a voulus pour ses nouvelles conceptions. Des décembres et janvier ont été consacrés à concevoir les nouvelles modes, et en février, à les raffiner. En avril, elle était prête à montrer sa collection de chute.

Les conceptions de Carmen Stanley étaient, situé à l'avenue du septième 550, partageant le bâtiment avec Bill Blass et Oscar de la Renta. Sa prochaine apparence allait être à la tente de parc de Bryant, qui pourrait asseoir jusqu'à mille personnes.

Quand Carmen est arrivée à son bureau, Cristina a dit, « J'ai de bonnes nouvelles. L'apparence est complètement réservée ! »

« Merci, » Carmen a dit distraitement. Son esprit était sur d'autres choses.

« Par la manière, il y a un URGENT marqué par lettre pour vous sur votre bureau. Il a été juste livré par le messager. »

Les mots ont envoyé une secousse par le corps de Carmen. Elle a marché plus d'à son bureau et a regardé l'enveloppe. L'adresse de retour était association sauvage de protection des animaux, 3000 Park Avenue,

New York, New York. Elle a regardé fixement pendant longtemps lui. Il n'y avait aucun 3000 Park Avenue. Carmen a ouvert la lettre avec les doigts tremblez.

Chère Mme Rénaux,

Mon banquier suisse m'informe qu'il n'a pas encore reçu million de dollars que mon association a demandés. En raison de votre délinquance, je dois vous informer que nos besoins ont été grimpés jusqu'à 5 millions de dollars. Si ce paiement est effectué, je promets que nous ne vous tracasserons pas encore. Vous avez quinze jours pour déposer l'argent dans notre compte. Si vous ne faites pas ainsi, je regrette que nous devions communiquer avec les autorités compétentes.

Il était non signé.

Carmen s'est tenue là dans une panique, le lisant à plusieurs reprises, à plusieurs reprises. Cinq millions de dollars ! Il est impossible, elle a pensé. Je peux ne jamais soulever ce genre d'argent qui rapidement. Quel imbécile j'étais !

Quand David est venu à la maison cette nuit, Carmen lui a montré la lettre.

« Cinq millions de dollars ! » il a éclaté. « Qui est ridicule ! Qui elles pensent vous êtes ? »

« Ils savent qui je suis, » Carmen ont dit. « Qui est le problème. Je dois mettre la main sur une certaine somme d'argent rapidement. Mais comment ? »

« Je ne sais pas…. Je suppose qu'une banque te prêterait l'argent contre votre héritage, mais je n'aime pas l'idée de… »

« David, c'est ma vie où je parle. Nos vies. Je vais voir au sujet d'obtenir ce prêt. »

Greg Coleman était le Vice-Président responsable de New York Union Bank. Il était dans ses années '40 et avait travaillé son chemin d'un guichet junior. Il était un homme ambitieux. Un jour je serai sur le conseil d'administration, va-t-il pensé, et ensuite cela... qui sait ? Ses pensées ont été interrompues par son secrétaire.

« Mlle Carmen Stanley est ici pour vous voir. »

Il a senti un petit frisson du plaisir. Elle avait été une bonne cliente en tant que concepteur réussi, mais maintenant elle était l'une des femmes les plus riches au monde. Il avait essayé pendant plusieurs années d'obtenir le compte de Robert Stanley, sans succès. Et maintenant...

« Montrez-la dedans, » Coleman a dit son secrétaire.

Quand Carmen est entré dans son bureau, Coleman s'est levé et l'a saluée avec un sourire et une poignée de main chaude.

« Je suis heureux ainsi de vous voir, » il a dit. « Asseyez-vous. Du café ou quelque chose plus forte ? »

«Non, merci,» Carmen a di.

« Je veux présenter mes condoléances sur la mort de votre père. » Sa voix convenait grave.

« Merci. »

« Ce qui peut je faire pour vous ? » Il a su ce qu'elle allait dire. Elle allait faire tourner ses milliards à lui pour investir.»

« Je veux emprunter une certaine somme d'argent. » Il a clignoté. « Je vous demande pardon ? »

« J'ai besoin de cinq millions de dollars. »

Il a pensé rapidement. Selon les journaux, sa part du domaine devrait être plus que milliard de dollars. Même avec des impôts...Il a souri. « Bien, je ne pense pas qu'il y aura n'importe quel problème. Vous avez toujours été l'un de nos clients préférés, vous savez. Quelle sécurité vous aimez mettre ? »

« Je suis un héritier dans la volonté de mon père. » Il a incliné la tête. « Oui. J'ai lu cela. »

« Je voudrais emprunter l'argent contre ma part du domaine. »

« Je vois. La volonté de votre père validation encore ? »

« Non, mais elle sera bientôt. »

« Qui est très bien. » Il s'est penché en avant. « Naturellement, nous devrions voir une copie de la volonté. »

« Oui, » Carmen a dit ardemment. « Je peux arranger cela. »

« Et nous devrions connaître la quantité précise de votre part de l'héritage. »

« Je ne connais pas la quantité précise, » Carmen a dit. « Bien, les lois bancaires sont tout à fait strictes, vous savez. Les validations peuvent prendre un certain temps. Pourquoi ne faites pas vous revenez après la validation, et je serai heureux… »

« J'ai besoin de l'argent maintenant, » Carmen a dit désespérément. Elle a voulu crier.

« Oh, cher. Naturellement, nous voulons faire tout que nous pouvons te rendre service. » Il a soulevé ses mains dans un geste impuissant. « Mais malheureusement, nos mains sont attachées jusqu'à… »

Carmen s'est levée à ses pieds. « Merci. »

« Dès que… »

Elle a été allée.

Quand Carmen est revenue au bureau, Cristina a dit avec agitation, « Je dois te parler. »

Elle était dans aucune humeur pour entendre les problèmes de Cristina. « Ce qui est lui ? » Carmen a demandé.

« Mon mari m'a appelé il y a quelques minutes. Sa société le transfère à Paris. Ainsi, je partirai. »

« Vous êtes… allé allant à Paris ? »

Cristina a rayonné. « Oui ! Est-ce que ce n'est pas merveilleux ? Je serai désolé de vous laisser. Mais ne vous inquiétez pas. Je resterai en contact. »

Ainsi c'était Cristina. Mais il n'y a aucune manière de la prouver. D'abord le manteau et maintenant le Paris de vison. Avec cinq millions de dollars, elle peut se permettre de vivre n'importe où dans le monde. Comment est-ce que je manipule ceci ? Si je lui dis que je sais, elle le niera. Peut-être elle exigera plus. David saura quoi faire.

« Cristina… »

Un des assistants de Carmen est entré. « Carmen ! Je dois te parler au sujet de la collection de pont. Je ne pense pas que nous avons assez de conceptions pour… »

Carmen pourrait ne soutenir pas plus. « Excusez-moi. Je ne me sens pas bien. Je rentre à la maison. »

Son assistant regardé lui dans la stupéfaction. « Mais nous sommes au milieu de ! »

« Je suis désolé. »

Et Carmen a été allée.

Quand Carmen est entrée dans son appartement, il était vide.

David travaillait tard. Elle a regardé autour toutes les belles choses dans la chambre, et pensée, ils ne s'arrêteront jamais jusqu'à eux prennent tout. Ils allant m'aveuglent sec. David avait raison. Je devrais être allé chez la police qui nuit.

Maintenant je suis un criminel. Je dois admettre. Maintenant, alors que j'ai le courage. Elle s'est assise là, pensant à ce que ceci allait faire à elle, à David, et à sa famille. Là soyez des titres sinistres, et un procès, et probablement prison. Ce serait la fin de sa carrière. Mais je ne peux pas continuer comme ceci, pensée de Carmen. Je deviendrai fou.

Presque dans une stupéfaction, elle s'est levée et est entrée dans le repaire de David. Elle s'est rappelé qu'il a maintenu sa machine à écrire sur une étagère dans le cabinet. Elle l'a pris l'avalent et ont mis sur le bureau. Elle a roulé une feuille de papier dans le plateau et a commencé à dactylographier.

À qui de droit :
 Mon nom est Carmen … »
Elle s'est arrêtée. La lettre E était cassée.

« Pourquoi, David ? Dans l'intérêt de Dieu, pourquoi ? » La voix de Carmen a été remplie avec angoisse.

« C'était votre défaut. »

« Non ! Je vous ai dit…. C'était un accident ! Je… »

« Je ne parle pas de l'accident. Je parle de vous ! La grande épouse réussie qui était trop occupée pour trouver l'heure pour son mari. »
Elle était comme s'il l'avait giflée. « Qui n'est pas vrai. Je… »

« Tout que vous avez jamais pensé était environ vous-même, Carmen.

Nous sommes allés partout, vous étiez toujours l'étoile. Vous m'avez laissé étiqueter le long comme un caniche d'animal familier. »

« Qui n'est pas juste ! » elle a dit.

« N'est-ce pas? Vous allez à vos défilés de mode partout dans le monde ainsi vous pouvez obtenir votre image dans le journal, et je seul m'assieds ici, vous attendant pour retourner. Me pensez-vous avez-vous aimé être « M. Carmen » ? J'ai voulu une épouse. Ne vous inquiétez pas, mon Carmen chéri. Je rends confortable moi-même avec d'autres femmes tandis que vous étiez allé. »
Son visage était pâle.

« Ils étaient de vraies femmes de chair-et-sang, qui ont eu le temps pour moi. Pas certains condamnés ont fait- vers le haut de vide la coquille. »

« Arrêtez-la ! » Carmen a pleuré.

« Quand vous m'avez dit au sujet de l'accident, j'ai vu une manière de devenir libre de vous. Voulez-vous connaître quelque chose, mon cher ? J'ai eu plaisir à vous observer tortiller quand vous avez lu ces lettres. Elle m'a payé de retour toute l'humiliation que je suis intervenue. »

« Qui est assez ! Emballez vos sacs et sortez d'ici. Je ne veux jamais vous revoir ! »
Sourire de David largement. « Il y a possibilité très petite de cela. Par la manière, faites-vous néanmoins plan pour aller à la police ? »

« Sortez ! » Carmen a dit. « Maintenant ! »

« Je pars. Je pense que je retournerai à Paris. Et, chouchou, je ne dirai pas si vous pas. Vous êtes sûr. »

Une heure plus tard, il a été allé.

À neuf heures le matin, Carmen a mis dans un appel à George Brown.

« Bonjour, Mme Rénaux. Ce qui peux-je faire pour vous ? »

« Je reviens à Los Angeles cet après-midi, » Carmen a dit.

« J'ai une confession à faire. »

Elle a été assise à travers de George, semblant pâle et tiré. Elle s'est assise là congelé, incapable de commencer.

George l'a incitée. « Vous avez dit que vous avez eu une confession à faire. »

« Oui. Je… j'ai tué quelqu'un. » Elle a commencé à pleurer. « C'était un accident, mais… j'ai couru loin. » Son visage était un masque d'angoisse. « J'ai couru loin… et l'ai laissée là. »

« Prenez-le facile, » George a dit. « Commencez au début. » Elle a commencé à parler.

Trente minutes plus tard, George a regardé sa fenêtre, pensant à ce qu'il vient d'apprendre.

« Et vous voulez aller chez la police ? »

« Oui. Était-il ce que je devrais avoir fait en premier lieu. Je… Je ne m'inquiète pas ce qu'elles font désormais à moi. »

George a dit pensivement, « Puisque vous vous donnez volontairement et c'était un accident, je pense que la cour sera clémente. »

Elle essayait de se commander. « Je la veux juste plus d'avec. »

« Que diriez-vous de votre mari ? »

Elle a recherché. « Et lui ? »

« Le chantage est contre la loi. Vous avez le nombre du compte en Suisse où vous avez envoyé l'argent qu'il a volé de vous. Tout que vous devez faire est de presser des frais et… »

« Non ! » Son ton était féroce. « Je ne veux rien davantage faire avec lui. Laissez-le aller dessus de pair avec sa vie. Je veux poursuivre avec le mien. »

George a incliné la tête. « Celui qui vous dites. Je vais vous porter vers le bas au quartier général de la police. Vous pouvez devoir passer la nuit en prison, mais je vous aurai sauvé très rapidement. »

Carmen a souri d'une façon faible et fatiguée. « Maintenant je peux faire quelque chose que je n'ai avant jamais faite. »

« Ce qui est celui ? »

« Concevez une robe dans les rayures. »

Cette soirée, quand il est arrivé à la maison, George a dit à Jennifer ce qui s'était produit.

Jennifer a été horrifiée. « Son propre mari était noir expédition de elle ? C'est terrible. » Elle l'a étudié pendant longtemps. « Je pense qu'il est merveilleux que vous dépensez vos personnes de aide de la vie dans le problème. »

George a regardé son et pensée, je suis celui dans le problème. George Brown a été réveillé par l'arome du café frais et de l'odeur de faire cuire le lard. Il s'est assis dans le lit, effrayé. La femme de charge était-elle venue dans aujourd'hui ? Il a eu lui a dit pas à. George a mis dessus sa robe longue et pantoufles, et s'est dépêché vers le bas à la cuisine. Jennifer était dedans là, préparant le petit déjeuner. Elle a recherché pendant que George entrait.

« Bonjour, » elle a dit gaiement. « Comment faites-vous aimez vos œufs ? »

« Hu… a brouillé. »

« Droit. Les œufs brouillés et le lard sont ma spécialité. En fait, mon une spécialité. Je vous ai dit que, je suis un cuisinier terrible. »

George a souri. « Vous ne devez pas faire cuire. Si vous vouliez à, vous pourriez engager quelques cent chefs. »

« Suis j'allant vraiment obtenir ces beaucoup d'argent, George ? »

« Qui est exact. Votre part du domaine sera au-dessus de milliard de dollars. »

Elle l'a trouvé difficile à avaler. « Milliard… ? Je ne le crois pas. »

« C'est vrai. »

« Il n'y a pas que beaucoup d'argent dans le monde, George. »

« Bien, votre père a eu les la plupart de ce qui-là était. »

« Je… je ne sais pas quoi dire. »

« Alors peux-je dire quelque chose ? »

« Naturellement. »

« Les œufs brûlent. »

« Oh, désolé. » Elle les a rapidement pris outre du fourneau.

« Je ferai un autre groupe. »

« Ne tracassez pas. Le lard brûlé sera assez. » Elle a ri. « Je suis désolé. »

George a marché plus de dans le coffret et a sorti une boîte de céréale. « Que diriez-vous d'un petit déjeuner froid bon ? »

« Parfait, » Jennifer a dit.

Il a versé de la céréale dans une cuvette pour chacun d'eux, a pris le lait hors du réfrigérateur, et ils se sont assis à la table de cuisine.

« Vous n'avez pas quelqu'un à faire cuire pour vous ? » Jennifer a demandé.

« Vous moyen, suis moi avez impliqué de n'importe qui ? » Elle a rougi.

« N'importe quoi de pareil. »

« Non. J'étais dans des relations pendant deux années, mais elles n'ont pas établi. »

« Je suis désolé. »

« Et vous ? » George a demandé.

Elle a pensé au marcheur d'Alan. « Je ne pense pas ainsi. »

Il l'a regardée, curieux. « Vous n'êtes pas sûr ? »

« Il est difficile d'expliquer. L'un de nous veut se marier, » elle a dit avec tact, « et l'un de nous ne fait pas. »

« Je vois. Quand c'est terminé, vous retournerez à Miami ? »

« J'honnêtement ne sais pas. Il semble si étrange, étant ici. Ma mère m'a parlé tellement souvent au sujet de Los Angeles. Elle était née ici, et aimé lui. D'une certaine manière, il est comme la prochaine maison. Je souhaite que je puisse avoir connu mon père. »

Non, vous ne faites pas, pensée de George. « Vous l'avez connu ? »

« Non. Il a eu affaire seulement avec Frank Harold. »

Ils ont reposé parler là pour plus qu'une heure, et il y avait une camaraderie facile entre elles. George a rempli Jennifer dedans sur ce qui a eu l'arrivée produite d' plus en avance de l'étranger qui s'est appelé Jennifer Stanley, la tombe vide, et disparition de Donald Herman.

« Qui est incroyable ! » Jennifer a dit. « Qui pourrait être derrière ceci ? »

« Je ne sais pas, mais j'essaye de découvrir, » George l'ai assurée. « Dans le même temps, vous serez sûr ici. Très sûr. »

Elle a souri, et a dit, « Je sens en sécurité ici. Merci. » Il a commencé à dire quelque chose, et s'est puis arrêté. Il a regardé sa montre. « Je devrais obtenir habillé et arriver vers le bas au bureau. J'ai beaucoup pour faire. »

George rencontrait Harold. « En progressent encore ? » Harold a demandé.

George a secoué sa tête. « C'est toute la fumée. Celui qui a prévu ceci est un génie. J'essaye de tracer Donald Herman. Il a volé de Corse à Paris en Australie. J'ai parlé à la police de Sydney. Ils ont été stupéfiés pour apprendre qu'Herman est dans leur pays. Il y a une circulaire d'Interpol, et ils le recherchent. Je pense Robert Stanley a signé sa propre garantie de mort quand il a appelé ici et a dit qu'il a voulu changer le sien va le faire. Quelqu'un a décidé de l'arrêter. Le seul témoin de ce qui s'est produit cette nuit est Donald Herman. Quand nous le trouvons, nous saurons beaucoup plus. »

« Je me demande si nous amenons notre police dedans sur ceci. » Harold a proposé.

George a secoué sa tête « Ce que nous connaissons est tout le circonstanciel, Frank. Le seul crime que nous pouvons montrer est que quelqu'un a creusé à corps-et nous ne savons pas même qui a fait cela. »

« Que diriez-vous du détective ils ont loué, qui ont vérifié les empreintes digitales de la femme ? »

« Fredy Tillman. J'ai laissé trois messages pour lui. Si je ne reçois pas des nouvelles de retour lui par six heures ce soir, je vais voler à San Francisco. Je crois qu'il est profondément impliqué. »

« Ce qui font vous supposer avez été censé pour arriver aux actions du domaine que l'imposteur allait obtenir ? »

« Ma sensation est que celui qui a prévu ceci a eu son signe sa part plus d'à elles. La personne avait l'habitude probablement quelques confiances factices pour la cacher. Je suis convaincu que nous recherchons un membre de la famille… que je pense que nous pouvons éliminer Carmen en tant que suspect. » Il a dit Harold au sujet de la conversation qu'il avait eue avec elle. « Si elle était derrière ceci, elle ne serait pas venue en avant avec une confession, pas actuellement, quoi qu'il en soit. Elle aurait attendu jusqu'à ce que le domaine ait été arrangé et elle a eu l'argent. En ce qui concerne son mari, je pense que nous pouvons éliminer David. Il est un maître chanteur médiocre. Il n'est pas capable de l'établissement n'importe quoi de pareil. »

« Et les autres ? »

« Juge Stanley. J'ai parlé à un ami à moi avec le Barreau de San Francisco. Mon ami dit que chacun pense très fortement à Stanley. En fait, il juste est nommé juge en chef. Une autre chose en sa faveur : Le juge Stanley était la personne qui a dit que la première Jennifer qui est apparue était une fraude, et il était la personne qui a insisté sur un essai d'ADN. Je doute qu'il fasse n'importe quoi de pareil. Billy m'intéresse. Je suis assez sûr il est sur des drogues, et c'est une habitude chère. J'ai vérifié son épouse, Anita. Elle n'est pas assez futée pour être derrière ce plan. Mais il y a une rumeur qu'elle a un frère qui est de mauvaises affaires. Je vais regarder dans elles. »

George a parlé à son secrétaire sur l'interphone.

« Obtenez-svp moi lieutenant Michael Kennedy de la police de Los Angeles. »

Quelques minutes plus tard, elle a bourdonné George.

« Lieutenant Kennedy est sur la ligne une. »

George a pris le téléphone.

« Lieutenant. Merci de prendre mon appel. Je suis George Brown avec des MANDATAIRES de REYNOLDS et de FRANK HAROLD À LA LOI. Nous essayons de localiser un parent en matière du domaine de Robert Stanley. »

« M. Brown, je serais heureux d'aider si je peux. »

« Vérifieriez-vous svp avec la police de New York City pour voir s'ils ont des dossiers sur le beau-frère de Mme William Stanley ? Son nom est roi d'Harold, il travaille dans le Bronx. »

« Aucun problème. Je t'arriverai de retour. »

« Mercis. »

Après le déjeuner, Frank Harold s'est arrêté par le bureau de George. « Va comment l'enquête allant ? » il a demandé.

« Ralentissez aussi pour m'adapter. Celui qui a prévu ceci a couvert ses voies assez complètement. »

« Comment est le support de Jennifer ? » George a souri.

« Elle est merveilleuse. »

Il y avait quelque chose dans le ton de sa voix qu'incité Frank Harold à jeter un œil plus attentif à lui.

« Elle est une jeune dame très attirante. »

« Je sais, » George a dit d'un air triste et rêveur.

« Je sais. »

« Oui. »

« Inspecteur en chef McFarlin ici de Sydney. »

« Oui, inspecteur en chef. »

« Nous avons trouvé votre homme. »

George a senti son cœur sauter. « Qui est merveilleux ! Je voudrais s'charger de l'extradition immédiate pour l'amener… »

« Oh, je ne pense pas qu'il y a n'importe quelle hâte. Donald Herman est mort. »

George a senti son évier de cœur. « Ce qui ? »

« Nous avons trouvé son corps il y a un petit moment. Sa main droite avait été découpée, et il avait été tiré plusieurs fois. »

« Les bandes russes ont une coutume étrange. D'abord ils ont découpé votre main, puis ils vous laissent être aveugle, et alors ils vous tirent. »

« Je vois. Merci, inspecteur. »

Cul-de-sac. George s'est assis là, regardant fixement le mur. Toutes ses avances disparaissaient. Il s'est rendu compte comment fortement il avait compté sur le témoignage de Donald Herman.

Le secrétaire de George a interrompu ses pensées. « Il y a M. Tillman pour vous sur la ligne trois. »

George a regardé sa montre. C'était 17h55 où il a pris le téléphone. « M. Tillman ? »

« Oui…. Je suis désolé que je ne puisse pas renvoyer vos appels plus tôt. J'ai été hors de ville pour les derniers deux jours. Ce qui peux-je faire pour vous ? »

Beaucoup, pensée de George. Vous pouvez me dire que vous avez truqué ces empreintes digitales. George a choisi ses mots soigneusement. « J'appelle au sujet de Jennifer Stanley. Quand vous étiez à Los Angeles récemment, vous avez vérifié ses empreintes digitales et… »

« M. Brown… »

« Oui ? »

« Je n'ai jamais été à Los Angeles. »

George a pris une respiration profonde. « M. Tillman, selon le registre chez Holiday Inn, vous étiez ici sur… »

« Quelqu'un avait employé mon nom. »

George a écouté, a stupéfié. C'était le cul-de-sac final, la dernière avance. « Je ne suppose pas que vous avez n'importe quelle idée qui il est ? »

« Bien, il est très étrange, M. Brown. Une femme a réclamé que j'étais à Los Angeles et que je pourrais l'identifier comme Jennifer Stanley je ne l'avais avant jamais vue dans ma vie. » George a senti une vague d'espoir. « Vous savez qui elle est ? »

« Oui. Son nom est Perkins. Mary Perkins. »
George a pris un stylo. « Où peux-je l'atteindre ? »

« Elle est à l'installation sanitaire mentale de San Francisco. »

« Mercis beaucoup. J'apprécie vraiment ceci. »

« Restons en contact. Je voudrais savoir que se passe-t-il. Je n'aime pas des personnes circulant me personnifiant. »

« Droit. » George a remplacé le récepteur. Mary Perkins.

Quand George est arrivé à la maison que la soirée, Jennifer attendait pour le saluer.

"J'ai fixé le dîner, » elle lui a dit. « Bien, je ne l'ai pas exactement fixé. Faites-vous aiment la nourriture chinoise ? » Il a souri. « Aimez-la ! »

« Bon. Nous avons huit cartons d'elle. »

Quand George est entré dans la salle à manger, la table a été mise avec des fleurs et des bougies.

« Y a-t-il n'importe quelles nouvelles ? » Jennifer a demandé.

George a dit avec précaution, « nous pouvons avoir notre première coupure. J'ai le nom d'une femme qui semble être impliquée en cela. Je vole à San Francisco pendant le matin pour parler avec elle. J'ai un sentiment que nous pouvons avoir toutes les réponses demain. »

« Qui serait merveilleux ! » Jennifer a dit avec agitation. « Je serai si heureux quand c'est terminé. »

« Ainsi je, » George lui a dit. Ou je ? Elle sera une partie réelle de la famille-manière de Stanley hors de ma portée. Le dîner a duré deux heures, et elles ne se rendaient pas même compte de ce qu'elles mangeaient. Elles ont parlé de tout et elles n'ont parlé de rien, et il était comme s'elles s'étaient connues pour toujours. Ils ont discuté le passé et le présent, et ils ont soigneusement évité de parler de l'avenir. Il n'y a aucun avenir pour nous, George a pensé malheureusement.

En conclusion, à contrecœur, George a bien dit, « Nous devrait aller au lit. »

Elle a regardé lui avec les sourcils augmentés, et eux les deux éclats riant.

« Ce qui j'ai voulu dire… »

« Je sais ce qu'avez voulu dire vous. Bonne nuit, George. »

« Bonne nuit, Jennifer. »

29

Tôt le matin suivant, George a embarqué un vol uni pour San Francisco. De l'aéroport de San Francisco il a pris un taxi.

« À où ? » le conducteur demandé.

« Installation sanitaire mentale de San Francisco. »

Le conducteur a tourné autour et a regardé George. « Êtes-vous bien ? »

« Oui. Pourquoi ? »

« Juste demandant. »

À l'installation, George a approché le garde de sécurité en uniforme à la réception.

La garde a recherché. « Peux je vous aide ? »

« Oui. Je voudrais voir Mary Perkins. »

« Est-elle un employé ? »

Cela ne s'était pas produit à George. « Je ne suis pas sûr. »

La garde a jeté un œil plus attentif à lui. « Vous n'êtes pas sûr ? »

« Tout que je sais est qu'elle est ici. »

La garde atteinte dans un tiroir et a sorti un rôle avec une liste de noms. Après qu'un moment, dit-il, « qu'elle ne travaille pas ici. Pourrait-elle être une patiente ? »

« Je… que je ne connais pas. C'est possible. »

La garde a donné à George un autre regard, puis a atteint dans un tiroir différent et a retiré un listage d'ordinateur. Il l'a balayé, et au milieu, il s'est arrêté. « Perkins. Mary. »

« Qui est exact. » Il a été étonné. « Est-elle un patient ici ? »

« Uh-huh. Êtes-vous un parent ? »

« Aucun…. »

« Alors j'ai peur que vous ne puissiez pas la voir. »

« Je dois la voir, » George a dit. « C'est très important. »

« Désolé. J'ai mes ordres. À moins que vous ayez été dégagé à l'avance, vous ne pouvez pas rendre visite aux patients l'uns des. »

« Qui est responsable ici ? » George a demandé.

« Je suis. »

« Je veux dire, responsable de l'hôpital. »

« Dr. Kimbal. »

« Je veux le voir. »

« Droit. » La garde a pris le téléphone et a composé un numéro. « Dr. Kimbal, ceci est Joe à la réception. Il y a un monsieur ici qui veut vous voir. »

Il a regardé George. « Votre nom ? »

« George Brown. Je suis une mandataire. »

« George Brown. Il est une mandataire… droite. » Il a remplacé le récepteur et s'est tourné vers George.

« Quelqu'un sera le long pour vous porter à son bureau. »

Cinq minutes plus tard, George a été escorté dans le bureau de Dr. Gary Kimbal. Kimbal était un homme en ses années '50, mais il a semblé plus âgé et rongé par les soucis.

« Ce qui peuvent je faire pour vous, M. Brown ? »

« Je dois voir un patient que vous avez ici. Mary Perkins. »

« Ab, oui. Cas intéressant. Êtes-vous lié à elle ? »

« Non, mais j'étudie un meurtre possible, et il est très important que je lui parle. Je pense qu'elle peut être une clé à elle. »

« Je suis désolé. Je ne peux pas vous aider. »

« Vous devez, » George a dit. « Elle est… »

« M. Brown, je ne pourrais pas vous aider même si j'ai voulu à. »

« Pourquoi pas ? »

« Puisque Mary Perkins est dans une cellule capitonnée. Elle attaque chacun qui va près d'elle. Ce matin, elle a essayé de tuer une infirmière et deux médecins. »

« Ce qui ? »

« Elle continue à changer son identité et à crier pour son frère, Thomas, et l'équipage de son yacht. La seule manière que nous pouvons l'apaiser est de la maintenir fortement donnée des sédatifs. »

« Oh, mon Dieu, » George a dit. « Vous avez n'importe quelle idée quand elle pourrait sortir de elle ? »

Dr. Kimbal a secoué sa tête. « Elle est sous l'observation étroite. Peut-être à temps elle calmera vers le bas, et nous pouvons réévaluer son état. Jusque-là… »

30

À six heures du matin, une vedette de port croisait le long de la plage de Newport près de la rivière Santa Ana, quand un des policiers à bord a repéré un objet flottant dans l'eau en avant.

« Outre de l'arc droit ! » il a appelé. « Il ressemble à un rondin. Prenons-le avant qu'il descende quelque chose. »

Le rondin s'est avéré être un corps, et plus effrayant, un corps qui avait été embaumé.

Le policier a regardé vers le bas lui et a dit fixement, « Comment l'enfer a fait un corps embaumé entrent dans la rivière Santa Ana ? »

Lieutenant Michael Kennedy parlait au coroner. « Êtes-vous sure de celui ? »
Le coroner répondu, « Absolument. C'est Robert Stanley. Je l'ai embaumé moi-même. Plus tard, nous avons eu un ordre d'exhumation, et quand nous avons creusé le cercueil… bien, vous savez, nous l'avons rapporté à la police. »

« Qui invité pour avoir le corps a exhumé ? »

« La famille. Ils l'ont manipulé par leur mandataire, Frank Harold. »

« Je pense que j'aurai un entretien avec M. Frank Harold. »

Quand George est revenu à Los Angeles de San Francisco, il est allé directement au bureau de Frank Harold.

« Vous regardez le battement, » Harold a dit.

« Battement-non battu. Le sujet d'ensemble tombe en morceaux, Frank. Nous avons eu trois avances possibles : Donald Herman, Fredy Tillman, et Mary Perkins. Bien, Herman est mort, c'est le Tillman faux, et Mary Perkins est fermée à clef loin dans un asile. Nous n'avons rien… ! »

La voix du secrétaire d'Harold est venue l'interphone.

« Excusez-moi. Il y a un lieutenant Kennedy ici pour vous voir, M. Frank Harold. »

« Envoyez-le dedans. »

Michael Kennedy était un homme à l'air rocailleux avec les yeux qui avaient vu tout.

« M. Frank Harold ? »

« Oui. C'est mon associé George Brown. Je crois que vous deux avez parlé du téléphone. Asseyez-vous. Ce qui peut nous faire pour vous ? »

« Nous avons juste trouvé le corps de Robert Stanley. »

« Ce qui ? Là où ? »

« Nageant dans l'océan pacifique près de la rivière Santa Ana. Vous avez commandé son corps creusé, n'avez pas fait vous ? »

« Oui. »

« Mai je demande pourquoi ? » Harold lui a dit.

Quand Harold était de finition, Kennedy a dit, « Vous n'avez aucune idée que c'était que posé en tant que cet investigateur, Tillman ? »

« Non. J'ai parlé à Tillman. » George a répondu. « Il n'a aucune idée, non plus. »

Kennedy a soupiré. « Elle devient plus curieuse et plus curieuse. »

« Où est le corps de Robert Stanley maintenant ? » George a demandé. « Ils le gardent à la morgue pour le présent. J'espère qu'il ne disparaît pas encore. »

« Je fais, aussi, » George a dit. « Nous aurons Paul que Weissman exécutent un essai d'ADN sur Jennifer. »

Quand George a appelé Thomas pour lui dire que le corps de son père avait été trouvé, Thomas a été véritablement choqué.

« Qui est terrible ! » il a dit. « Qui pourrait avoir fait une chose comme cela ? »

« Est qui ce que nous essayons de découvrir, » George lui a dit.

Thomas était furieux. Cet idiot incompétent, ruisseaux. Il va payer ceci. Je dois obtenir ceci arrangé avant qu'il sorte de la main. « M. Brown, comme vous pouvez se rendre compte, j'ai été nommé juge en chef de San Francisco. J'ai un nombre de dossiers très lourd, et ils me font pression sur pour retourner. Je ne peux pas retard beaucoup plus longtemps. Je l'apprécierais si vous pourriez faire quelque chose obtenir la validation finie rapidement. »

« J'ai mis dans un appel ce matin, » George lui a dit. « Il devrait être fermé dans les trois jours suivants. »

« Qui sera parfait. Gardez-moi a informé, satisfait. »

« Je ferai cela, juge. »

George s'est assis dans son bureau passant en revue les événements des dernières semaines. Il a rappelé la conversation qu'il avait eue avec inspecteur en chef McFarlin.

« Nous avons trouvé son corps il y a un petit moment. Sa main droite avait été découpée, et il avait été tiré plusieurs fois. « Mais attente, pensée de George. Il y a quelque chose qu'il ne m'a pas dite. Il a pris le téléphone et a mis dans un autre appel en Australie. La voix sur l'autre extrémité du téléphone a indiqué,

« C'est inspecteur en chef McFarlin. »

« Oui, inspecteur. C'est George Brown. J'ai oublié de te poser une question. Quand vous a trouvé le corps de Donald Herman, étaient là tous les papiers sur lui ? … Je vois… qu'est très bien… Merci beaucoup. »

Quand George a accroché le téléphone, la voix de son secrétaire est venue l'interphone. « Lieutenant Kennedy tient dessus la ligne deux. »

George a poinçonné le bouton de téléphone.

« Lieutenant. Désolé de vous continuer attente. J'étais à un appel d'outre-mer. »

« Le NYPD m'a fourni de l'information intéressante sur le roi de Harold. Il semble être tout à fait un caractère glissant. »

George a pris un stylo. « Avancez. »

« La police croit que le Brooks qu'il travaille pour est un avant pour un anneau de drogue. » Le lieutenant a fait une pause, puis a continué. « Le roi est probablement un fournisseur de drogue. Mais il est intelligent. Ils n'ont pas pu le clouer encore. »

« Toute autre chose ? » George a demandé.

« La police croit que l'opération est attachée dans la Mafia française avec une connexion par Marseille. Si j'apprends toute autre chose, j'appellerai. »

« Mercis, lieutenant. C'est très utile. »

George a déposé le téléphone et a dirigé la porte de bureau. Quand George est arrivé à la maison, rempli d'anticipation, il a appelé, « Jennifer ? »

Il n'y avait pas de réponse.

Il a commencé à paniquer. « Jennifer ! » Elle a été enlevée ou tuée, il a pensé, et il a senti un sens soudain d'alarme. Jennifer est apparue en haut des escaliers.

« George ? »

Il a pris une respiration profonde. « J'ai pensé… » Il était pâle.

« Êtes-vous tout droit ? »

« Oui. »

Elle est descendue les escaliers. « A fait des choses entrent bien à San Francisco ? »

Il a secoué sa tête. « J'ai peur pas. » Il lui a dit ce qui s'était produit. « Nous allons avoir une lecture de la volonté le jeudi, Jennifer. C'est seulement trois jours dès maintenant. Celui qui est derrière ceci doit se débarrasser de vous d'ici là ou du sien ou la plan ne peut pas travailler. »

Elle a avalé. « Je vois. Vous avez n'importe quelle idée qui il est ? »

« En fait… » Le téléphone a sonné.

« Excuse-moi. » George a pris le téléphone. « Bonjour ? »

« C'est Dr. Thompson en Floride. Désolé je n'ai pas appelé plus tôt, mais j'ai été parti. »

« Dr. Thompson. Merci de renvoyer mon appel. Notre entreprise représente le domaine de Stanley. »

« Ce qui peut je faire pour vous ? »

« J'appelle au sujet de William Stanley. Je crois qu'il est un patient à vous. »

« Oui. »

« Il a un problème de drogue, docteur ? »

« M. Brown, je ne suis à la liberté pour discuter aucun de mes patients. »

Je comprends. Je ne demande pas ceci hors de la curiosité. C'est très important »

« J'ai peur que je ne puisse pas »

« Vous l'avez fait admettre à la clinique de groupe de port dans Jupiter, n'avez pas fait vous ? »

Il y avait une longue hésitation. « Oui. C'est une question de disque. »

« Merci, docteur. C'est tout I requis pour savoir. » George a remplacé le récepteur et a tenu là un moment.

« Il est incroyable ! »

« Ce qui ? » Jennifer a demandé.

« Asseyez-vous.... »

Trente minutes plus tard, George était dans sa voiture dirigée pour l'air de Bell. Tous les morceaux ont eu finalement des pieds dans l'endroit. Il est brillant. Cela a presque fonctionné. Il pourrait encore fonctionner si quelque chose arrivait à Jennifer, pensée de George. À l'air de Bell, Damon a répondu à la porte. « Bonsoir, M. Brown. »

« Bonsoir, Damon. Est le juge Stanley dedans ? »

« Il est dans la bibliothèque. Je lui dirai que vous êtes ici. »

« Merci. » Il a observé Damon marcher.

Une minute plus tard, le maître d'hôtel est retourné.

« Le juge Stanley vous verra maintenant. »

« Merci. »

George est entré dans la bibliothèque. Thomas s'asseyait devant un échiquier, se concentrant. Il a recherché pendant que George marchait dedans.

« Vous avez voulu me voir ? »

« Oui. Je crois que la jeune femme qui est venue pour vous voir il y a plusieurs jours est la vraie Jennifer. L'autre Jennifer était un faux. »

« Mais ce n'est pas possible. »

« J'ai peur qu'il soit vrai, et j'ai découvert qui est derrière le tout ceci. »

Il y avait un silence momentané. Alors Thomas a dit lentement, « Vous avez ? »

« Oui. J'ai peur que ceci aille vous choquer. C'est votre frère, Billy. »

Thomas regardait George dans la stupéfaction. « Êtes-vous disant que Billy est responsable de ce qui est produit ? »

« Qui est exact. »

« Je… je ne peux pas le croire. »

« Ni l'un ni l'autre ne pourraient I, mais ils toute vérifient. J'ai parlé à son docteur en air de Bell. Vous avez connu votre frère est sur des drogues ? »

« Je… je l'ai suspecté. »

« Les drogues sont chères. Billy ne travaille pas. Il a besoin d'argent, et il recherchait évidemment une plus grande part du domaine. Il est la personne qui a engagé la fausse Jennifer, mais quand vous êtes venu à nous et demandé un essai d'ADN, il a paniqué et a fait enlever le corps de votre père du cercueil parce qu'il ne pourrait pas se permettre d'avoir que l'essai a fait. Est c'outre de ce qu'incliné me. Et je suspecte qu'il ait envoyé quelqu'un à Miami pour avoir la vraie Jennifer ait tué. Avez-vous su qu'Anita a un frère qui a attaché dans la foule ? Tant que Jennifer vivante et là ont deux ans Jennifer autour, son plan ne peut pas fonctionner. »

« Êtes-vous sûr du tout ceci ? »

« Absolument. Il y a d'autre chose, juge. »

« Oui ? »

« Je ne pense pas que votre père meurent dans l'accident automobile. Je crois que Billy a fait assassiner votre père. Le frère d'Anita pourrait avoir arrangé cela aussi. Je suis dit qu'il entretient des relations avec la Mafia de Marseille. Elles pourraient facilement avoir payé un membre d'équipage pour la faire. Je vole en Italie ce soir pour avoir un entretien avec l'autorité locale. »

Thomas écoutait attentivement. Quand il a parlé, il a dit avec approbation, « qu'est une bonne idée. » Capitaine Bargas ne connaît rien.

« J'essayerai d'être de retour par jeudi pour la lecture de la volonté. »

Thomas a dit, « Que diriez-vous de la vraie Jennifer ? … Êtes-vous sure qu'elle est sûre ? »

« Oh, oui. » George a dit. « Elle reste où personne ne peut la trouver. Elle est à ma maison. »

31

Le morceau extraordinaire de bonne chance que j'avais été donné était l'occasion de la combattre ma manière. Les dieux sont de mon côté. Il ne pourrait pas croire sa bonne chance. C'était une course incroyable de la chance. La nuit dernière, George Brown avait livré Jennifer dans ses mains. Les ruisseaux de Henry est un imbécile incompétent ; Pensée de Thomas. Je prendrai à soin de Jennifer moi-même ce temps. Il a recherché pendant que Damon entrait dans la salle.

« Excusez-moi, juge Stanley. Il y a un appel téléphonique pour vous. »

C'était Lynda Powell. « Thomas ? »

« Oui, Lyn. »

« J'ai juste voulu vous amener à jour sur la matière de Mary Perkins. »

« Oui ? »

« Dr. Clifton m'a juste appelé. La femme est aliénée. Elle continue tellement mal qu'ils doivent avoir la sa verrouillés loin dans la salle violente. »

Thomas a senti un sens de soulagement pointu. « Je suis désolé d'entendre cela. »

« De toute façon, j'ai voulu soulager votre esprit et vous ai fait savoir qu'elle n'est plus n'importe quel danger à vous ou à votre famille. »

« J'apprécie cela, » Thomas a dit. Et il a fait.

Thomas est allé à sa pièce et a téléphoné à Connie.

Il y avait une longue attente avant que Connie ait répondu.

« Bonjour ? » Thomas pourrait entendre des voix à l'arrière-plan. « Connie ? »

« Qui est ceci ? »

« C'est Thomas. »

« Oh, ouais. Thomas. »

Il pourrait entendre le tintement des verres.

« Êtes-vous ayant une partie, Connie ? »

« Uh-huh, vous voulez nous joindre ? »

Thomas s'est demandé qui était à la partie. « Je souhaite que je pourrais. J'appelle pour vous dire d'être prêt pour partir en ce voyage que nous avons parlé. »

Connie a ri. « Vous voulez dire sur celui le grand yacht blanc à St Tropez ? »

« Qui est exact. »

« Sure. Je peux être prêt n'importe quand, » elle a dit de façon moqueuse.

« Connie, je suis sérieux. »

« Oh, dégagez-vous lui, Thomas. Les juges n'ont pas des yachts. Je dois aller maintenant. Mes invités m'appellent. »

« Attendez une minute ! » Thomas a dit désespérément. « Vous savez qui je suis ? »

« Sure, vous êtes… »

« Je suis Thomas Stanley. Mon père était Robert Stanley. »
Il y avait une minute de silence. « Êtes-vous me badinant ? »

« Non. Je suis à Los Angeles maintenant, arrangeant vers
le haut du domaine. »

« Mon Dieu ! Vous êtes ce Stanley. Je n'ai pas su. Je suis
désolé. Je… J'avais entendu la substance sur les nouvelles,
mais je n'ai pas prêté beaucoup d'attention. Je n'ai jamais
figuré que c'était vous. »

« Qui est tout exact. »

« Vous l'avez vraiment voulu dire au sujet de me porter à
St Tropez, n'avez pas fait vous ? »

« Naturellement j'ai fait. Nous allons faire beaucoup de
choses ensemble, » Thomas a dit. « C'est-à-dire, si vous
voulez à. »

« Je fais certainement ! » La voix de Connie a été
soudainement remplie avec enthousiasme. « Gee, Thomas,
ceci est des nouvelles vraiment grandes.… » Quand Thomas
a remplacé le récepteur, il souriait. Connie a été prise en
compte. Maintenant, il a pensé, il est l'heure de prendre soin
de ma demi-sœur.

Thomas est entré dans la bibliothèque où la collection
d'arme à feu de Robert Stanley a été gardée, ouvert le cas, et
a enlevé boîte d'acajou. D'un tiroir au-dessous du cas, il a
sorti quelques munitions. Il a mis les munitions dans sa
poche et a porté la boîte en bois en haut à sa chambre à
coucher, a fermé à clef la porte derrière lui, et a ouvert la
boîte. À l'intérieur de étaient deux revolvers assortis de
rugby, favoris de Robert Stanley. Thomas a enlevé un, l'a
soigneusement chargé, et a alors placé les munitions
supplémentaires et la boîte contenant l'autre revolver dans
son tiroir de bureau. Un tir le fera, il a pensé. Ils l'avaient

enseigné que pour tirer bien à l'école militaire son père l'avait envoyé à. Merci, père.

Après, Thomas a pris un annuaire téléphonique et a recherché l'adresse début de piste de George Brown : Rue de 280 Newbury, Los Angeles.

Thomas a fait sa manière au garage, où il y avait d'une demi-douzaine de voitures. Il a choisi Mercedes noir en tant qu'étant moins le remarquable. Il a ouvert la porte de garage et a écouté pour voir si le bruit avait touché à n'importe qui. Il y avait seulement silence. Sur la commande à la maison de George Brown, Thomas a pensé à ce qu'il était sur le point de faire. Il ne jamais avait physiquement commis un meurtre avant. Mais cette fois il n'a eu aucun choix. Jennifer Stanley était le dernier obstacle entre lui et ses rêves. Elle étant allé, ses problèmes seraient terminés. Pour toujours, pensée de Thomas.

Il a conduit lentement, soigneux pour ne pas attirer l'attention. Quand il a atteint la rue de Newbury, Thomas a croisé après l'adresse de George. Quelques voitures ont été garées sur la rue, mais aucun piéton n'était autour.

Il a garé la voiture un bloc loin et a marché de nouveau à la maison. Il a sonné la sonnette et a attendu.

La voix de Jennifer est venue par la porte.

« Qui est lui ? »

« C'est juge Stanley. »

Jennifer a ouvert la porte. Elle l'a regardé dans la surprise.

« Que faites-vous ici ? Est quelque chose mal ? »

« Non, pas du tout, » il a dit facilement.

« George Brown m'a demandé d'avoir un entretien avec vous. Il m'a dit que vous étiez ici. Peux j'entre ? »

« Oui, naturellement. »

Thomas est entré dans le hall et la Jennifer observée pour fermer la porte derrière lui. Elle a mené la manière dans le salon.

« George n'est pas ici, » elle a dit. « Il est sur son chemin à San Francisco. »

« Je sais. » Il a regardé autour. « Êtes-vous seul ? N'y a pas il une femme de charge ou quelqu'un à rester avec vous ? »

« Non. Je suis sûr ici. Peux je t'offre quelque chose ? »

« Non, merci. »

« Ce qui vous avez voulu me parler environ ? »

« Je suis venu pour parler de vous, Jennifer. Je suis déçu dans vous. »

« A déçu… ? »

« Vous devriez jamais ne ici être venu. Vous a fait pensent vraiment que vous pourriez marcher dedans et essayer de rassembler une fortune qui n'appartient pas à vous ? »

Elle l'a regardé un moment. « Mais j'ai un droit… »

« Vous avez un droit à rien ! » Thomas s'est cassé.

« Où étiez-vous toutes années où nous étions humilié et puni par notre père ? Il est sorti de sa manière de nous blesser chaque occasion qu'il a obtenue. Il nous a mis par l'enfer. Vous n'avez dû passer par aucune de cela. Bien, nous avons fait, et nous méritons l'argent. Pas vous. »

« Je… ce qui vous veulent que je fasse ? »

Thomas a donné un rire court. « Est-ce que je veux que fassiez-vous ? Rien. Vous l'avez déjà fait. Vous avez condamné près corrompu tout, vous connaissez cela ? »

« Je ne comprends pas. »

« Il est vraiment tout à fait simple. » Il a sorti le revolver.

« Vous allez disparaître. »

Elle a rapporté une mesure.

« Mais Je… »

« Ne dites rien. Laissez-nous le temps non de rebut. Vous et moi partez en petit voyage. »

Elle a raidi. « Ce qui si je n'irai pas ? »

« Oh, vous irez. Mort ou vivant. Costume vous-même. »

Pendant la minute de silence qui a suivi, Thomas a entendu sa voix gronder de la prochaine salle. « Oh, vous irez. Mort ou vivant. Costume vous-même » qu'il a tourbillonné autour.

« Ce qui… ? »

George Brown, Frank Harold, lieutenant Kennedy, et deux policiers en uniforme ont fait un pas dans le salon. George tenait un magnétophone.

Lieutenant Kennedy a dit, « Me donnent l'arme à feu, juge. »

Thomas a gelé pendant un instant, et alors il a forcé un sourire. « Naturellement. J'essayais juste d'effrayer cette femme dans sortir d'ici. Elle est une fraude, vous savez. » Il a mis le revolver en main tendue du détective. « Elle a essayé de réclamer une partie du domaine de Stanley. Bien, je n'étais pas sur le point de la laisser partir avec lui. Ainsi je… »

« Il est terminé, juge, » George a dit.

« De que parlez-vous ? Vous avez dit que Billy était responsable de… »

« Billy n'était pas jusqu'à la planification quelque chose aussi intelligente que ceci, et Carmen était déjà très réussi. Ainsi j'ai commencé à vérifier vous. Donald Herman a été tué en Australie, mais la police australienne a trouvé votre numéro de téléphone dans sa poche. Vous l'aviez l'habitude pour assassiner votre père. Vous êtes la personne qui a apporté Mary Perkins et alors insisté elle était un imposteur pour jeter le soupçon outre de vous-même. Vous êtes la personne qui a insisté sur l'essai d'ADN et chargé d'avoir le corps enlevé. Et vous êtes la personne qui rassemblement dans le faux appel à Tillman.

Vous avez engagé Mary Perkins pour personnifier Jennifer, et l'avez puis faite commettre à une salle psychiatrique. »

Thomas a regardé autour de la salle, et quand il a parlé, sa voix était dangereusement calme. « Et un numéro de téléphone sur un homme mort est vos preuves ? Je ne peux pas croire ceci ! Vous avez installé votre petit piège pitoyable basé sur celui ? Vous n'avez pas une once de preuve. Mon numéro de téléphone était dans la poche de Donald parce que j'ai pensé que mon père pourrait être en danger. J'ai dit Donald de faire attention. Évidemment, il ne faisait pas attention assez. Celui qui a tué mon père Donald tué probablement. C'est qui la police devrait rechercher. J'ai appelé Tillman parce que j'ai voulu qu'il découvrît la vérité. Quelqu'un l'a personnifié. Je n'ai aucune idée qui. Et à moins que vous puissiez le trouver et l'attacher à moi, vous n'avez rien. En ce qui concerne Mary Perkins, j'ai vraiment cru qu'elle était notre sœur. Quand elle est soudainement devenue folle, allant sur une fête d'achat et menaçant de nous tuer tous, je l'ai persuadée d'aller à San Francisco. Alors je me suis chargé de la faire prendre et être commis. J'ai voulu garder tout ceci hors de la presse pour protéger la famille. »

Jennifer a dit, « mais vous êtes venu ici pour me tuer. »

Thomas a secoué sa tête. « Je n'ai eu aucune intention de vous tuer. Vous êtes un imposteur. J'ai juste voulu vous effrayer loin. »

« Vous vous trouvez. »

Il s'est tourné vers les autres. « Il y a d'autre chose que vous pourriez considérer. Il est possible que rien la famille soit impliquée. Il pourrait être un certain initié qui manœuvre ceci, quelqu'un qui ont mis dans un imposteur et prévu pour convaincre la famille qu'elle était véritable et a puis dédoublé une part du domaine avec elle. Cela ne s'est produit à aucun de vous, l'a fait ? »

Il s'est tourné vers Frank Harold. « Je vais vous poursuivre chacun des deux pour la calomnie, et je vais emporter tout que vous avez. Ce sont mes témoins. Avant que je termine vous, vous souhaiterez que vous n'ayez jamais entendu parler de moi. Je commande des milliards, et je vais les employer pour vous détruire. »

Il a regardé George. « Je te promets que vos derniers agissent en tant qu'un avocat sera la lecture de Stanley allez le faire. Maintenant, à moins que vous vouliez me charger de porter une arme non autorisée, je partirai. »

Le groupe regardé un autre incertain. « Non ? Bien, bonsoir, puis. »

Ils ont observé sans ressource pendant qu'il marchait la porte. Lieutenant Kennedy était le premier pour trouver sa voix. « Mon Dieu ! » il a dit. « Vous croyez cela ? »

« Il bluffe, » George a dit lentement. « Mais nous ne pouvons pas la prouver. Il a raison. Nous avons besoin de preuve. J'ai pensé qu'il fendrait, mais je l'ai sous-estimé. »

Frank Harold a parlé. « Elle ressemble à notre petit plan a pétardé. Sans Donald Herman ou le témoignage de la femme de Perkins, nous n'avons rien mais des soupçons. »

« Que diriez-vous de la menace ma vie ? » Jennifer a protesté.

George a dit, « vous avez entendu ce qu'il a dit. Il essayait juste de vous effrayer parce qu'il a pensé que vous étiez un imposteur. »

« Il n'essayait pas simplement de m'effrayer, » Jennifer a dit. « Il a eu l'intention de me tuer. »

« Je sais. Mais il n'y a pas une chose que nous pouvons faire. Dickens l'a faite redresser : 'La loi est un âne… ` Nous sommes juste de retour où nous avons commencé. »

Harold a froncé les sourcils. « Il est plus mauvais que ce, George. Thomas a voulu dire ce qu'il a dit au sujet de nous poursuivre. À moins que nous puissions prouver nos frais, nous avons des ennuis. »

Quand les autres étaient partis, Jennifer a dit à George, « Je suis si désolé au sujet du tout ceci. Je sens dedans parti responsable. Si je n'étais pas venu… »

« Ne soyez pas idiot, » George a dit.

« Mais il a dit qu'il va vous ruiner. Peut-il font cela ? » George a gesticulé. « Nous devrons voir. »

Jennifer a hésité. « George, je voudrais vous aider. » Il l'a regardée, perplexe. « Ce qui vous voulez dire ? »

« Bien, je vais avoir beaucoup d'argent. Je voudrais te donner asse 'ainsi vous pouvez… »

Il a mis ses mains sur ses épaules. « Merci, Jennifer. Je ne peux pas prendre votre argent. J'irai bien. »

« Mais… »

« Ne vous inquiétez pas à son sujet. »

Elle a frissonné. « Il est un homme mauvais. »

« Il était très courageux de vous pour faire ce que vous avez fait. »

« Vous avez dit qu'il n'y avait aucune manière de l'obtenir, ainsi j'ai pensé si vous l'envoyiez ici, qui pourrait être la manière de l'emprisonner. »

« Elle regarde comme si nous sommes ceux qui sont tombés dans le piège, ne fait pas il ? »

Cette nuit, Jennifer s'étend dans son lit, pensant à George et se demandant comment elle pourrait le protéger. Je ne devrais pas être venu, elle a pensé, mais si je n'étais pas venu, je ne l'aurais pas rencontré.

Dans la prochaine salle, George s'étend dans le lit, pensant à Jennifer. Il était frustrant pour penser qu'elle se situait dans son lit avec seulement un mur mince entre eux. De que est-ce que je parle ? Ce mur est de milliard de dollars d'épaisseur.

Thomas était dans sa mauvaise humeur. Sur le chemin de la maison, il a pensé à ce qui avait juste eu lieu, et à la façon dont il les avait surpassés. Ils sont des pygmées essayant d'abattre un géant, ils ont pensé. Et il n'a eu aucune idée que c'était par le passé la pensée de son père. Thomas a une commande très mauvaise d'humeur.

Quand Thomas a atteint l'air de Bell, Damon l'a salué.

« Bonsoir, juge Thomas. J'espère que vous êtes bon cette soirée. »

« N'améliorez jamais, Damon. N'améliorez jamais. »

« Peux-je vous obtenir quelque chose ? »

« Oui. Je pense que je voudrais un verre de champagne. »

« Naturellement, monsieur. »

C'était une célébration, la célébration de sa victoire.

Demain je vaudrai plus de deux milliards de dollars. Il ait l'expression affectueusement à plusieurs reprises. « Deux milliards de dollars… deux milliards de dollars… »

Il a décidé d'appeler Connie.

Cette fois Connie a identifié sa voix immédiatement. « Thomas ! Comment allez-vous ? » Sa voix était chaude.

« Très bien, Connie. »

« J'avais attendu pour avoir de vos nouvelles. »

Thomas a senti un peu de frisson.

« Ayez-vous ? Comment vous aimez venir à Los Angeles demain ? »

« Sure… mais pour ce qui ? »

« Pour la lecture de la volonté. Je vais hériter plus de deux milliards de dollars. »

« Deux… qui est fantastique ! »

« Je vous veux ici sur mon côté. Nous allons sélectionner ce yacht ensemble. »

« Oh, Thomas ! Cela semble merveilleux ! »

« Alors vous viendrez ? »

« Naturellement, je vais le faire. »

Quand Connie a remplacé le récepteur, elle a reposé dire là affectueusement à plusieurs reprises, « deux milliards de dollars…. deux milliards de dollars…. »

32

La volonté de Robert Stanley était au centre de la discussion non seulement dans les médias, mais également entre ses héritages et avocats. La veille de la lecture de la volonté, Carmen et Billy ont été assis en bureau de George.

« Je ne comprends pas pourquoi nous sommes ici, » Billy ai dit. « La lecture est censée être demain. »

« Il y a quelqu'un que je veux que vous vous réunissiez, » George leur a dit.

« Qui ? »

« Votre sœur. »

Ils étaient tous deux regardant fixement lui. « Nous l'avons déjà rencontrée, » Carmen a dit.

George a appuyé sur un bouton sur l'interphone. « Vous lui demanderiez d'entrer, svp ? »

Carmen et Billy ont regardé l'un l'autre, perplexe.

La porte ouverte, et Jennifer Stanley sont entrées dans le bureau.

George s'est levé. « C'est votre sœur, Jennifer. »

« Êtes diable vous parlant ? » Billy a éclaté.

« Ce qui sont vous essayant de tirer ? »

« Laissez-moi expliquer, » George a dit tranquillement. Il a parlé pendant quinze minutes, et a fini en disant, « Paul Weissman confirme que son ADN assortit votre père. »

Quand George était, Billy a dit, « Thomas ! Je ne peux pas la croire ! »

« Croyez-la. »

« Je ne comprends pas. De l'autre les empreintes digitales femme montrent qu'elle est Jennifer, » Billy ont dit. « J'ai toujours la carte d'empreinte digitale. »

George a senti son broyage d'impulsion. « Vous faites ? »

« Ouais. Je l'ai gardé comme un peu plaisanterie. »

« Je veux que vous me fassiez une faveur, » George a dit.

À dix heures le lendemain matin, un grand groupe a été recueilli dans la salle de conférence de Reynolds et de l'avocat de Frank Harold. Frank Harold s'est assis à la tête d'une table. Dans la salle il y avait Carmen, Thomas, Billy, George, et Jennifer. En outre, il y avait plusieurs étrangers présents.

Harold a présenté deux d'entre eux. « C'est Bryant Watkins et Gérald Walton. Ils sont avec les cabinets d'avocats celui représentez les entreprises de Stanley. Elles ont apporté avec elles le rapport financier sur la société. Je discuterai la volonté d'abord, puis elles peuvent assurer la réunion. »

« Réussissons avec elle, » Thomas a dit impatiemment. Il s'asseyait indépendamment des autres. Je vais non seulement obtenir l'argent, mais je vais vous détruire des bâtards.

Frank Harold a incliné la tête. « Très bien. »

Devant Harold était un Robert divisé grand par dossier Stanley que le BOUT ET TESTAMENT. « Je vais donner à chacun de vous une copie de la volonté ainsi il ne sera pas nécessaire de patauger par toutes les technicités. Je vous ai déjà dit que les enfants de Robert Stanley hériteront également du domaine. »

Jennifer a jeté un coup d'œil plus de chez George, un regard de stupéfiez sur son visage.

Je suis heureux pour elle, pensée de George. Quoiqu'elle mette sa sortie de ma portée.

Frank Harold continuait. « Il y a douzaine environ legs, mais ils sont tous mineurs. »

Thomas pensait, Connie sera ici cet après-midi. Je veux être à l'aéroport pour le rencontrer.

« Car vous avez été dit plus tôt, les entreprises de Stanley dispose des capitaux d'approximativement six milliards de dollars. » Harold a incliné la tête vers Bryant Watkins. « Je laisserai M. Watkins la prendre d'ici. »

Bryant Watkins a ouvert une serviette et a répandu quelques papiers sur la table de conférence. « Car M. Frank Harold a dit, il y a six milliards de dollars dans les capitaux. Néanmoins… »

Il y avait une pause enceinte. Il a regardé autour de la salle.

« Les entreprises de Stanley est dans la dette au-dessus de quinze milliards de dollars. »

Billy était sur ses pieds. « Êtes diable vous disant ? » Le visage de Thomas tourné pâle. « Est un ce certain genre de plaisanterie ? »

« Il doit être ! » Carmen a dit d'une voix rauque.

M. Watkins s'est tourné vers un des hommes dans la chambre. « M. Scott Richter est avec la Commission des Opérations de Bourse. Je le laisserai expliquer. »

Richter a incliné la tête. « Pendant les deux dernières années, Robert Stanley a été convaincu que les taux d'intérêt allaient tomber. Dans le passé, il avait fait des millions par le pari sur cela. Quand les taux d'intérêt ont commencé à être en hausse, il était encore convaincu qu'ils chuteraient encore, et il a continué à accroître ses paris. Il a fait l'emprunt massif pour acheter les obligations à long terme, mais les taux d'intérêt sont montés et ses coûts de crédit ont sauté, alors que la valeur des liens dégringolait. Les banques étaient disposées à faire des affaires avec lui en raison de sa réputation et de sa vaste fortune, mais quand il a essayé de récupérer ses pertes en commençant à investir dans des valeurs à haut risque, elles ont commencé à obtenir inquiétées. Il a fait une série des investissements désastreux. Une partie de l'argent qu'il a emprunté a été mise en gage par des valeurs il a eues acheté avec l'argent emprunté en tant que garantie pour emprunter plus loin. »

« En d'autres termes, » Gérald que Walton a exclamé, « il était pyramidion ses dettes, opérant illégalement. »

« Qui est correct. Malheureusement pour lui, les taux d'intérêt ont subi une des montées les plus raides dans l'histoire financière. Il a dû continuer à emprunter l'argent pour couvrir l'argent qu'il avait déjà emprunté. C'était un cercle vicieux. »

Ils se sont reposés là, accrochant sur chaque mot de Richter. « Votre père a donné sa garantie personnelle au plan de retraite du retraite de la société et avait l'habitude illégalement cet argent pour acheter plus d'actions. Quand les banques ont commencé à interroger ce qu'il faisait, il a installé des sociétés de leurre et si les disques faux des ventes de solvabilité et de faux de ses propriétés pour conduire vers le haut de la valeur de son papier. Il commettait la fraude. En fin de compte, il comptait sur un consortium de banques pour l'écoper hors du problème. Ils ont refusé. Quand ils ont dit à la Commission des Opérations de Bourse ce qui se produisait, Interpol a été introduit dans l'image. »

Richter a indiqué l'homme assis à côté de lui. « C'est inspecteur Patel, avec la sécurité française. Inspecteur, vous expliqueriez le reste de lui, svp ? »

L'inspecteur Patel a parlé anglais avec un léger accent français. « Sur demande d'Interpol, nous avons tracé Robert Stanley à Monte Carlo, et j'ai envoyé trois détectives là pour le suivre. Il est parvenu à les éluder. Interpol avait éteint un code vert à tous les Départements de Police qui Robert Stanley était sous le soupçon et devrait être observé. S'ils avaient connu l'ampleur de ses crimes, ils auraient circulé un code rouge, ou la haute priorité, et nous l'aurions appréhendé. »

Billy était dans un état de choc. « Qui est pourquoi il nous a laissé son domaine. Puisqu'il n'y avait rien dans lui ! »

Bryant Watkins a dit, « vous avez raison à ce sujet. Vous étiez tous dans la volonté de votre père parce que les banques ont refusé d'aller avec lui et il a su que, essentiellement, il ne te laissait rien. Mais il a parlé à Ben Ginsburg chez Crédit

Lyonnais, qui a promis de l'aider. Le moment Robert que Stanley a pensé qu'il était dissolvant encore, il a prévu de changer le sien vous coupera hors de lui. »

« Mais que diriez-vous du yacht, et l'avion, et les maisons ? » Carmen a demandé.

« Je suis désolé, » Watkins a dit. « Tout sera vendu à la pièce de profit de la dette. »

Thomas s'est assis là, comme des morts. C'était un cauchemar au delà de son imagination. Il n'était plus Thomas Stanley, Multimillionnaire. Il était seulement un juge.

Thomas s'est levé pour partir, secoué. « Je ne sais pas quoi dire. S'il y a rien d'autre « il a dû arriver à l'aéroport rapidement pour rencontrer Connie et pour essayer d'expliquer ce qui s'était produit.

George a parlé. « Il y a d'autre chose. » Il a tourné.
« Oui ? »

George a incliné la tête à un homme se tenant à la porte. La porte ouverte, et les ruisseaux de Henry ont marché dedans.

« Salut, juge. »

La percée était venue quand Billy a dit à George qu'il a eu la carte d'empreinte digitale.

« Je voudrais la voir, » George lui a dit.

Billy avait été déconcerté. « Pourquoi ? Elle a juste les ensembles de la femme deux d'empreintes digitales là-dessus, et ils se sont assortis. Nous l'avons tout vérifié. »

« Mais l'homme qui s'est appelé Fredy Tillman a pris les empreintes digitales, droite ? »

« Oui. »

« Puis s'il touchait la carte, ses empreintes digitales seront allumées il. »

La sensation de George s'était avérée exacte. Copies de ruisseaux de Henry les' étaient partout dans la carte, et cela avait pris moins de trente minutes pour que les ordinateurs indiquent son identité. George avait téléphoné au Procureur de la République à San Francisco. Un mandat a été lancé, et deux détectives étaient apparus à la maison des ruisseaux de Henry.

Il était dans la cour jouant le crochet avec Bob.

« M. Brooks ? »

« Oui. »

Les détectives ont montré leurs insignes. « Le Procureur de la République voudrait te parler. »

« Non. Je ne peux pas. » Il était indigné.

« Mai je demande pourquoi ? » un des détectives demandés.

« Vous pouvez voir pourquoi, n'est-ce pas ? Je joue la boule avec mon fils ! »

Le Procureur de la République avait lu la transcription procès de Henry de ruisseaux'. Il a regardé l'homme assis devant lui et a dit, « je comprends que vous êtes un père de famille. »

« Qui est exact, » Henry Brooks a dit fièrement. « Est qui au sujet de ce que ce pays est tout. Si chaque famille pourrait… »

« M. Brooks. » Il s'est penché en avant. « Vous aviez travaillé avec le juge Stanley. »

« Je ne connais aucun juge Stanley. »

« Laissez-moi régénérer votre mémoire. Il vous a mis sur la liberté conditionnelle. Il vous avait l'habitude pour personnifier un détective privé appelé

Fredy Tillman, et nous ont la raison de croire qu'il t'a également demandé de tuer une Jennifer Stanley. »

« Je ne sais pas de ce que vous parlez. »

« Ce qui je parle est une phrase de dix à vingt ans. Je vais pousser les vingt. »

Les ruisseaux de Henry tournés pâlissent. « Vous ne pouvez pas faire cela ! Pourquoi, mon épouse et enfants… »

« Exactement. D'autre part, » le Procureur de la République a dit, « si vous êtes disposé à tourner les preuves de l'état, je suis disposé à assurer vous pour descendre très légèrement. »

Les ruisseaux de Henry commençaient à transpirer. « Ce qui… ce qui je dois faire ? »

« Entretien à moi…. »

Maintenant, dans la salle de conférence de Reynolds et de l'avocat de Frank Harold, les ruisseaux de Henry ont regardé Thomas, et ont indiqué, « comment allez-vous, juge ? »
Billy a recherché et a hurlé, « Hé ! C'est Frank Tillman ! »

George a dit à Thomas, « C'est l'homme que vous avez passé commande pour diviser en nos bureaux pour t'obtenir une copie de la volonté de votre père, pour creuser le corps de votre père, et pour tuer Jennifer Stanley. ».

Cela a pris un moment pour que Thomas trouve sa voix. « Vous êtes fou ! Il est un criminel condamné. Personne ne va prendre son mot contre le mien ! »

« Personne ne doit prendre son mot, » George a dit. « Ayez-vous vu cet homme avant ? »

« Naturellement. Il a été jugé dans ma cour. »

« Ce qui est son nom ? »

« Son nom est… » Thomas a vu le piège. « Je veux dire que… il a probablement beaucoup de noms d'emprunt. »

« Quand vous l'avez jugé dans votre salle d'audience, son nom était des ruisseaux de Henry. »

« Qui… qui est exact. »

« Mais quand il est venu à Los Angeles, vous l'avez présenté comme Fredy Tillman. »

Thomas pataugeait. « Bien, Je… Je… »

« Vous l'avez fait décharger dans votre garde, et vous l'aviez l'habitude pour essayer de montrer que Mary Perkins était la vraie Jennifer. »

« Non ! Je n'ai eu rien à faire avec cela. Je n'ai jamais rencontré cette femme jusqu'à ce qu'elle ait révélé ici. »

George s'est tourné vers lieutenant Kennedy. « Vous avez obtenu cela, lieutenant ? »

« Oui. »

George a tourné de nouveau à Thomas. « Nous avons vérifié Mary Perkins. Elle a été également jugée dans votre salle d'audience et déchargée dans votre garde. Le Procureur de la République à San Francisco a publié un mandat de perquisition ce matin pour votre compartiment de coffre-fort. Il a appelé il y a un petit moment pour me dire qu'ils ont trouvé un document te donner la part de Jennifer Stanley du domaine de votre père. Le document a été signé pendant cinq jours avant que la Jennifer supposée Stanley est arrivée à Los Angeles. »

Thomas respirait dur, essayant de regagner ses esprits. « Je… Je… ceci est absurde ! »

Lieutenant Kennedy a dit, « je vous place en état de l'arrestation, juge Stanley, pour que la conspiration commette le meurtre. Nous assurerons des papiers d'extradition. Vous serez renvoyé à San Francisco. »

Thomas s'est tenu là, son monde s'effondrant autour de lui. « Vous avez le droit de rester silencieux. Si vous choisissez à abandonnez cette droite, quelque chose que vous dites pouvez et serez employé contre vous à une cour de justice. Vous avez le droit de parler à un avocat et de l'avoir présent avec vous tandis que vous êtes interrogé. Si vous ne pouvez pas se permettre d'engager un avocat, on sera nommé pour vous représenter avant d'interroger, si vous souhaitez un. Vous comprenez ? »

Lieutenant Kennedy à demandé.

« Oui. » Et alors un sourire triomphant lent a allumé son visage. Je sais les battre ! Il a pensé heureusement.

« Êtes-vous préparez, jugez ? »

Il a incliné la tête et a dit calmement, « Oui. Je suis prêt. Je voudrais retourner à l'air de Bell pour prendre mes choses. »

« Qui est très bien. Nous ferons vous accompagner à ces deux policiers. »

Thomas a tourné pour regarder Jennifer, et il y avait tellement de haine dans ses yeux qu'elle a fait son frisson.

Trente minutes plus tard, Thomas et les deux policiers ont atteint l'air de Bell. Ils sont entrés dans le hall avant.

« Cela me prendra seulement quelques minutes au paquet, » Thomas a dit.

Ils ont observé pendant que Thomas allait vers le haut de l'escalier à sa pièce. Dans sa chambre, Thomas a marché plus d'au bureau contenant le revolver et l'a chargé.

Le bruit du tir a semblé réverbérer.

Billy et Carmen ont été assis dans le salon à l'air de Bell. Une demi-douzaine d'hommes dans des combinaisons blanches prenait en bas des peintures des murs et commençait à démanteler l'ameublement.

« C'est la fin d'une ère. » Carmen a soupiré.

« C'est le début, » Billy a dit. Il a souri. « Je souhaite que je pourrais voir le visage d'Anita quand elle découvre ce qu'est sa moitié de ma fortune ! » Il a pris la main de sa sœur. « Êtes-vous bien ? Au sujet de David, je veux dire. »

Elle a incliné la tête. « J'obtiendrai au-dessus de elle. De toute façon, je vais être très occupé. J'ai une audition préliminaire en deux semaines. Après cela, je verrai ce qui se produit. »

« Je suis sûr que tout aura tout raison. » Il s'est levé. « J'ai un appel téléphonique important à faire, » Billy lui a dit. Il a dû casser les nouvelles à Nicole Carson.

« Nicole, » Billy a dit en s'excusant, « j'ai peur que j'aille devoir revenir sur notre affaire. Les choses n'ont pas établi comme j'avais espéré qu'elles. »

« Êtes-vous toute la droite, Billy ? »

« Oui. Beaucoup avait continué ici. Anita et moi sont de finition. »

Il y avait une longue pause. « Oh ? Êtes-vous revenant à l'air de Bell ? »

« Franchement, je ne sais pas ce que je vais faire. »
« Billy ? »

« Oui ? »

Sa voix était douce. « Revenu, svp. »

Jennifer et George étaient sur le patio.

« Je suis désolé au sujet des choses de manière avérées, » George a dit. « Au sujet de vous n'obtenant pas l'argent, je veux dire. »

Jennifer a souri à lui. « Je n'ai pas besoin vraiment de cent chefs. »

« Vous n'êtes pas déçu que votre voyage ici a été gaspillé ? »

Elle a regardé lui. « Était-il a gaspillé, George ? » Ils n'ont jamais su qui a entrepris la première démarche, mais elle était dans des ses bras, et il la tenait, et ils embrassaient.

« J'ai ai voulu faire ceci depuis la première fois que je vous ai vu. »

Jennifer a secoué sa tête. « La première fois que vous m'avez vu, vous m'avez dit de sortir de la ville ! »

Il a grimacé. « J'ai fait, n'est-ce pas ? Je ne veux pas jamais que vous partiez. »

Et elle a pensé aux mots de Susan. « Vous ne savez pas si l'homme proposait ? »

« Est qu'une proposition ? » Jennifer a demandé.

Il l'a jugée plus serrée. « Vous avez parié qu'elle est. Vous m'épouserez ? »

« Oh, oui ! »

Carmen a sorti au patio. Elle tenait un morceau de papier dans sa main.

« Je… j'ai juste obtenu ceci dans le courrier. »

George l'a regardée, inquiété. « Pas des autres… ? »

« Non. J'ai été le concepteur de l'usage de femmes votées de l'année. »

Billy et Carmen et Jennifer et George ont été assis à la table de salle à manger. Tout autour d'eux les ouvriers déplaçaient des chaises et des divans, et les portaient.

George s'est tourné vers Billy. « Ce qui sont vous allant faire maintenant ? »

« Je retourne à l'air de Bell. D'abord, je vais signer avec Dr. Thompson. Alors un ami à moi a une ficelle des poneys que je vais monter. »

Carmen a regardé Jennifer. « Êtes-vous retournant à Miami ? »

Quand j'étais une petite fille, pensée de Jennifer, j'ai souhaité que quelqu'un me prenne hors de la Floride et m'amène à un endroit magique où je trouverais mon prince. Elle a pris la main de George. « Non, » Jennifer a dit. « Je ne retourne pas à Miami. »

Ils ont observé deux hommes prendre vers le bas le portrait énorme de Robert Stanley.

« Je n'aime jamais cette image, » Billy a dit.

EXTRÉMITÉ

MAUVAISE COMMANDE D'HUMEUR

La MAUVAISE COMMANDE d'HUMEUR est une fiction de crime, créée en novembre 21, 2010 pour le divertissement seulement. L'idée principale est que l'homme riche Robert Stanley est conduit par sa « mauvaise humeur, » qui crée la frustration. Il traite ses membres de la famille et amis sans le respect quelque. L'histoire comporte le crime basé sur des problèmes de famille. Le livre est fortement recommandé pour les personnes, dont l'anglais est une deuxième langue. On ne lui recommande pas pour des enfants à l'âge 18 et ci-dessous, en raison de mauvais comportements et de forme douce de violence.

ISBN: 978-1-61400-005-1

Description du livre

Millionaire Robert Stanley est à Monte-Carlo-son yacht Blue Skies dans le port, une belle femme sur ses genoux, et son garde du corps Donald Herman debout à proximité, toujours vigilant. Stanley profiter de tous les avantages de la richesse, peu sachant qu'il est sur le point de mourir.

La mort de Stanley derrière le volant de sa bleu Mercedes semble être un accident, mais on ne peut nier beaucoup de gens voulaient la mort. Comme un homme d'affaires, Stanley avait été sans pitié, enfonçant joyeusement concurrents à la faillite et-ce est la rumeur-suicide. Il pris le contrôle de son entreprise en tournant le conseil d'administration contre son propre père, un acte qui a cimenté sa réputation comme un égocentrique impitoyable.

Le comportement de Stanley à la maison reflète ses relations d'affaires. Cruelle et lascive, son infidélité a conduit sa femme au suicide. Blâmé pour la mort de ses enfants, Stanley a travaillé pour les isoler les uns des autres, eux qu'une petite confiance au départ de leur mère pour les dépenses.

Non, Robert Stanley ne sera pas pleuré, mais était son assassiner de mort? Et, si oui, était-il la cible d'un complot de la famille ou le crime organisé?

Un thriller tendue de l'esprit de Alan Douglas, Bad Mood promenade vous tiendra en haleine jusqu'à sa conclusion choquante.

Alan Douglas
List of his Book (Paperback) set up as POD (Print on
Demand) with Create Space (Amazon.com Company)USA

1. Bad Mood Drive: American English Edition
ISBN-13: 978-1614000037
ISBN-10: 1614000034
LCCN: 2014916291
Create Space Title ID # 4979997

2. Bad Mood Drive: Spanish-English Double Edition
ISBN-13: 978-1614000020
ISBN-10: 1614000026
LCCN: 2014953099
Create Space Title ID # 4967359

3. Guia De Humor Mala
Bad Mood Drive: Spanish Edition
ISBN-13: 978-0983180913
ISBN-10: 0983180911
Create Space Title ID # 4967359

4. Bad Mood: English Edition
ISBN-13: 978-1503001299 (CreateSpace-Assigned)
ISBN-10: 1503001296
BISAC: Fiction / Crime
Create Space Title ID # 5073664

5. MAUVAISE COMMANDE d'HUMEUR
Bad Mood Drive French Edition
ISBN-13: 978-1614000051
ISBN-10: 1614000050
BISAC: Fiction / Crime
Create Space Title ID # 5069020

6. Bad Mood Drive
French-English Double Edition
ISBN-13: 978-1614000044
ISBN-10: 1614000042
BISAC: Fiction / Crime
Create Space Title ID # 4989961

7. Movimentacao Ma Do Modo
Bad Mood Drive Portuguese (Brazil) Edition
ISBN-13: 978-1614000006
ISBN-10: 161400000X
BISAC: Fiction / General
Create Space Title ID # 3572061

8. Bad Mood Drive
Portuguese (Brazil) - English Double Edition
ISBN-13: 978-1614000105
ISBN-10: 1614000107
BISAC: Fiction / Crime
Create Space Title ID # 5167586

9. Bad Mood Drive: German Edition
ISBN-13: 978-1614000136
ISBN-10: 1614000131
BISAC: Fiction / Crime
Create Space Title ID # 5225599

10. Bad Mood Drive: German - English Double Edition
ISBN-13: 978-1614000143
ISBN-10: 161400014X
BISAC: Fiction / Crime
Create Space Title ID # 5225622

11. Bad Mood Drive: Polish Edition
ISBN-13: 978-1614000174
ISBN-10: 1614000174
BISAC: Fiction / Crime
Create Space Title ID # 5249511

12. Bad Mood Drive: Polish-English Double Edition
ISBN-13: 978-1614000181
ISBN-10: 1614000182
BISAC: Fiction / Crime
Create Space Title ID # 5249544

13. Bad Mood Drive: Italian Edition
ISBN-13: 978-1614000198
ISBN-10: 1614000190
BISAC: Fiction / Crime
Create Space Title ID # 5253420

14. Bad Mood Drive: Italian - English Double Edition
ISBN-13: 978-1614000204
ISBN-10: 1614000204
BISAC: Fiction / Crime
Create Space Title ID # 5253634

15. Bad Mood Drive: Bulgarian Edition
ISBN-13: 978-1614000235
ISBN-10: 1614000239
BISAC: Fiction / Crime
Create Space Title ID # 5330553

16. Bad Mood Drive: Bulgarian-English Double Edition
ISBN-13: 978-1614000242
ISBN-10: 1614000247
BISAC: Fiction / Crime
Create Space Title ID # 5330601

17. Bad Mood Drive: Russian Edition
ISBN-13: 978-1614000211
ISBN-10: 1614000212
BISAC: Fiction / Crime
Create Space Title ID # 5267174

18. Bad Mood Drive: Russian - English Double Edition
ISBN-13: 978-1614000228
ISBN-10: 1614000220
BISAC: Fiction / Crime
Create Space Title ID # 5267250

19. Bad Mood Drive: Arabic Edition
ISBN-13: 978-1614000112
ISBN-10: 1614000115
BISAC: Fiction / Crime
Create Space Title ID # 5190152

20. Bad Mood Drive: Arabic-English Double Edition
ISBN-13: 978-1614000129
ISBN-10: 1614000123
BISAC: Fiction / Crime
Create Space Title ID # 5190446

21. Bad Mood Drive: Hindi Edition
ISBN-13: 978-1614000150
ISBN-10: 1614000158
BISAC: Fiction / Crime
Create Space Title ID # 5233401

22. Bad Mood Drive: Hindi-English Double Edition
ISBN-13: 978-1614000167
ISBN-10: 1614000166
BISAC: Fiction / Crime
Create Space Title ID # 5233880

23. Bad Mood Drive: Japanese Edition
ISBN-13: 978-1614000068
ISBN-10: 1614000069
BISAC: True Crime / General
Create Space Title ID # 5094820

24. Bad Mood Drive: Japanese - English Double Edition
ISBN-13: 978-1614000082
ISBN-10: 1614000085
BISAC: Fiction / Crime
Create Space Title ID # 5097840

25. Bad Mood Drive: Chinese (Simplified) Edition
ISBN-13: 978-1614000075
ISBN-10: 1614000077
BISAC: Fiction / Crime
Create Space Title ID # 5112746

26. Bad Mood Drive: Chinese (Simplified)-English Double
Edition
ISBN-13: 978-1614000099
ISBN-10: 1614000093
BISAC: Fiction / Crime
Create Space Title ID # 5115013
27. Bad Mood Drive: Chinese (Traditional) Edition
ISBN-13: 978-1614000266
ISBN-10: 1614000263
BISAC: Fiction / Crime
Create Space Title ID # 5333954
28. Bad Mood Drive: Chinese (Traditional)-English Double
Edition
ISBN-13: 978-1614000273
ISBN-10: 1614000271
BISAC: Fiction / Crime
Create Space Title ID # 5333980

AUTHOR BIOGRAPHY

Alan Douglas is an American writer with a strong academic background who graduated from Bernard Baruch College, New York. He has lived on the East Coast, Chicago, and Milwaukee, and currently resides in Los Angeles, California.

Douglas has four screenplays registered with the Writers Guild of America and the Library of Congress. Bad Mood Drive is available in multiple languages, including an English/French double edition to promote American English internationally. His next project, Charming Lady, is currently under development.

Biographie de l'auteur

Alan Douglas est un écrivain américain avec une solide formation universitaire diplômé de Bernard Baruch College, à New York. Il a vécu sur la côte Est, Chicago et Milwaukee, et réside actuellement à Los Angeles, en Californie.

Douglas a quatre scénarios enregistrés avec la Writers Guild of America et la Bibliothèque du Congrès. Bad Mood Drive est disponible en plusieurs langues, y compris une édition double anglais / français pour promouvoir l'anglais américain internationalement. Son prochain projet, Madame avec du charme, est actuellement en cours de développement .